निर्मला

निर्मला

प्रेमचंद

प्रभात
प्रकाशन

प्रकाशक

प्रभात प्रकाशन प्रा. लि.

4/19 आसफ अली रोड, नई दिल्ली–110002

फोन : 011–23289777 • हेल्पलाइन नं. : 7827007777

इ–मेल : prabhatbooks@gmail.com ❖ वेब ठिकाना : www.prabhatbooks.com

संस्करण

2026

पेपरबैक मूल्य

तीन सौ रुपए

मुद्रक

नरुला प्रिंटर्स, दिल्ली

NIRMALA

novel by Premchand

Published by **PRABHAT PRAKASHAN PVT. LTD.**

4/19 Asaf Ali Road, New Delhi-110002

ISBN 978-93-5048-833-1

₹ 300.00 (PB)

प्रेमचंद : जीवन और साहित्य

जीवन-परिचय

आधुनिक हिंदी साहित्य के इतिहास में हिंदी-उर्दू के विश्वविख्यात एवं कालजयी कथाकार प्रेमचंद का जन्म 31 जुलाई, 1880 को वाराणसी के निकट लमही गाँव में हुआ था। पिता का नाम था मुंशी अजायब लाल श्रीवास्तव तथा माता का नाम आनंदी। वे माँ के बड़े लाड़ले थे, क्योंकि वे तीन पुत्रियों के बाद पैदा हुए थे। पिता ने पुत्र का नाम रखा धनपतराय और ताऊ ने नवाबराय, लेकिन वे प्रेमचंद के नाम से हिंदी-उर्दू के प्रसिद्ध लेखक बने। बचपन में वे नटखट और खिलाड़ी बालक थे और गाँव की बाल-मंडली के तो वे सरताज थे। उन्होंने आठ वर्ष की आयु में एक मौलवी साहब से उर्दू-फारसी की शिक्षा प्राप्त की, तभी उनकी माता का देहांत हो गया और पिता ने दो वर्ष बाद दूसरी शादी कर ली। उन्होंने सन् 1899 में एंट्रेंस परीक्षा द्वितीय श्रेणी में उत्तीर्ण की और सन् 1900 में बीस रुपए मासिक पर सरकारी स्कूल में अध्यापक की नौकरी शुरू की, जो 16 फरवरी, 1921 तक चलती रही। उन्होंने सन् 1915 में इंटरमीडिएट और सन् 1919 में बी.ए. की परीक्षा उत्तीर्ण की। वे एम.ए. अंग्रेजी साहित्य में करना चाहते थे, किंतु बीमारी तथा जीवन के झंझटों के कारण नहीं कर सके। उनके जीवन में अनेक बाधाएँ आईं और तनाव भी रहे, आर्थिक हानि भी हुई, लेकिन वे साहस के साथ आगे बढ़ते चले गए। उनके जीवन में कई बार अस्थिरता और आर्थिक अनिश्चितता रही, कई बार नौकरी बदली, अर्थ-संकट को दूर करने के लिए बंबई की फिल्मी दुनिया में भी नौकरी की, लेकिन सरस्वती प्रेस तथा प्रकाशन के व्यापार में हुए घाटे एवं बीमारी ने उन्हें इतना पीड़ित कर दिया कि वे 8 अक्तूबर, 1936 को इस दुनिया को छोड़कर चले गए। इस प्रकार वे केवल 56 वर्ष जीवित रहे, किंतु इस अल्प समय में वे हिंदी कथा-साहित्य के सम्राट् बन चुके थे और उनकी ख्याति संपूर्ण भारत के साथ जापान, जर्मनी, इंग्लैंड, मॉरीशस आदि देशों तक पहुँच चुकी थी।

प्रेमचंद ने अपना लेखन-कर्म उर्दू भाषा से शुरू किया था। उर्दू में उनके लेख, उपन्यास, कहानी आदि प्रकाशित हुए तथा उर्दू में ही जब उनका पहला उर्दू कहानी-

संग्रह 'सोजेवतन' जून 1908 में प्रकाशित हुआ तो अंग्रेजी सरकार ने उसे देश-प्रेम की कहानियों के कारण जब्त कर लिया और उसकी बची प्रतियाँ जलवा दीं। उस विपत्ति के कारण प्रेमचंद ने अपना नया नाम रखा प्रेमचंद, क्योंकि इस नए नाम के कारण उनकी पहचान छिपी रह सकती थी। यह उनके साहित्य का कमाल था कि वह अपने नकली नाम से विख्यात हुए और विश्व के एक महत्त्वपूर्ण कथाकार बन गए।

साहित्य

प्रेमचंद बहुमुखी प्रतिभासंपन्न साहित्यकार थे। वे उर्दू, फारसी, हिंदी तथा अंग्रेजी भाषाओं के ज्ञाता थे। वे आरंभ में उर्दू के लेखक थे, किंतु धीरे-धीरे हिंदी की ओर आते गए। उनकी पहली हिंदी-कहानी 'परीक्षा' सन् 1914 में 'प्रताप' साप्ताहिक पत्र में छपी थी और पहला हिंदी-उपन्यास 'प्रेमा' सन् 1907 में प्रकाशित हुआ था। उन्होंने 'रंगभूमि' तक के उपन्यास उर्दू में लिखे और बाद में उनका हिंदीकरण किया। हिंदी से उर्दू और उर्दू से हिंदी में रचना को लाने की प्रक्रिया उनके जीवन के अंत तक चलती रही। 'कफन' कहानी पहले दिसंबर 1935 में उर्दू में 'जामिया' पत्रिका में छपी और हिंदी में 'चाँद' के अप्रैल 1936 के अंक में। प्रेमचंद की प्रसिद्धि यद्यपि उपन्यास और कहानी-लेखक के रूप में हुई, किंतु उन्होंने संपादकीय, पत्र, बाल-साहित्य, समीक्षा, नाटक, जीवनी आदि में भी विपुल साहित्य की रचना की। उपन्यास के क्षेत्र में उनके 15 पूर्ण-अपूर्ण उपन्यास प्रकाशित हुए। उनके आरंभिक 8 उपन्यास उर्दू में तथा बाद के 7 उपन्यास हिंदी में लिखे गए। उनका पहला उपन्यास उर्दू में अपूर्ण है। उसका नाम है 'असरारे मआबिद उर्फ देवस्थान रहस्य', जो 1903 से 1905 के बीच धारावाहिक रूप में प्रकाशित हुआ। उसके बाद 'किशना', 'प्रेमा', रूठीरानी', 'वरदान', 'सेवासदन', 'रंगभूमि', 'कायाकल्प', 'निर्मला', 'प्रतिज्ञा', 'गबन', 'कर्मभूमि', 'गोदान' तथा 'मंगलसूत्र' (अपूर्ण) उपन्यास प्रकाशित हुए। इन उपन्यासों में प्रेमचंद ने अपने युग के नवजागरण, स्वाधीनता आंदोलन के साथ समाज की विभिन्न समस्याओं का चित्रण किया और साहित्य को जनता से जोड़ा। कहानी में उनकी 301 कहानियों के प्रकाशित होने का प्रमाण मिलता है, जो 'प्रेमचंद : कहानी रचनावली' के छह खंडों में संकलित हैं। इनमें 3 कहानियाँ अभी अनुपलब्ध हैं। कहानियों को राष्ट्रीय, देशभक्ति, सामाजिक, आर्थिक, सांप्रदायिक, ऐतिहासिक तथा सांस्कृतिक कहानियों के रूप में विभक्त किया जा सकता है। कहानियों पर भी महात्मा गांधी का गहरा प्रभाव है। समाज में वर्ण-वर्ग भेद, असमानता एवं शोषण-दमन का खंडन है और समानता एवं सामाजिक न्याय का सर्वत्र समर्थन एवं प्रतिपादन है। इन कहानियों का यह भी वैशिष्ट्य है कि विदेशी पात्रों के साथ पशु-पक्षियों पर भी कहानियाँ लिखी गई हैं। प्रेमचंद के जीवन-काल में लगभग 30 कहानी-

संकलन प्रकाशित हुए, जिनमें कुछ कहानियों की बार-बार आवृत्ति हुई और उन्हें कालक्रम में भी नहीं रखा गया। उनके देहांत के लगभग 75 वर्ष बाद उनकी कहानियों को व्यवस्थित रूप दिया गया और कहानियाँ रचनावाली रूप में प्रकाशित की गईं।

प्रेमचंद ने उपन्यास एवं कहानी के अतिरिक्त भी कई विधाओं में साहित्य की रचना की। उनके तीन नाटक प्रकाशित हुए—'संग्राम' (1923), 'कर्बला' (1924) तथा 'प्रेम की वेदी' (1933)। नाटक में उन्हें सफलता नहीं मिली, क्योंकि वे स्टेज की कला में सिद्धहस्त नहीं थे। उनके लेख-निबंध की दो पुस्तकें छपीं—'साहित्य का उद्देश्य' तथा 'कुछ विचार'। उन्होंने संपादकीय खूब लिखे, पुस्तक समीक्षाएँ भी लिखीं, जो 'विविध-प्रसंग' के तीन खंडों में अमृतराय ने संकलित कीं। उनके पत्रों का संकलन भी हुआ, जो अब 'प्रेमचंद पत्रकोश' के रूप में छप चुके हैं। बाल-साहित्य की छह पुस्तकें प्रकाशित हुईं—'महात्मा शेखसादी' (1917), 'जंगल की कहानियाँ' (1936), 'कुत्ते की कहानी' (1936), 'रामचर्चा' (1938), 'दुर्गादास' (1938) तथा 'कलम, तलवार और त्याग' दो खंड (1940)। प्रेमचंद ने अनुवाद भी किए— गाल्सवर्दी के नाटक—'हड़ताल', 'न्याय' तथा 'चाँदी की डिबिया' और जवाहर लाल नेहरू की पुस्तक 'पिता के पत्र : पुत्री के नाम' तथा 'टालस्टाय की कहानियाँ' आदि का उन्होंने अनुवाद किया।

साहित्य के सिद्धांत

प्रेमचंद के साहित्य को समझने के लिए उनके साहित्य के संबंध में विचारों को जानना उचित होगा। वे साहित्य के सिद्धांतकार नहीं थे, किंतु साहित्य के संबंध में उनके कुछ विचार थे। उन्होंने भारतीय और पश्चिम का साहित्य-शास्त्र पढ़ा था, उसे आत्मसात् किया था और उससे उन्होंने अपना एक आधुनिक तथा युग के अनुरूप साहित्य-दर्शन निर्मित किया था।

प्रेमचंद का विचार था कि साहित्यकार पैदा होता है, बनाया नहीं जाता, लेकिन शिक्षा एवं जिज्ञासा से प्रकृति की इस देन को बढ़ाया जा सकता है। वे साहित्यकार को मानसिक पूँजीपति मानते हैं। वह समाज का अंग है, उसके सुख-दुःख का साथी है और उसका परिष्कार एवं उसकी आत्मा को जाग्रत् करना उसका धर्म है। वह व्यक्ति, समाज, देश तथा मानवता के प्रति उत्तरदायी है। वह दलित-पीड़ित-शोषित का वकील है और वह स्वाधीनताकामी और मानवता का उपासक है। उनके लिए साहित्य-जीवन की आलोचना है, सच्चाइयों का दर्पण है, अच्छाई-बुराई का संग्राम-स्थल है और मानवीय मूल्यों का सर्जक है। साहित्य विध्वंस निर्माण नहीं करता है, वह तो दीपक है, जो मार्ग को प्रकाशित करता है, जो मनोवृत्तियों का परिष्कार करता है। प्रेमचंद ने 'आदर्शोन्मुख

यथार्थवाद' के सिद्धांत की स्थापना की। साहित्य में यथार्थ शरीर है और आदर्श उसकी आत्मा। यथार्थवाद और आदर्शवाद दोनों का समावेश आवश्यक है, क्योंकि यथार्थ हमें जीवन की सच्चाइयों से परिचित कराता है और आदर्शवाद हमें जीवन की ऊँचाइयों तक ले जाता है। अत: उनके अनुसार साहित्य का उद्देश्य केवल मनोरंजन नहीं हो सकता, उसकी एक उपयोगिता है। साहित्य समाज का दर्पण है और वह दीपक भी है। वह जाग्रत् करता है और अच्छा मनुष्य बनता है।

साहित्य की प्रवृत्तियाँ

प्रेमचंद साहित्य बहुत व्यापक है। वह लगभग आधी शताब्दी के भारत के युग-जीवन को अपने में समेटे है। उनका रचना-काल लगभग 33 वर्षों का है, जो वास्तव में देश की दासता का काल है। यह काल राजनीतिक हलचलों, स्वराज्य आंदोलन, साम्राज्यवादी अंग्रेजी सत्ता के क्रूर एवं भयानक अत्याचारों तथा देशी अस्मिता की जागृति का काल है। सन् 1857 की असफल क्रांति से लेकर प्रेमचंद के उदय-काल तक अनेक महत्त्वपूर्ण घटनाएँ घटती हैं—स्वामी दयानंद और स्वामी विवेकानंद का आविर्भाव, कांग्रेस की स्थापना, वंदेमातरम् एवं बंग-भंग से उत्पन्न जागृति जैसी घटनाओं ने देश में आत्म-जागृति एवं स्वाधीनता की कामना को उत्पन्न कर दिया। अंग्रेजी सत्ता, ईसाई धर्मांतरण तथा पश्चिमी सभ्यता एवं शिक्षा का दबाव भी बढ़ रहा था। गांधी के भारत-आगमन और उनके स्वराज्य आंदोलन ने पूरे देश में एक नई राजनीतिक चेतना उत्पन्न कर दी और प्रेमचंद इस नई राजनीतिक चेतना, स्वराज्य-कामना, देशभक्ति और राष्ट्र-भाव के सबसे अधिक सशक्त कथाकार के रूप में उभरकर सामने आए। सन् 1908 में प्रकाशित कहानी-संग्रह 'सोजेवतन' की कहानियों में देश-प्रेम कूट-कूटकर भरा है। प्रेमचंद का मत है कि दुनिया का सबसे अनमोल रतन वह है, जो खून का आखिरी कतरा देश के लिए बहता है। गांधी जब असहयोग आंदोलन शुरू करते हैं तो वे स्वयं सरकारी नौकरी से इस्तीफा देते हैं। स्वराज्य के फायदे पर लेख लिखते हैं, कहानियाँ लिखते हैं और कहते हैं कि स्वराज्य पाकर हम अपनी आत्मा को पा जाएँगे। वे 'रंगभूमि' उपन्यास लिखते हैं और महात्मा गांधी के प्रतिरूप अपने नायक सूरदास की सृष्टि करते हैं, जो गांधी के समान सत्य, धर्म एवं न्याय की लड़ाई लड़ता है और गांधी के समान ही गोली से मारा जाता है। 'रंगभूमि' की राजनीतिक चेतना का विस्तार 'कर्मभूमि' उपन्यास में होता है और उनकी अनेक कहानियाँ भी स्वाधीनता आंदोलन, देशभक्ति, राष्ट्रीयता के भाव को विकसित करती हैं। वे आर्यसमाज और कांग्रेस के सदस्य थे, उनकी पत्नी पिकेटिंग में जेल गई थीं और प्रेमचंद खुद को गांधी का चेला कहते थे। वे नवजागरण, स्वाधीनता संग्राम तथा राष्ट्रमुक्ति के महागाथाकार थे, फिर भी वे साहित्य को राजनीति से ऊँचा स्थान देते थे। उनका मत था कि साहित्य राजनीति के

आगे जलनेवाली मशाल है। गांधी ने रामराज्य की कल्पना की थी, प्रेमचंद भी स्वतंत्र भारत की लगभग वैसी ही कल्पना करते हैं—भारतीयता से परिपूर्ण, धर्म-क्षेत्र-जाति-भाषा एवं विषमता से मुक्ति तथा राष्ट्रीय एकता, स्वराज्य एवं लोकतंत्र की स्थापना। वे स्वराज्य-महासमर के महान् कथाकार थे और गांधी उसके अग्रदूत। गांधी के साथ प्रेमचंद के सम्मिलन से महान् एवं कालजयी साहित्य की रचना हुई।

प्रेमचंद-साहित्य की एक बड़ी प्रवृत्ति समाज के जागरण, सुधार, मुक्ति और कायाकल्प की है। देश की जनता राजनीतिक गुलामी में ही जकड़ी नहीं थी, बल्कि सामाजिक-धार्मिक-सांस्कृतिक आदि रूढ़ियों, जड़ताओं, अंधविश्वासों आदि में भी जकड़ी हुई थी। ईसाई मिशनरी एवं विलायती जीवन-शैली भी समाज पर आघात कर रही थी। ऐसी स्थिति में नवजागरण तथा सांस्कृतिक-सुधार आंदोलन शुरू हुआ, जो बंगाल, गुजरात आदि क्षेत्रों से होता हुआ पूरे देश में फैल गया। प्रेमचंद इसी सांस्कृतिक-सामाजिक-धार्मिक नवजागरण की उपज थे और भारतेंदु एवं द्विवेदी युग की अधिकांश प्रवृत्तियों का उन पर गहरा प्रभाव था। प्रेमचंद ने साहित्य को समाज से जोड़कर समाज की आलोचना से जोड़ा और युग की परिस्थितियों से संबद्ध करके उसे समाज का वकील एवं पथ-प्रदर्शक बनाया। उन्होंने समाज के सभी वर्गों—उच्च, मध्य एवं निम्न, सभी जातियों एवं धर्मों तथा हजारों वर्षों से पीड़ित स्त्री, दलित एवं किसानों की सभी सामाजिक कुप्रथाओं, समस्याओं आदि को केंद्र में रखा, उनका वास्तविक स्वरूप चित्रित किया और उनके समाधान का रास्ता खोला। उनके साहित्य में स्त्री-विमर्श का व्यापक संसार है। उनके उपन्यासों एवं कहानियों में स्त्री-पात्रों की बड़ी संख्या है और सभी वर्गों की हैं, शहरी और ग्रामीण हैं, शिक्षित तथा अशिक्षित हैं और वह माता, पत्नी, पुत्री, विधवा, वेश्या आदि अनेक रूपों में आती हैं। उनके साहित्य में स्त्री से संबंधित अनेक समस्याएँ हैं। प्रेम की, विवाह की, दहेज की, पुरुष-दासता की और विवाह की, प्रेमचंद के स्त्री-पात्र परंपरागत और आधुनिक दोनों हैं, वे पति से विद्रोह भी करती हैं, परंतु प्रेमचंद भारतीय स्त्री में सेवा, दया, ममता, प्रेम, संयम, समर्पण, धैर्य, संतोष आदि मानवीय गुण देखना चाहते हैं। वे पश्चिम की स्त्री की यौन स्वतंत्रता और आधुनिकता के विरोधी हैं और उन्हें स्त्री का भारतीय आदर्श ही प्रिय है।

प्रेमचंद समाज में दलितों की स्थिति से व्यथित हैं। महात्मा गांधी के भारत आगमन से पूर्व ही वे सन् 1911 में दलित-उत्थान की कहानी लिख चुके थे। स्वामी विवेकानंद ब्राह्मणवाद की कटु आलोचना करते हुए दलित-उत्थान का विचार प्रकट कर चुके थे और जब गांधी ने दलितोद्धार का कार्यक्रम शुरू किया तो पूरे देश में दलित-विमर्श आरंभ हुआ। प्रेमचंद ने अपने उपन्यास 'रंगभूमि' का नायक दलित सूरदास को बनाया और उसे गांधी के प्रतिरूप में निर्मित करके उसे अमर बना दिया। उनकी 'बाँका जमींदार',

'विध्वंस', 'सवा सेर गेहूँ', 'घासवाली, 'ठाकुर का कुआँ', 'गुल्ली डंडा', 'दूध का दाम', 'सद्गति' आदि कहानियों में दलित जीवन की पीड़ा, शोषण एवं दमन के दर्दनाक चित्र हैं, लेकिन इन दलित पात्रों में भी प्रेमचंद मानवी गुणों को जीवित ही नहीं रखते, बल्कि उनमें सवर्ण पात्रों की तुलना में अधिक मानवीयता, उदारता, कर्मशीलता एवं सरलता की प्रवृत्ति को उद्घाटित करते हैं।

प्रेमचंद साहित्य में कृषि-संस्कृति, ग्राम एवं ग्राम्यजीवन का बड़ा व्यापक चित्रण है। उनके जीवन और साहित्य में देहात एवं देहाती जीवन का इतना व्यापक महत्त्व है कि वे ग्रामीण जीवन के कथाकर मान लिए गए। गाँव उनकी आत्मा में निवास करता था। उन्होंने 9 जुलाई, 1936 को एक पत्र में लिखा था कि मनुष्य का बस हो तो देहात में जा बसे, दो-चार जानवर पाल ले और जीवन को देहातियों की सेवा में व्यतीत कर दे। प्रेमचंद जब भी देहात जाते, किसानों के बीच उठते-बैठते, उनका सुख-दुःख सुनते और अंधविश्वासों तथा परिस्थितियों को बदलने की प्रेरणा देते। उनकी वेशभूषा, रहन-सहन, बातचीत आदि किसी देहाती से कम नहीं थी। उनसे जो कोई नया व्यक्ति मिलता, वह उन्हें देहाती ही समझता, परंतु उन्हें उसका कभी हीनता बोध नहीं हुआ। उन्हें गर्व था कि वे सामान्य जनता में से एक हैं। उनमें धन की दुश्मनी का भाव था। किसान देश का सबसे अधिक शोषित, दलित एवं पीड़ित वर्ग था और गाँव दरिद्रता, अंधविश्वास एवं शोषण की चक्की में पिस रहे थे। प्रेमचंद स्वयं उसे अपनी आँखों से देख रहे थे। उस कारण उन्होंने अपने साहित्य में कृषक एवं कृषि-संस्कृति को सबसे अधिक महत्त्व दिया। 'वरदान' उपन्यास से लेकर 'गोदान' तक किसानों और गाँव की दुर्दशा का भयावह चित्रण है। किसान विपत्ति की मूर्ति और दरिद्रता के जीवित चित्र हैं। 'प्रेमाश्रम' में वे किसान और जमींदार का संघर्ष दिखाते हैं और उन्हें भूमि का अधिकार दिलाते हैं, किंतु 'गोदान' में किसान होरी जमींदार, पटवारी, महाजन, बिरादरी आदि सभी के जाल में फँसा है और वह मजदूरी करते हुए मर जाता है। प्रेमचंद ने अपनी लगभग 50 कहानियों में किसानी जिंदगी तथा संस्कृति का मर्मस्पर्शी चित्रण किया है और इस प्रकार लेखक गाँव के संपूर्ण सांस्कृतिक जीवन के उद्घाटन में सफल हुआ है। प्रेमचंद चाहते हैं कि कृषि-जीवन की रक्षा हो, क्योंकि उसी में भारतीय आत्मा का वास है।

प्रेमचंद साहित्य में सांप्रदायिक एकता का प्रबल भाव-विचार दिखाई देता है। गांधी और प्रेमचंद दोनों मानते थे कि स्वराज्य के लिए हिंदू-मुसलिम एकता आवश्यक है। प्रेमचंद ने अपने कई लेखों तथा कहानियों एवं उपन्यासों में इस सांप्रदायिकता के स्वरूप का उद्घाटन किया है और दोनों की एकता के दृश्य भी चित्रित किए हैं। 'कायाकल्प' उपन्यास तथा 'नबी का नीति-निर्वाह', 'जिहाद', 'पंचपरमेश्वर', 'हिंसा परमो धर्मः', 'मुक्तिधन', 'मंदिर और मसजिद' आदि कहानियों में सांप्रदायिकता के

दोनों पक्षों का उद्घाटन किया है, साथ ही सांप्रदायिक एकता, सद्भाव और सहिष्णुता पर भी बल दिया है। प्रेमचंद का सेकुलरिज्म कट्टरता का विरोधी है और वह न्यायप्रद तथा मानवीय है। वे अपने साहित्य के द्वारा एक सामंजस्य तथा एकता का वातावरण निर्मित करते हैं। यदि प्रेमचंद के मार्ग पर चला जाता तो आज देश में सांप्रदायिक सद्भाव का वातावरण होता।

प्रेमचंद पर गांधीवाद और समाजवाद के प्रभाव की चर्चा भी खूब हुई है। समाजवाद के प्रवक्ताओं ने लिखा है कि उन पर रूसी क्रांति का प्रभाव था और वे अंतिम वर्षों में समाजवाद तथा मार्क्सवाद के समर्थक हो गए थे, किंतु उनके विचार तथा साहित्य के अध्ययन से स्पष्ट होता है कि उन पर स्वामी दयानंद, स्वामी विवेकानंद तथा गांधी का गहरा प्रभाव था। प्रेमचंद ने गांधी की बड़ी प्रशंसा की है, वे उन्हें भारतीय आत्मा और स्वाधीनता के अवतार मानते हैं और स्वयं को गांधी का चेला। 'रंगभूमि' उपन्यास का नायक सूरदास तो गांधी का ही प्रतिरूप है। प्रेमचंद गांधी के मूल सिद्धांतों-अहिंसा, सत्य, न्याय, धर्म, हृदय-परिवर्तन, रामराज्य, ग्राम विकास, पश्चिमी सभ्यता के विरोध को स्वीकार करते हैं और उन्हें अपने साहित्य में प्रतिपादित करते हैं। प्रेमचंद हिंसक क्रांति के विरुद्ध हैं और अहिंसा के समर्थक, अत: वे अहिंसा पर आधारित स्वराज्य का गांधी के समान ही एक स्वप्न देते हैं। वैसे भी प्रेमचंद का गांधीवाद और आदर्शवाद समाजवाद के अनुकूल नहीं है।

निष्कर्ष

निष्कर्ष रूप में प्रेमचंद अपने युग के कथा-सम्राट् हैं और आज भी वे इस पद पर विराजमान हैं। उनके साहित्य में भारतीय जीवन का विराट् रूप है, हजारों पात्र हैं, प्रमुख धर्मों, जातियों, वर्गों आदि का सामाजिक-सांस्कृतिक चित्रण है, समस्याओं का समाधान, युवा पात्रों का सुधार, स्वराज्य और कायाकल्प में महत्त्वपूर्ण योगदान है, मनुष्य को देवत्व तक ले जाने की दृष्टि है, भाषा की अद्भुत जादूगरी है और मानवता से पूर्ण भारतीयता, भारतीय विवेक और अस्मिता का शंखनाद है। प्रेमचंद वाल्मीकि, कालिदास, तुलसीदास, कबीर आदि की परंपरा के साहित्यकार हैं, क्योंकि वे अमंगल का हरण तथा मंगल भवन की स्थापना करते हैं। भारत में ऐसा ही साहित्यकार अमरता प्राप्त कर सकता है।

—डॉ. कमल किशोर गोयनका
ए-98, अशोक विहार फेस-1,
दिल्ली-110052
मोबाइल : 9811052469

~1~

यों तो बाबू उदयभानुलाल के परिवार में बीसों ही प्राणी थे। कोई ममेरा भाई था, कोई फुफेरा, कोई भानजा था, कोई भतीजा, लेकिन यहाँ हमें उनसे कोई प्रयोजन नहीं। वह अच्छे वकील थे, लक्ष्मी प्रसन्न थीं और कुटुंब के दरिद्र प्राणियों को आश्रय देना उनका कर्तव्य ही था। हमारा संबंध तो केवल उनकी दोनों कन्याओं से है, जिनमें बड़ी का नाम निर्मला और छोटी का कृष्णा था। अभी कल दोनों साथ-साथ गुड़िया खेलती थीं। निर्मला का पंद्रहवाँ साल था, कृष्णा का दसवाँ, फिर भी उनके स्वभाव में कोई विशेष अंतर न था। दोनों चंचल, खिलाड़िन और सैर-तमाशे पर जान देती थीं। दोनों गुड़िया का धूमधाम से ब्याह करती थीं, सदा काम से जी चुराती थीं। माँ पुकारती रहती थी, पर दोनों कोठे पर छिपी बैठी रहती थीं कि न जाने किस काम के लिए बुलाती हैं। दोनों अपने भाइयों से लड़ती थीं, नौकरों को डाँटती थीं और बाजे की आवाज सुनते ही द्वार पर आकर खड़ी हो जाती थीं, पर आज एकाएक एक ऐसी बात हो गई है, जिसने बड़ी-को-बड़ी और छोटी-को-छोटी बना दिया है। कृष्णा वही है, पर निर्मला बड़ी गंभीर, एकांतप्रिय और लज्जाशील हो गई है।

इधर महीनों से बाबू उदयभानुलाल निर्मला के विवाह की बातचीत कर रहे थे। आज उनकी मेहनत ठिकाने लगी है। बाबू भालचंद्र सिन्हा के ज्येष्ठ पुत्र भुवन मोहन सिन्हा से बात पक्की हो गई है। वर के पिता ने कह दिया है कि आपकी खुशी है कि दहेज दें या न दें, मुझे इसकी परवाह नहीं। हाँ, बारात में जो लोग जाएँ, उनका आदर-सत्कार अच्छी तरह होना चहिए, जिसमें मेरी और आपकी जग-हँसाई न हो। बाबू उदयभानुलाल थे तो वकील, पर संचय करना न जानते थे। दहेज उनके सामने कठिन समस्या थी, इसलिए जब वर के पिता ने स्वयं कह दिया कि मुझे दहेज की परवाह नहीं, तो मानो उन्हें आँखें मिल गईं। डरते थे, न जाने किस-किस के सामने हाथ फैलाना पड़े, दो-तीन महाजनों को ठीक कर रखा था। उनका अनुमान था कि हाथ रोकने पर भी बीस हजार से कम खर्च न होंगे। यह आश्वासन पाकर वे खुशी के मारे फूले न समाए।

इसकी सूचना ने अज्ञान बलिका को मुँह ढाँपकर एक कोने में बिठा रखा है। उसके हृदय में एक विचित्र शंका समा गई है, रोम-रोम में एक अज्ञात भय का संचार हो गया है, न जाने क्या होगा। उसके मन में वे उमंगें नहीं हैं, जो युवतियों की आँखों में तिरछी चितवन बनकर, ओठों पर मधुर हास्य बनकर और अंगों में लास्य बनकर प्रकट होती हैं। नहीं, वहाँ अभिलाषाएँ नहीं हैं, वहाँ केवल शंकाएँ, चिंताएँ और भीरु कल्पनाएँ हैं। यौवन का अभी तक पूर्ण प्रकाश नहीं हुआ है।

कृष्णा कुछ-कुछ जानती है, कुछ-कुछ नहीं जानती। जानती है, बहन को अच्छे-अच्छे गहने मिलेंगे, द्वार पर बाजे बजेंगे, मेहमान आएँगे, नाच होगा—यह जानकर प्रसन्न है और यह भी जानती है कि बहन सबके गले मिलकर रोएगी। यहाँ से रो-धोकर विदा हो जाएगी। मैं अकेली रह जाऊँगी—यह जानकर दु:खी है, पर यह नहीं जानती कि यह किसलिए हो रहा है, माताजी और पिताजी क्यों बहन को इस घर से निकालने को इतने उत्सुक हो रहे हैं। बहन ने तो किसी को कुछ नहीं कहा, किसी से लड़ाई नहीं की, क्या इसी तरह एक दिन मुझे भी ये लोग निकाल देंगे? मैं भी इसी तरह कोने में बैठकर रोऊँगी और किसी को मुझ पर दया न आएगी? इसलिए वह भयभीत भी हैं।

संध्या का समय था, निर्मला छत पर जाकर अकेली बैठी आकाश की ओर तृषित नेत्रों से ताक रही थी। ऐसा मन होता था कि पंख होते तो वह उड़ जाती और इन सारे झंझटों से छूट जाती। इस समय बहुधा दोनों बहनें कहीं सैर करने जाया करती थीं। बग्घी खाली न होती तो बगीचे में ही टहला करतीं, इसलिए कृष्णा उसे खोजती फिरती थी। जब कहीं न पाया तो छत पर आई और उसे देखते ही हँसकर बोली—तुम यहाँ आकर छिपी बैठी हो और मैं तुम्हें ढूँढ़ती फिरती हूँ। चलो, बग्घी तैयार करा आई हूँ।

निर्मला ने उदासीन भाव से कहा—तू जा, मैं न जाऊँगी।

कृष्णा—नहीं मेरी अच्छी दीदी, आज जरूर चलो। देखो, कैसी ठंडी-ठंडी हवा चल रही है।

निर्मला—मेरा मन नहीं चाहता, तू चली जा।

कृष्णा की आँखें डबडबा आईं। काँपती हुई आवाज से बोली—आज तुम क्यों नहीं चलतीं, मुझसे क्यों नहीं बोलतीं, क्यों इधर-उधर छिपी-छिपी फिरती हो? मेरा जी अकेले बैठे-बैठे घबड़ाता है। तुम न चलोगी तो मैं भी न जाऊँगी। यहीं तुम्हारे साथ बैठी रहूँगी।

निर्मला—और जब मैं चली जाऊँगी, तब क्या करेगी? तब किसके साथ खेलेगी और किसके साथ घूमने जाएगी, बता?

कृष्णा—मैं भी तुम्हारे साथ चलूँगी। अकेले मुझसे यहाँ न रहा जाएगा।

निर्मला मुसकराकर बोली—तुझे अम्माँ न जाने देंगी।

कृष्णा—तो मैं भी तुम्हें न जाने दूँगी। तुम अम्माँ से कह क्यों नहीं देतीं कि मैं न जाऊँगी।

निर्मला—कह तो रही हूँ, कोई सुनता है!

कृष्णा—तो क्या यह तुम्हारा घर नहीं है?

निर्मला—नहीं, मेरा घर होता तो कोई क्यों जबरदस्ती निकाल देता?

कृष्णा—इसी तरह किसी दिन मैं भी निकाल दी जाऊँगी?

निर्मला—और नहीं, क्या तू बैठी रहेगी! हम लड़कियाँ हैं, हमारा घर कहीं नहीं होता।

कृष्णा—चंदर भी निकाल दिया जाएगा?

निर्मला—चंदर तो लड़का है, उसे कौन निकालेगा?

कृष्णा—तो लड़कियाँ बहुत खराब होती होंगी?

निर्मला—खराब न होतीं तो घर से भगाई क्यों जातीं?

कृष्णा—चंदर इतना बदमाश है, उसे कोई नहीं भगाता। हम-तुम तो कोई बदमाशी भी नहीं करतीं।

एकाएक चंदर धम-धम करता हुआ छत पर आ पहुँचा और निर्मला को देखकर बोला—अच्छा आप यहाँ बैठी हैं। ओहो! अब तो बाजे बजेंगे, दीदी दुलहन बनेंगी, पालकी पर चढ़ेंगी, ओहो! ओहो!

चंदर का पूरा नाम चंद्रभानु सिन्हा था। निर्मला से तीन साल छोटा और कृष्णा से दो साल बड़ा।

निर्मला—चंदर, मुझे चिढ़ाओगे तो अभी जाकर अम्माँ से कह दूँगी।

चंद्र—तो चिढ़ती क्यों हो? तुम भी बाजे सुनना। ओ हो-हो! अब आप दुलहन बनेंगी। क्यों किशनी, तू बाजे सुनेगी न, वैसे बाजे तूने कभी न सुने होंगे।

कृष्णा—क्या बैंड से भी अच्छे होंगे?

चंद्र—हाँ-हाँ, बैंड से भी अच्छे, हजार गुने अच्छे, लाख गुने अच्छे। तुम जानो क्या? एक बैंड सुन लिया तो समझने लगीं कि उससे अच्छे बाजे नहीं होते। बाजे बजानेवाले लाल-लाल वरदियाँ और काली-काली टोपियाँ पहने होंगे। ऐसे खूबसूरत मालूम होंगे कि तुमसे क्या कहूँ। आतिशबाजियाँ भी होंगी, हवाइयाँ आसमान में उड़ जाएँगी और वहाँ तारों में लगेंगी तो लाल, पीले, हरे, नीले तारे टूट-टूटकर गिरेंगे। बड़ा मजा आएगा।

कृष्णा—और क्या-क्या होगा चंदन, बता दे मेरे भैया?

चंद्रभानु—मेरे साथ घूमने चल, तो रास्ते में सारी बातें बता दूँ। ऐसे-ऐसे तमाशे होंगे कि देखकर तेरी आँखें खुल जाएँगी। हवा में उड़ती हुई परियाँ होंगी, सचमुच की परियाँ।

कृष्णा—अच्छा चलो, लेकिन न बताओगे तो मारूँगी।

चंद्रभानु और कृष्णा चले गए, पर निर्मला अकेली बैठी रह गई। कृष्णा के चले

जाने से इस समय उसे बड़ा क्षोभ हुआ। कृष्णा, जिसे वह प्राणों से भी अधिक प्यार करती थी, आज इतनी निठुर हो गई। अकेली छोड़कर चली गई। बात कोई न थी, लेकिन दुःखी हृदय दुःखती हुई आँख है, जिसमें हवा से भी पीड़ा होती है। निर्मला बड़ी देर तक बैठी रोती रही। भाई-बहन, माता-पिता, सभी इसी भाँति मुझे भूल जाएँगे, सबकी आँखें फिर जाएँगी, फिर शायद इन्हें देखने को भी तरस जाऊँ।

बाग में फूल खिले हुए थे। मीठी-मीठी सुगंध आ रही थी। चैत का शीतल मंद समीर चल रहा था। आकाश में तारे छिटके हुए थे। निर्मला इन्हीं शोकमय विचारों में पड़ी-पड़ी सो गई और आँख लगते ही उसका मन स्वप्न-देश में विचरने लगा। क्या देखती है कि सामने एक नदी लहरें मार रही है और वह नदी के किनारे नाव की बाट देख रही है। संध्या का समय है। अँधेरा किसी भयंकर जंतु की भाँति बढ़ता चला आता है। वह घोर चिंता में पड़ी हुई है कि कैसे यह नदी पार होगी, कैसे पहुँचूँगी! रो रही है कि कहीं रात न हो जाए, नहीं तो मैं अकेली यहाँ कैसे रहूँगी। एकाएक उसे एक सुंदर नौका घाट की ओर आती दिखाई देती है। वह खुशी से उछल पड़ती है और ज्योंही नाव घाट पर आती है, वह उस पर चढ़ने के लिए बढ़ती है, लेकिन ज्योंही नाव के पटरे पर पैर रखना चाहती है, उसका मल्लाह बोल उठता है—तेरे लिए यहाँ जगह नहीं है! वह मल्लाह की खुशामद करती है, उसके पैरों पड़ती है, रोती है, लेकिन वह यह कहे जाता है, तेरे लिए यहाँ जगह नहीं है। एक क्षण में नाव खुल जाती है। वह चिल्ला-चिल्लाकर रोने लगती है। नदी के निर्जन तट पर रात भर कैसे रहेगी, यह सोच वह नदी में कूदकर उस नाव को पकड़ना चाहती है कि इतने में कहीं से आवाज आती है—'ठहरो, ठहरो, नदी गहरी है, डूब जाओगी। वह नाव तुम्हारे लिए नहीं है, मैं आता हूँ, मेरी नाव में बैठ जाओ। मैं उस पार पहुँचा दूँगा।' वह भयभीत होकर इधर-उधर देखती है कि यह आवाज कहाँ से आई? थोड़ी देर के बाद एक छोटी सी डोंगी आती दिखाई देती है। उसमें न पाल है, न पतवार और न मस्तूल। पेंदा फटा हुआ है, तख्ते टूटे हुए, नाव में पानी भरा हुआ है और एक आदमी उसमें से पानी उलीच रहा है। वह उससे कहती है, यह तो टूटी हुई है, यह कैसे पार लगेगी? मल्लाह कहता है—तुम्हारे लिए यही भेजी गई है, आकर बैठ जाओ! वह एक क्षण सोचती है—इसमें बैठूँ या न बैठूँ? अंत में वह निश्चय करती है—बैठ जाऊँ। यहाँ अकेली पड़ी रहने से नाव में बैठ जाना फिर भी अच्छा है। किसी भयंकर जंतु के पेट में जाने से तो यही अच्छा है कि नदी में डूब जाऊँ। कौन जाने, नाव पार पहुँच ही जाए। यह सोचकर वह प्राणों को मुट्ठी में लिए हुए नाव पर बैठ जाती है। कुछ देर तक नाव डगमगाती हुई चलती है, लेकिन प्रतिक्षण उसमें पानी भरता जाता है। वह भी मल्लाह के साथ दोनों हाथों से पानी उलीचने लगती है। यहाँ तक कि उनके हाथ रह जाते हैं, पर पानी बढ़ता ही चला जाता है, आखिर नाव चक्कर खाने

लगती है, मालूम होती है—अब डूबी, अब डूबी। तब वह किसी अदृश्य सहारे के लिए दोनों हाथ फैलाती है, नाव नीचे जाती है और उसके पैर उखड़ जाते हैं। वह जोर से चिल्लाई और चिल्लाते ही उसकी आँखें खुल गईं। देखा, तो माता सामने खड़ी उसका कंधा पकड़कर हिला रही थी।

~ 2 ~

बाबू उदयभानुलाल का मकान बाजार बना हुआ है। बरामदे में सुनार के हथौड़े और कमरे में दरजी की सुइयाँ चल रही हैं। सामने नीम के नीचे बढ़ई चारपाइयाँ बना रहा है। खपरैल में हलवाई के लिए भट्ठा खोदा गया है। मेहमानों के लिए अलग एक मकान ठीक किया गया है। यह प्रबंध किया जा रहा है कि हरेक मेहमान के लिए एक-एक चारपाई, एक-एक कुरसी और एक-एक मेज हो। हर तीन मेहमानों के लिए एक-एक कहार रखने की तजवीज हो रही है। अभी बारात आने में एक महीने की देर है, लेकिन तैयारियाँ अभी से हो रही हैं। बारातियों का ऐसा सत्कार किया जाए कि किसी को जबान हिलाने का मौका न मिले। वे लोग भी याद करें कि किसी के यहाँ बारात में गए थे। पूरा मकान बरतनों से भरा हुआ है। चाय के सेट हैं, नाश्ते की तश्तरियाँ, थाल, लोटे, गिलास। जो लोग नित्य खाट पर पड़े हुक्का पीते रहते थे, बड़ी तत्परता से काम में लगे हुए हैं। अपनी उपयोगिता सिद्ध करने का ऐसा अच्छा अवसर उन्हें फिर बहुत दिनों के बाद मिलेगा। जहाँ एक आदमी को जाना होता है, पाँच दौड़ते हैं। काम कम होता है, हुल्लड़ अधिक। जरा-जरा सी बात पर घंटों तर्क-वितर्क होता है और अंत में वकील साहब को आकर निर्णय करना पड़ता है। एक कहता है—यह घी खराब है। दूसरा कहता है—इससे अच्छा बाजार में मिल जाए तो टाँग की राह से निकल जाऊँ। तीसरा कहता है—इसमें तो हीक आती है। चौथा कहता है—तुम्हारी नाक ही सड़ गई है, तुम क्या जानो घी किसे कहते हैं। जब से यहाँ आए हो, घी मिलने लगा है, नहीं तो घी के दर्शन भी न होते थे! इसपर तकरार बढ़ जाती है और वकील साहब को झगड़ा चुकाना पड़ता है।

रात के नौ बजे थे। उदयभानुलाल अंदर बैठे हुए खर्च का तखमीना लगा रहे थे। वह प्राय: रोज ही तखमीना लगाते थे, पर रोज ही उसमें कुछ-न-कुछ परिवर्तन और परिवर्धन करना पड़ता था। सामने कल्याणी भौंहें सिकोड़े हुए खड़ी थी। बाबू साहब ने बड़ी देर के बाद सिर उठाया और बोले—दस हजार से कम नहीं होता बल्कि शायद और बढ़ जाए।

कल्याणी—दस दिन में पाँच से दस हजार हुए। एक महीने में तो शायद एक लाख नौबत आ जाए।

उदयभानु लाल—क्या करूँ, जग हँसाई भी तो अच्छी नहीं लगती। कोई शिकायत

हुई तो लोग कहेंगे, नाम बड़े, दर्शन छोटे। फिर जब वह मुझसे दहेज एक पाई नहीं लेते तो मेरा भी कर्तव्य है कि मेहमानों के आदर-सत्कार में कोई बात उठा न रखूँ।

कल्याणी—जब से ब्रह्मा ने सृष्टि रची, तब से आज तक कभी बारातियों को कोई प्रसन्न नहीं रख सका। उन्हें दोष निकालने और निंदा करने का कोई-न-कोई अवसर मिल ही जाता है। जिसे अपने घर सूखी रोटियाँ भी मयस्सर नहीं, वह भी बारात में जाकर तानाशाह बन बैठता है। तेल खुशबूदार नहीं, साबुन टके सेर का जाने कहाँ से बटोर लाए, कहार बात नहीं सुनते, लालटेनें धुआँ देती हैं, कुरसियों में खटमल है, चारपाइयाँ ढीली हैं, जनवासे की जगह हवादार नहीं। ऐसी-ऐसी हजारों शिकायतें होती रहती हैं। उन्हें आप कहाँ तक रोकिएगा? अगर यह मौका न मिला तो और कोई ऐब निकाल लिए जाएँगे। भई, यह तेल तो रंडियों के लगाने लायक है, हमें तो सादा तेल चाहिए। जनाब ने यह साबुन नहीं भेजा है, अपनी अमीरी की शान दिखाई है, मानो हमने साबुन देखा ही नहीं। ये कहार नहीं यमदूत हैं, जब देखिए सिर पर सवार! लालटेनें ऐसी भेजी हैं कि आँखें चमकने लगती हैं, अगर दस-पाँच दिन इस रोशनी में बैठना पड़े तो आँखें फूट जाएँ। जनवासा क्या है, अभागे का भाग्य है, जिस पर चारों तरफ से झोंके आते रहते हैं। मैं तो फिर यही कहूँगी कि बारातियों के नखरों का विचार ही छोड़ दो।

उदयभानु लाल—तो आखिर तुम मुझे क्या करने को कहती हो?

कल्याणी—कह तो रही हूँ, पक्का इरादा कर लो कि मैं पाँच हजार से अधिक न खर्च करूँगा। घर में तो टका है नहीं, कर्ज ही का भरोसा ठहरा, तो इतना कर्ज क्यों लें कि जिंदगी में अदा न हो। आखिर मेरे और बच्चे भी तो हैं, उनके लिए भी तो कुछ चाहिए।

उदयभानु लाल—तो आज मैं मरा जाता हूँ?

कल्याणी—जीने-मरने का हाल कोई नहीं जानता।

उदयभानु लाल—तो तुम बैठी यही मनाया करती हो?

कल्याणी—इसमें बिगड़ने की तो कोई बात नहीं। मरना एक दिन सभी को है। कोई यहाँ अमर होकर थोड़े ही आया है। आँखें बंद कर लेने से तो होनेवाली बात न टलेगी। रोज आँखों देखती हूँ, बाप का देहांत हो जाता है, उसके बच्चे गली-गली ठोकरें खाते फिरते हैं। आदमी ऐसा काम ही क्यों करे?

उदयभानु लाल ने जलकर कहा—तो अब समझ लूँ कि मेरे मरने के दिन निकट आ गए, यही तुम्हारी भविष्यवाणी है! सुहाग से स्त्रियों का जी ऊबते नहीं सुना था, आज यह नई बात मालूम हुई। रंडापे में भी कोई सुख होगा ही!

कल्याणी—तुमसे दुनिया की कोई भी बात कही जाती है, तो जहर उगलने लगते हो। इसलिए न कि जानते हो, इसे कहीं टिकना नहीं है, मेरी ही रोटियों पर पड़ी हुई है या

और कुछ! जहाँ कोई बात कही, बस सिर हो गए, मानो मैं घर की लौंडी हूँ, मेरा केवल रोटी और कपड़े का नाता है। जितना ही मैं दबती हूँ, तुम और भी दबाते हो। मुफ्तखोर माल उड़ाएँ, कोई मुँह न खोले, शराब-कबाब में रुपए लुटें, कोई जबान न हिलाए। वे सारे काँटे मेरे बच्चों ही के लिए तो बोए जा रहे हैं।

उदयभानु लाल—तो मैं क्या तुम्हारा गुलाम हूँ?

कल्याणी—तो क्या मैं तुम्हारी लौंडी हूँ?

उदयभानु लाल—ऐसे मर्द और होंगे, जो औरतों के इशारों पर नाचते हैं।

कल्याणी—तो ऐसी स्त्रियों भी और होंगी, जो मर्दों की जूतियाँ सहा करती हैं।

उदयभानु लाल—मैं कमाकर लाता हूँ, जैसे चाहूँ, खर्च कर सकता हूँ। किसी को बोलने का अधिकार नहीं।

कल्याणी—तो आप अपना घर सँभालिए! ऐसे घर को मेरा दूर ही से सलाम है, जहाँ मेरी कोई पूछ नहीं। घर में तुम्हारा जितना अधिकार है, उतना ही मेरा भी। इससे जौ भर भी कम नहीं। अगर तुम अपने मन के राजा हो, तो मैं भी अपने मन की रानी हूँ। तुम्हारा घर तुम्हें मुबारक रहे, मेरे लिए पेट की रोटियों की कमी नहीं है। तुम्हारे बच्चे हैं, मारो या जिलाओ। न आँखों से देखूँगी, न पीड़ा होगी। आँखें फूटीं, पीर गई!

उदयभानु लाल—क्या तुम समझती हो कि तुम न सँभालेगी तो मेरा घर ही न सँभलेगा? मैं अकेले ऐसे-ऐसे दस घर सँभाल सकता हूँ।

कल्याणी—कौन? अगर आज के महीनों दिन मिट्टी में न मिल जाएँ तो कहना कोई कहती थी!

यह कहते-कहते कल्याणी का चेहरा तमतमा उठा, वह झमककर उठी और कमरे के द्वार की ओर चली। वकील साहब मुकदमे में तो खूब मीन-मेख निकालते थे, लेकिन स्त्रियों के स्वभाव का उन्हें कुछ यों ही सा ज्ञान था। यही एक ऐसी विद्या है, जिसमें आदमी बूढ़ा होने पर भी कोरा रह जाता है। अगर वे अब भी नरम पड़ जाते और कल्याणी का हाथ पकड़कर बिठा लेते तो शायद वह रुक जाती, लेकिन आपसे यह तो हो न सका, उलटे चलते-चलते एक और चरका दिया।

बोला—मैके का घमंड होगा?

कल्याणी ने द्वार पर रुककर पति की ओर लाल-लाल नेत्रों से देखा और बिफरकर बोली—मैके वाले मेरे तकदीर के साथी नहीं हैं और न मैं इतनी नीच हूँ कि उनकी रोटियों पर जा पड़ूँ।

उदयभानु—तब कहाँ जा रही हो?

कल्याणी—तुम यह पूछनेवाले कौन होते हो? ईश्वर की सृष्टि में असंख्य प्राणियों

के लिए जगह है, क्या मेरे लिए जगह नहीं है?

यह कहकर कल्याणी कमरे के बाहर निकल गई। आँगन में आकर उसने एक बार आकाश की ओर देखा, मानो तारागण को साक्षी दे रही है कि मैं इस घर में कितनी निर्दयता से निकाली जा रही हूँ। रात के ग्यारह बज गए थे। घर में सन्नाटा छा गया था, दोनों बेटों की चारपाई उसी के कमरे में रहती थी। वह अपने कमरे में आई, देखा चंद्रभानु सोया है, सबसे छोटा सूर्यभानु चारपाई पर उठ बैठा है। माता को देखते ही वह बोला—तुम तहाँ दई तीं अम्माँ?

कल्याणी दूर ही से खड़े-खड़े बोली—कहीं तो नहीं बेटा, तुम्हारे बाबूजी के पास गई थी।

सूर्य—तुम तली दई, मुधे अतेले दर लदता था। तुम क्यों तली दई तीं, बताओ?

यह कहकर बच्चे ने गोद में चढ़ने के लिए दोनों हाथ फैला दिए। कल्याणी अब अपने को न रोक सकी। मातृ-स्नेह के सुधा-प्रवाह से उसका संतप्त हृदय परिप्लावित हो गया। हृदय के कोमल पौधे, जो क्रोध के ताप से मुरझा गए थे, फिर हरे हो गए। आँखें सजल हो गईं। उसने बच्चे को गोद में उठा लिया और छाती से लगाकर बोली—तुमने पुकार क्यों न लिया, बेटा?

सूर्य—पुतालता तो ता, तुम थुनती न तीं, बताओ अब तो कबी न दाओगी।

कल्याणी—नहीं भैया, अब नहीं जाऊँगी।

यह कहकर कल्याणी सूर्यभानु को लेकर चारपाई पर लेटी। माँ के हृदय से लिपटते ही बालक निश्शंक होकर सो गया, कल्याणी के मन में संकल्प-विकल्प होने लगे, पति की बातें याद आतीं तो मन होता—घर को तिलांजलि देकर चली जाऊँ, लेकिन बच्चों का मुँह देखती तो वात्सल्य से चित्त गद्गद हो जाता। बच्चों को किस पर छोड़कर जाऊँ? मेरे इन लालों को कौन पालेगा, ये किसके होकर रहेंगे? कौन प्रातःकाल इन्हें दूध और हलवा खिलाएगा, कौन इनकी नींद सोएगा, इनकी नींद जागेगा? बेचारे कौड़ी के तीन हो जाएँगे। नहीं प्यारो, मैं तुम्हें छोड़कर नहीं जाऊँगी। तुम्हारे लिए सबकुछ सह लूँगी। निरादर-अपमान, जली-कटी, खोटी-खरी, घुड़की-झिड़की सब तुम्हारे लिए सहूँगी।

कल्याणी तो बच्चे को लेकर लेटी, पर बाबू साहब को नींद न आई। उन्हें चोट करनेवाली बातें बड़ी मुश्किल से भूलती थीं। उफ, यह मिजाज! मानो मैं ही इनकी स्त्री हूँ। बात मुँह से निकालनी मुश्किल है। अब मैं इनका गुलाम होकर रहूँ। घर में अकेली यह रहे और बाकी जितने अपने बेगाने हैं, सब निकाल दिए जाएँ। जला करती है। मनाती है कि यह किसी तरह मरे, तो मैं अकेली आराम करूँ। दिल की बात मुँह से निकल ही आती है, चाहे कोई कितना ही छिपाए। कई दिन से देख रहा हूँ, ऐसी ही जली-कटी

सुनाया करती है। मैके का घमंड होगा, लेकिन वहाँ कोई भी न पूछेगा, अभी सब आवभगत करते हैं। जब जाकर सिर पड़ जाएँगी तो आटे-दाल का भाव मालूम हो जाएगा। रोती हुई जाएगी। वाह रे घमंड! सोचती है—मैं ही यह गृहस्थी चलाती हूँ। अभी चार दिन को कहीं चला जाऊँ तो मालूम हो जाएगा, सारी शेखी किरकिरी हो जाएगी। एक बार इसका घमंड तोड़ ही दूँ। जरा वैधव्य का मजा भी चखा दूँ। न जाने इनकी हिम्मत कैसे पड़ती है कि मुझे यों कोसने लगते हैं। मालूम होता है, प्रेम इसे छू नहीं गया या समझती है, यह घर से इतना चिमटा हुआ है कि इसे चाहे जितना कोसूँ, टलने का नाम न लेगा। यही बात है, पर यहाँ संसार से चिमटनेवाले जीव नहीं हैं! जहन्नुम में जाए यह घर, जहाँ ऐसे प्राणियों से पाला पड़े। घर है या नरक? आदमी बाहर से थका-माँदा आता है तो उसे घर में आराम मिलता है। यहाँ आराम के बदले कोसने सुनने पड़ते हैं। मेरी मृत्यु के लिए व्रत रखे जाते हैं। यह है पच्चीस वर्ष के दांपत्य जीवन का अंत! बस, चल ही दूँ। जब देख लूँगा इनका सारा घमंड धूल में मिल गया और मिजाज ठंडा हो गया तो लौट आऊँगा। चार-पाँच दिन काफी होंगे। लो, तुम भी याद करोगी किसी से पाला पड़ा था।

यही सोचते हुए बाबू साहब उठे। रेशमी चादर गले में डाली, कुछ रुपए लिए, अपना कार्ड निकालकर दूसरे कुरते की जेब में रखा, छड़ी उठाई और चुपके से बाहर निकले। सब नौकर नींद में मस्त थे। कुत्ता आहट पाकर चौंक पड़ा और उनके साथ हो लिया।

पर यह कौन जानता था कि यह सारी लीला विधि के हाथों रची जा रही है। जीवन-रंगशाला का वह निर्दय सूत्रधार किसी अगम गुप्त स्थान पर बैठा हुआ अपनी जटिल क्रूर क्रीड़ा दिखा रहा है। यह कौन जानता था कि नकल असल होने जा रही है, अभिनय सत्य का रूप ग्रहण करनेवाला है।

निशा ने इंदु को परास्त करके अपना साम्राज्य स्थापित कर लिया था। उसकी पैशाचिक सेना ने प्रकृति पर आतंक जमा रखा था। सद्रवृत्तियाँ मुँह छिपाए पड़ी थीं और कुवृत्तियाँ विजय-गर्व से इठलाती फिरती थीं। वन में वन्य जंतु शिकार की खोज में विचार रहे थे और नगरों में नर-पिशाच गलियों में मँडराते फिरते थे।

बाबू उदयभानुलाल लपके हुए गंगा की ओर चले जा रहे थे। उन्होंने अपना कुरता घाट के किनारे रखकर पाँच दिन के लिए मिर्जापुर चले जाने का निश्चय किया था। उनके कपड़े देखकर लोगों को डूब जाने का विश्वास हो जाएगा, कार्ड कुरते की जेब में था। पता लगाने में कोई दिक्कत न हो सकती थी। दम-के-दम में सारे शहर में खबर मशहूर हो जाएगी। आठ बजते-बजते तो मेरे द्वार पर सारा शहर जमा हो जाएगा—तब

देखूँ, देवीजी क्या करती हैं?

यही सोचते हुए बाबू साहब गलियों में चले जा रहे थे। सहसा उन्हें अपने पीछे किसी दूसरे आदमी के आने की आहट मिली, समझे कोई होगा। आगे बढ़े, लेकिन जिस गली में वह मुड़ते, उसी तरफ यह आदमी भी मुड़ता था। तब बाबू साहब को आशंका हुई कि यह आदमी मेरा पीछा कर रहा है। ऐसा आभास हुआ कि इसकी नीयत साफ नहीं है। उन्होंने तुरंत जेबी लालटेन निकाली और उसके प्रकाश में उस आदमी को देखा। एक बलिष्ठ मनुष्य कंधे पर लाठी रखे चला आता था। बाबू साहब उसे देखते ही चौंक पड़े। यह शहर का छँटा हुआ बदमाश था। तीन साल पहले उस पर डाके का अभियोग चला था। उदयभानु ने उस मुकदमे में सरकार की ओर से पैरवी की थी और इस बदमाश को तीन साल की सजा दिलाई थी। तभी से वह इनके खून का प्यासा हो रहा था। कल ही वह छूटकर आया था। आज दैवात् साहब अकेले रात को दिखाई दिए तो उसने सोचा यह इनसे दाँव चुकाने का अच्छा मौका है। ऐसा मौका शायद ही फिर कभी मिले। तुरंत पीछे हो लिया और वार करने की घात ही में था कि बाबू साहब ने जेबी लालटेन जलाई। बदमाश जरा ठिठककर बोला—क्यों बाबूजी पहचानते हो? मैं हूँ मतई।

बाबू साहब ने डपटकर कहा—तुम मेरे पीछे-पीछे क्यों आ रहे हो?

मतई—क्यों, किसी को रास्ता चलने की मनाही है? यह गली तुम्हारे बाप की है?

बाबू साहब जवानी में कुश्ती लड़े थे, अब भी हृष्ट-पुष्ट आदमी थे। दिल के भी कच्चे न थे। छड़ी सँभालकर बोले—अभी शायद मन नहीं भरा। अबकी सात साल को जाओगे।

मतई—मैं सात साल को जाऊँगा या चौदह साल को, पर तुम्हें जिंदा न छोड़ूँगा। हाँ, अगर तुम मेरे पैरों पर गिरकर कसम खाओ कि अब किसी को सजा न कराऊँगा, तो छोड़ दूँ। बोलो मंजूर है?

उदयभानु—तेरी शामत तो नहीं आई?

मतई—शामत मेरी नहीं आई, तुम्हारी आई है। बोलो खाते हो कसम—एक!

उदयभानु—तुम हटते हो कि मैं पुलिसमैन को बुलाऊँ।

मतई—दो!

उदयभानु—(गरजकर) हट जा बादशाह, सामने से!

मतई—तीन!

मुँह से 'तीन' शब्द निकालते ही बाबू साहब के सिर पर लाठी का ऐसा तुला हाथ पड़ा कि वह अचेत होकर जमीन पर गिर पड़े। मुँह से केवल इतना ही निकला—हाय! मार डाला!

मतई ने समीप आकर देखा तो सिर फट गया था और खून की धार निकल रही थी। नाड़ी का कहीं पता न था। समझ गया कि काम तमाम हो गया। उसने कलाई से सोने की घड़ी खोल ली, कुरते से सोने के बटन निकाल लिए, उँगली से अँगूठी उतारी और अपनी राह चला गया, मानो कुछ हुआ ही नहीं। हाँ, इतनी दया की कि लाश रास्ते से घसीटकर किनारे डाल दी।

हाय, बेचारे क्या सोचकर चले थे, क्या हो गया! जीवन, तुमसे ज्यादा असार भी दुनिया में कोई वस्तु है? क्या वह उस दीपक की भाँति ही क्षणभंगुर नहीं है, जो हवा के एक झोंके से बुझ जाता है! पानी के एक बुलबुले को देखते हो, लेकिन उसे टूटते भी कुछ देर लगती है, जीवन में उतना सार भी नहीं। साँस का भरोसा ही क्या और इसी नश्वरता पर हम अभिलाषाओं के कितने विशाल भवन बनाते हैं! नहीं जानते, नीचे जानेवाली साँस ऊपर आएगी या नहीं, पर सोचते इतनी दूर की हैं, मानो हम अमर हैं।

~ 3 ~

विवाह का विलाप और अनाथों का रोना सुनाकर हम पाठकों का दिल न दुःखाएँगे। जिसके ऊपर पड़ती है, वह रोता है, विलाप करता है, पछाड़ें खाता है। यह कोई नई बात नहीं। हाँ, अगर आप चाहें तो कल्याणी की उस घोर मानसिक यातना का अनुमान कर सकते हैं, जो उसे इस विचार से हो रही थी कि मैं ही अपने प्राणाधार की घातिका हूँ। वे वाक्य जो क्रोध के आवेश में उसके असंयत मुख से निकले थे, अब उसके हृदय को बाणों की भाँति छेद रहे थे। अगर पति ने उसकी गोद में कराह-कराहकर प्राण-त्याग दिए होते, तो उसे संतोष होता कि मैंने उनके प्रति अपने कर्तव्य का पालन किया। शोकाकुल हृदय को इससे ज्यादा सांत्वना और किसी बात से नहीं होती। उसे इस विचार से कितना संतोष होता कि मेरे स्वामी मुझसे प्रसन्न गए, अंतिम समय तक उनके हृदय में मेरा प्रेम बना रहा। कल्याणी को यह संतोष न था। वह सोचती थी—हा! मेरी पच्चीस बरस की तपस्या निष्फल हो गई। मैं अंत समय अपने प्राणपति के प्रेम से वंचित हो गई। अगर मैंने उन्हें ऐसे कठोर शब्द न कहे होते तो वह कदापि रात को घर से न जाते। न जाने उनके मन में क्या-क्या विचार आए हों? उनके मनोभावों की कल्पना करके और अपने अपराध को बढ़ा-बढ़ाकर वह आठों पहर कुढ़ती रहती थी। जिन बच्चों पर वह प्राण देती थी, अब उनकी सूरत से चिढ़ती। इन्हीं के कारण मुझे अपने स्वामी से रार मोल लेनी पड़ी। यही मेरे शत्रु हैं। जहाँ आठों पहर कचहरी-सी लगी रहती थी, वहाँ अब खाक उड़ती है। वह मेला ही उठ गया। जब खिलानेवाला ही न रहा तो खानेवाले कैसे पड़े रहते। धीरे-धीरे एक महीने के अंदर सभी भानजे-भतीजे विदा हो

गए। जिनका दावा था कि हम पानी की जगह खून बहानेवालों में हैं, वे ऐसा सरपट भागे कि पीछे फिरकर भी न देखा। दुनिया ही दूसरी हो गई। जिन बच्चों को देखकर प्यार करने को जी चाहता था, उनके चेहरे पर अब मक्खियाँ भिनभिनाती थीं। न जाने वह कांति कहाँ चली गई?

शोक का आवेग कम हुआ तो निर्मला के विवाह की समस्या उपस्थित हुई। कुछ लोगों की सलाह हुई कि विवाह इस साल रोक दिया जाए, लेकिन कल्याणी ने कहा—इतनी तैयारियों के बाद विवाह को रोक देने से सब किया-धरा मिट्टी में मिल जाएगा और दूसरे साल फिर यही तैयारियाँ करनी पड़ेंगी, जिसकी कोई आशा नहीं। विवाह कर ही देना अच्छा है। कुछ लेना-देना तो है ही नहीं। बारातियों के सेवा-सत्कार का काफी सामान हो चुका है, विलंब करने में हानि-ही-हानि है। अतएव महाशय भालचंद्र को शोक-सूचना के साथ यह संदेशा भी भेज दिया गया। कल्याणी ने अपने पत्र में लिखा—इस अनाथिनी पर दया कीजिए और डूबती हुई नाव को पार लगाइए। स्वामीजी के मन में बड़ी-बड़ी कामनाएँ थीं, किंतु ईश्वर को कुछ और ही मंजूर था। अब मेरी लाज आपके हाथ है। कन्या आपकी हो चुकी। मैं लोगों का सेवा-सत्कार करने को अपना सौभाग्य समझती हूँ, लेकिन यदि इसमें कुछ कमी हो, कुछ त्रुटि पड़े, तो मेरी दशा का विचार करके क्षमा कीजिएगा। मुझे विश्वास है कि आप इस अनाथिनी की निंदा न होने देंगे आदि।

कल्याणी ने यह पत्र डाक से न भेजा, बल्कि पुरोहित से कहा—आपको कष्ट तो होगा, पर आप स्वयं जाकर यह पत्र दीजिए और मेरी ओर से बहुत विनय के साथ कहिएगा कि जितने कम आदमी आएँ, उतना ही अच्छा। यहाँ कोई प्रबंध करनेवाला नहीं है।

पुरोहित मोटेराम यह संदेश लेकर तीसरे दिन लखनऊ जा पहुँचे।

संध्या का समय था। बाबू भालचंद्र दीवानखाने के सामने आरामकुरसी पर नंग-धड़ंग लेटे हुए हुक्का पी रहे थे। बहुत ही स्थूल, ऊँचे कद के आदमी थे। ऐसा मालूम होता था कि काला देव है या कोई हब्शी अफ्रीका से पकड़कर आया है। सिर से पैर तक एक ही रंग था—काला। चेहरा इतना स्याह था कि मालूम न होता था कि माथे का अंत कहाँ है और सिर का आरंभ कहाँ। बस, कोयले की एक सजीव मूर्ति थी। आपको गरमी बहुत सताती थी। दो आदमी खड़े पंखा झल रहे थे, उस पर भी पसीने का तार बँधा हुआ था। आप आबकारी विभाग में एक ऊँचे ओहदे पर थे। पाँच सौ रुपए वेतन मिलता था। ठेकेदारों से खूब रिश्वत लेते थे। ठेकेदार शराब के नाम पानी बेचें, चौबीसों घंटे दुकान खुली रखें, आपको केवल खुश रखना काफी था। सारा कानून आपकी खुशी थी।

इतनी भयंकर मूर्ति थी कि चाँदनी रात में लोग उन्हें देखकर सहसा चौंक पड़ते थे—बालक और स्त्रियाँ ही नहीं, पुरुष तक सहम जाते थे। चाँदनी रात इसलिए कहा गया कि अँधेरी रात में तो उन्हें कोई देख ही न सकता था। श्यामलता अंधकार में विलीन हो जाती थी। केवल आँखों का रंग लाल था। जैसे पक्का मुसलमान पाँच बार नमाज पढ़ता है, वैसे ही आप भी पाँच बार शराब पीते थे, मुफ्त की शराब तो काजी को हलाल है, फिर आप तो शराब के अफसर ही थे, जितनी चाहें पिएँ, कोई हाथ पकड़ने वाला न था। जब प्यास लगती, शराब पी लेते। जैसे कुछ रंगों में परस्पर सहानुभूति है, उसी तरह कुछ रंगों में परस्पर विरोध है। लालिमा के संयोग से कालिमा और भी भयंकर हो जाती है।

बाबू साहब ने पंडितजी को देखते ही कुरसी से उठकर कहा—अख्खाह! आप हैं? आइए-आइए। धन्य भाग! अरे कोई है। कहाँ चले गए सब-के-सब, झगड़ू, गुरदीन, छकौड़ी, भवानी, रामगुलाम कोई है? क्या सब-के-सब मर गए! चलो रामगुलाम, भवानी, छकौड़ी, गुरदीन, झगड़ू। कोई नहीं बोलता, सब मर गए! दर्जन-भर आदमी हैं, पर मौके पर एक की भी सूरत नहीं नजर आती, न जाने सब कहाँ गायब हो जाते हैं। आपके वास्ते कुरसी लाओ।

बाबू साहब ने इन पाँचों के नाम कई बार दुहराए, लेकिन यह न हुआ कि पंखा झलनेवाले दोनों आदमियों में से किसी को कुरसी लाने को भेज देते। तीन-चार मिनट के बाद एक काना आदमी खाँसता हुआ आकर बोला—सरकार, ईतना की नौकरी हमार कीन न होई ! कहाँ तक उधार-बाढ़ी लै-लै खाई माँगत-माँगत थेथर होय गएना।

भालचंद्र—बको मत, जाकर कुरसी लाओ। जब कोई काम करने को कहा गया, तो रोने लगता है। कहिए पंडितजी, वहाँ सब कुशल है?

मोटेराम—क्या कुशल कहूँ बाबूजी, अब कुशल कहाँ? सारा घर मिट्टी में मिल गया।

इतने में कहार ने एक टूटा हुआ चीड़ का संदूक लाकर रख दिया और बोला—कुरसी-मेज हमारे उठाए नाहीं उठत है।

पंडितजी शरमाते हुए डरते-डरते उस पर बैठे कि कहीं टूट न जाए और कल्याणी का पत्र बाबू साहब के हाथ में रख दिया।

भालचंद्र—अब और कैसे मिट्टी में मिलेगा? इससे बड़ी और कौन विपत्ति पड़ेगी? बाबू उदयभानु लाल से मेरी पुरानी दोस्ती थी। आदमी नहीं, हीरा था! क्या दिल था, क्या हिम्मत थी, *(आँखें पोंछकर)* मेरा तो जैसे दाहिना हाथ ही कट गया। विश्वास मानिए, जबसे यह खबर सुनी है, आँखों में अँधेरा सा छा गया है। खाने बैठता हूँ तो कौर मुँह में नहीं जाता। उनकी सूरत आँखों के सामने खड़ी रहती है। मुँह जूठा करके उठ जाता हूँ।

किसी काम में दिल नहीं लगता। भाई के मरने का रंज भी इससे कम ही होता है। आदमी नहीं, हीरा था!

मोटेराम—सरकार, नगर में अब ऐसा कोई रईस नहीं रहा।

भालचंद्र—मैं खूब जानता हूँ पंडितजी, आप मुझसे क्या कहते हैं। ऐसा आदमी लाख-दो-लाख में एक होता है। जितना मैं उनको जानता था, उतना दूसरा नहीं जान सकता। दो-तीन बार की मुलाकात में उनका भक्त हो गया और मरते दम तक रहूँगा। आप समधिन साहब से कह दीजिएगा, मुझे दिली रंज है।

मोटेराम—आपसे ऐसी ही आशा थी! आप-जैसे सज्जनों के दर्शन दुर्लभ हैं। नहीं तो आज कौन बिना दहेज के पुत्र का विवाह करता है।

भालचंद्र—महाराज, दहेज की बातचीत ऐसे सत्यवादी पुरुषों से नहीं की जाती। उनसे संबंध हो जाना ही लाख रुपए के बराबर है। मैं इसी को अपना अहोभाग्य समझता हूँ। हाँ! कितनी उदार आत्मा थी। रुपए को तो उन्होंने कुछ समझा ही नहीं, तिनके के बराबर भी परवाह नहीं की। बुरा रिवाज है, बेहद बुरा! मेरा बस चले तो दहेज लेनेवालों और दहेज देनेवालों दोनों ही को गोली मार दूँ। हाँ साहब, साफ गोली मार दूँ, फिर चाहे फाँसी ही क्यों न हो जाए! पूछो, आप लड़के का विवाह करते हैं कि उसे बेचते हैं? अगर आपको लड़के की शादी में दिल खोलकर खर्च करने का अरमान है तो शौक से खर्च कीजिए, लेकिन जो कुछ कीजिए, अपने बल पर। यह क्या कि कन्या के पिता का गला रेतिए। नीचता है, घोर नीचता! मेरा बस चले, तो इन पाजियों को गोली मार दूँ।

मोटेराम—धन्य हो सरकार! भगवान् ने आपको बड़ी बुद्धि दी है। यह धर्म का प्रताप है। मालकिन की इच्छा है कि विवाह का मुहूर्त वही रहे और तो उन्होंने सारी बातें पत्र में लिख दी हैं। बस, अब आप ही उबारें तो हम उबर सकते हैं। इस तरह तो बारात में जितने सज्जन आएँगे, उनकी सेवा-सत्कार हम करेंगे ही, लेकिन परिस्थिति अब बहुत बदल गई है सरकार, कोई करने-धरनेवाला नहीं है। बस ऐसी बात कीजिए कि वकील साहब के नाम पर बट्टा न लगे।

भालचंद्र एक मिनट तक आँखें बंद किए बैठे रहे, फिर एक लंबी साँस खींचकर बोले—ईश्वर को मंजूर ही न था कि वह लक्ष्मी मेरे घर आती, नहीं तो क्या यह वज्र गिरता? सारे मनसूबे खाक में मिल गए। फूला न समाता था कि वह शुभ-अवसर निकट आ रहा है, पर क्या जानता था कि ईश्वर के दरबार में कुछ और षड्यंत्र रचा जा रहा है। मरनेवाले की याद ही रुलाने के लिए काफी है। उसे देखकर तो जख्म और भी हरा हो जाएगा। उस दशा में न जाने क्या कर बैठूँ। इसे गुण समझिए, चाहे दोष कि जिससे एक बार मेरी घनिष्ठता हो गई, फिर उसकी याद चित्त से नहीं उतरती। अभी तो खैर! इतना

ही है कि उनकी सूरत आँखों के सामने नाचती रहती है, लेकिन यदि वह कन्या घर में आ गई, तब मेरा जिंदा रहना कठिन हो जाएगा। सच मानिए, रोते-रोते मेरी आँखें फूट जाएँगी। जानता हूँ, रोना-धोना व्यर्थ है। जो मर गया, वह लौटकर नहीं आ सकता। सब्र करने के सिवाय और कोई उपाय नहीं है, लेकिन दिल से मजबूर हूँ। उस अनाथ बालिका को देखकर मेरा कलेजा फट जाएगा।

मोटेराम—ऐसा न कहिए सरकार! वकील साहब नहीं तो क्या, आप तो हैं। अब आप ही उसके पिता-तुल्य हैं। वह अब वकील साहब की कन्या नहीं, आपकी कन्या है। आपके हृदय के भाव तो कोई जानता नहीं। लोग समझेंगे, वकील साहब का देहांत हो जाने के कारण आप अपने वचन से फिर गए। इसमें आपकी बदनामी है। चित्त को समझाइए और हँसी-खुशी कन्या का पाणिग्रहण करा लीजिए। हाथी मरे तो नौ लाख का। लाख विपत्ति पड़ी है, लेकिन मालकिन आप लोगों की सेवा-सत्कार करने में कोई बात न उठा रखेंगी।

बाबू साहब समझ गए कि पंडित मोटेराम कोरे पोथी के ही पंडित नहीं, वरन् व्यवहार-नीति में भी चतुर हैं। बोले—पंडितजी, हलफ से कहता हूँ, मुझे उस लड़की से जितना प्रेम है, उतना अपनी लड़की से भी नहीं है, लेकिन जब ईश्वर को मंजूर नहीं है, तो मेरा क्या बस है? वह मृत्यु एक प्रकार की अमंगल सूचना है, जो विधाता की ओर से हमें मिली है। यह किसी आनेवाली मुसीबत की आकाशवाणी है। विधाता स्पष्ट रीति से कह रहा है कि यह विवाह मंगलमय न होगा। ऐसी दशा में आप ही सोचिए, यह संयोग कहाँ तक उचित है। आप तो विद्वान् आदमी हैं। सोचिए, जिस काम का आरंभ ही अमंगल से हो, उसका अंत मंगलमय हो सकता है? नहीं, जानबूझकर मक्खी नहीं निगली जाती। समधिन साहब को समझाकर कह दीजिएगा, मैं उनकी आज्ञापालन करने को तैयार हूँ, लेकिन इसका परिणाम अच्छा न होगा। स्वार्थ के वश में होकर मैं अपने परम मित्र की संतान के साथ यह अन्याय नहीं कर सकता।

इस तर्क ने पंडितजी को निरुत्तर कर दिया। वादी ने यह तीर छोड़ा था, जिसकी उनके पास कोई काट न थी। शत्रु ने उन्हीं के हथियार से उनपर वार किया था और वह उसका प्रतिकार न कर सकते थे। वह अभी कोई जवाब सोच ही रहे थे कि बाबू साहब ने फिर नौकरों को पुकारना शुरू किया—अरे, तुम सब फिर गायब हो गए—झगड़ू, छकौड़ी, भवानी, गुरुदीन, रामगुलाम! एक भी नहीं बोलता, सब-के-सब मर गए। पंडितजी के वास्ते पानी-वानी की फिक्र है? न जाने इन सबों को कोई कहाँ तक समझाए। अक्ल छू तक नहीं गई। देख रहे हैं कि एक महाशय दूर से थके-माँदे चले आ रहे हैं, पर किसी को जरा भी परवाह नहीं। लाओ, पानी-वानी रखो। पंडितजी, आपके

लिए शर्बत बनवाऊँ या फलाहारी मिठाई मँगवा दूँ।

मोटेरामजी मिठाइयों के विषय में किसी तरह का बंधन न स्वीकार करते थे। उनका सिद्धांत था कि घृत से सभी वस्तुएँ पवित्र हो जाती हैं। रसगुल्ले और बेसन के लड्डू उन्हें बहुत प्रिय थे, पर शर्बत से उन्हें रुचि न थी। पानी से पेट भरना उनके नियम के विरुद्ध था। सकुचाते हुए बोले—शर्बत पीने की तो मुझे आदत नहीं, मिठाई खा लूँगा।

भालचंद्र—फलाहारी न?

मोटेराम—इसका मुझे कोई विचार नहीं।

भालचंद्र—है तो यही बात। छूत-छात सब ढकोसला है। मैं स्वयं नहीं मानता। अरे, अभी तक कोई नहीं आया? छकौड़ी, भवानी, गुरुदीन, रामगुलाम, कोई तो बोले!

अबकी भी वही बूढ़ा कहार खाँसता हुआ आकर खड़ा हो गया और बोला—सरकार, मोर तलब दै दीन जाय। ऐसी नौकरी मोसे न होई। कहाँ लो दौरी दौरत-दौरत गोड़ पिराय लागत है।

भालचंद्र—काम कुछ करो या न करो, पर तलब पहले चाहिए! दिन भर पड़े-पड़े खाँसा करो, तलब तो तुम्हारी चढ़ रही है। जाकर बाजार से एक आने की ताजी मिठाई ला। दौड़ता हुआ जा।

कहार को यह हुक्म देकर बाबू साहब घर में गए और स्त्री से बोले—वहाँ से एक पंडितजी आए हैं। यह खत लाए हैं, जरा पढ़ो तो।

पत्नीजी का नाम रंगीलीबाई था। गोरे रंग की प्रसन्न-मुख महिला थीं। रूप और यौवन उनसे विदा हो रहे थे, पर किसी प्रेमी मित्र की भाँति मचल-मचलकर तीस साल तक जिसके गले से लगे रहे, उसे छोड़ते न बनता था।

रंगीलीबाई बैठी पान लगा रही थीं। बोली—कह दिया न कि हमें वहाँ ब्याह करना मंजूर नहीं।

भालचंद्र—हाँ, कह तो दिया, पर मारे संकोच के मुँह से शब्द न निकलता था। झूठ-मूठ का हीला करना पड़ता।

रंगीली—साफ बात करने में संकोच क्या? हमारी इच्छा है, नहीं करते। किसी का कुछ लिया तो नहीं है? जब दूसरी जगह दस हजार नगद मिल रहे हैं तो वहाँ क्यों न करूँ? उनकी लड़की कोई सोने की थोड़े ही है। वकील साहब जीते होते तो शरमाते-शरमाते पंद्रह-बीस हजार दे मरते। अब वहाँ क्या रखा है?

भालचंद्र—एक दफा जबान देकर मुकर जाना अच्छी बात नहीं। कोई मुख से कुछ न कह, पर बदनामी हुए बिना नहीं रहती, मगर तुम्हारी जिद से मजबूर हूँ।

रंगीलीबाई ने पान खाकर खत खोला और पढ़ने लगीं। हिंदी का अभ्यास बाबू

साहब को तो बिल्कुल न था और यद्यपि रंगीलीबाई भी शायद ही कभी किताब पढ़ती हों, पर खत-वत पढ़ लेती थीं। पहली ही पाँति पढ़कर उनकी आँखें सजल हो गईं और पत्र समाप्त किया तो उनकी आँखों से आँसू बह रहे थे। एक-एक शब्द करुणा के रस में डूबा हुआ था। एक-एक अक्षर से दीनता टपक रही थी। रंगीलीबाई की कठोरता पत्थर की नहीं, लाख की थी, जो एक ही आँच से पिघल जाती है। कल्याणी के करुणोत्पादक शब्दों ने उनके स्वार्थ-मंडित हृदय को पिघला दिया। रुँधे हुए कंठ से बोली—अभी ब्राह्मण बैठा है न?

भालचंद्र पत्नी के आँसुओं को देख-देखकर सूखे जाते थे। अपने ऊपर झल्ला रहे थे कि नाहक मैंने यह खत इसे दिखाया। इसकी जरूरत क्या थी? इतनी बड़ी भूल उनसे कभी न हुई थी। संदिग्ध भाव से बोले—शायद बैठा हो, मैंने तो जाने को कह दिया था। रंगीली ने खिड़की से झाँककर देखा। पंडित मोटेरामजी बगुले की तरह ध्यान लगाए बाजार के रास्ते की ओर ताक रहे थे। लालसा में व्यग्र होकर कभी यह पहलू बदलते, कभी वह पहलू। 'एक आने की मिठाई' ने तो आशा की कमर ही तोड़ दी थी, उसमें भी यह विलंब, दारुण दशा थी। उन्हें बैठे देखकर रंगीलीबाई बोली—है-है, अभी है, जाकर कह दो, हम विवाह करेंगे, जरूर करेंगे। बेचारी बड़ी मुसीबत में है।

भालचंद्र—तुम कभी-कभी बच्चों की सी बातें करने लगती हो, अभी उससे कह आया हूँ कि मुझे विवाह करना मंजूर नहीं। एक लंबी-चौड़ी भूमिका बाँधनी पड़ी। अब जाकर यह संदेश कहूँगा तो वह अपने दिल में क्या कहेगा, जरा सोचो तो? यह शादी-विवाह का मामला है। लड़कों का खेल नहीं कि अभी एक बात तय की, अभी पलट गए। भले आदमी की बात न हुई, दिल्लगी हुई।

रंगीली—अच्छा, तुम अपने मुँह से न कहो, उस ब्राह्मण को मेरे पास भेज दो। मैं इस तरह समझा दूँगी कि तुम्हारी बात भी रह जाए और मेरी भी। इसमें तो तुम्हें कोई आपत्ति नहीं है।

भालचंद्र—तुम अपने सिवाय सारी दुनिया को नादान समझती हो। तुम कहो या मैं कहूँ, बात एक ही है। जो बात तय हो गई, वह हो गई, अब मैं उसे फिर नहीं उठाना चाहता। तुम्हीं तो बार-बार कहती थीं कि मैं वहाँ न करूँगी। तुम्हारे ही कारण मुझे अपनी बात खोनी पड़ी। अब तुम फिर रंग बदलती हो। यह तो मेरी छाती पर मूँग दलना है। आखिर तुम्हें कुछ तो मेरे मान-अपमान का विचार करना चाहिए।

रंगीली—तो मुझे क्या मालूम था कि विधवा की दशा इतनी हीन हो गई है? तुम्हीं ने तो कहा था कि उसने पति की सारी संपत्ति छिपा रखी है और अपनी गरीबी का ढोंग रचकर काम निकालना चाहती है। एक ही छँटी हुई औरत है। तुमने जो कहा, वह मैंने

मान लिया। भलाई करके बुराई करने में तो लज्जा और संकोच है। बुराई करके भलाई करने में कोई संकोच नहीं। अगर तुम 'हाँ' कर आए होते और मैं 'नहीं' करने को कहती, तो तुम्हारा संकोच उचित था। 'नहीं' करने के बाद 'हाँ' करने में तो अपना बड़प्पन है।

भालचंद्र—तुम्हें बड़प्पन मालूम होता हो, मुझे तो लुच्चापन ही मालूम होता है। फिर तुमने यह कैसे मान लिया कि मैंने वकीलाइन के विषय में जो बात कही थी, वह झूठी थी! क्या वह पत्र देखकर? तुम जैसी खुद सरल हो, वैसे ही दूसरे को भी सरल समझती हो।

रंगीली—इस पत्र में बनावट नहीं मालूम होती। बनावट की बात दिल में चुभती नहीं। उसमें बनावट की गंध अवश्य रहती है।

भालचंद्र—बनावट की बात तो ऐसी चुभती है कि सच्ची बात उसके सामने बिल्कुल फीकी मालूम होती है। यह किस्से-कहानियाँ लिखने वाले जिनकी किताबें पढ़-पढ़कर तुम घंटों रोती हो, क्या सच्ची बातें लिखते हैं? सरासर झूठ का तूमार बाँधते हैं। यह भी एक कला है।

रंगीली—क्यों जी, तुम मुझसे भी उड़ते हो! दाई से पेट छिपाते हो? मैं तुम्हारी बातें मान जाती हूँ, तो तुम समझते हो, इसे चकमा दिया; मगर मैं तुम्हारी एक-एक नस पहचानती हूँ। तुम अपना ऐब मेरे सिर मढ़कर खुद बेदाग बचना चाहते हो। बोलो, कुछ झूठ कहती हूँ, जब वकील साहब जीते थे, जो तुमने सोचा था कि ठहराव की जरूरत ही क्या है, वे खुद ही जितना उचित समझेंगे, देंगे, बल्कि बिना ठहराव के और भी ज्यादा मिलने की आशा होगी। अब जो वकील साहब का देहांत हो गया तो तरह-तरह के हीले-हवाले करने लगे। यह भलमनसी नहीं, छोटापन है, इसका इलजाम भी तुम्हारे सिर है। मैं अब शादी-ब्याह के नगीच न जाऊँगी। तुम्हारी जैसी इच्छा हो, करो। ढोंगी आदमियों से मुझे चिढ़ है। जो बात करो, सफाई से करो, बुरा हो या अच्छा। 'हाथी के दाँत खाने के और दिखाने के और' वाली नीति पर चलना तुम्हें शोभा नहीं देता। बोलो अब भी वहाँ शादी करते हो या नहीं?

भालचंद्र—जब मैं बेईमान, दगाबाज और झूठा ठहरा तो मुझसे पूछना ही क्या! मगर खूब पहचानती हो आदमियों को! क्या कहना है, तुम्हारी इस सूझ-बूझ का, बलैया ले लें!

रंगीली—हो बड़े हयादार, अब भी नहीं शरमाते। ईमान से कहो, मैंने बात ताड़ ली कि नहीं?

भालचंद्र—अजी जाओ, वह दूसरी औरतें होती हैं, जो मरदों को पहचानती हैं।

अब तक मैं यही समझता था कि औरतों की दृष्टि बड़ी सूक्ष्म होती है, पर आज यह विश्वास उठ गया और महात्माओं ने औरतों के विषय में जो तत्त्व की बातें कही हैं, उनको मानना पड़ा।

रंगीली—जरा आईने में अपनी सूरत तो देख आओ, तुम्हें मेरी कसम है। जरा देख लो, कितना झेंपे हुए हो।

भालचंद्र—सच कहना, कितना झेंपा हुआ हूँ?

रंगीली—इतना ही, जितना कोई भलामानस चोर खुल जाने पर झेंपता है।

भालचंद्र—खैर, मैं झेंपा ही सही, पर शादी वहाँ न होगी।

रंगीली—मेरी बला से, जहाँ चाहो करो। क्यों, भुवन से एक बार क्यों नहीं पूछ लेते?

भालचंद्र—अच्छी बात है, उसी पर फैसला रहा।

रंगीली—जरा भी इशारा न करना!

भालचंद्र—अजी, मैं उसकी तरफ ताकूँगा भी नहीं।

संयोग से ठीक इसी वक्त भुवनमोहन भी आ पहुँचा। ऐसे सुंदर, सुडौल, बलिष्ठ युवक कॉलेजों में बहुत कम देखने में आते हैं। बिल्कुल माँ को पड़ा था, वही गोरा-चिट्टा रंग, वही पतले-पतले गुलाब की पत्ती के-से ओठ, वही चौड़ा, माथा, वही बड़ी-बड़ी आँखें, डील-डौल बाप का-सा था। ऊँचा कोट, ब्रीचेज, टाई, बूट, हैट उस पर खूब फब रहे थे। हाथ में एक हाकी-स्टिक थी। चाल में जवानी का गरूर था, आँखों में आत्मगौरव।

रंगीली ने कहा—आज बड़ी देर लगाई तुमने? यह देखो, तुम्हारी ससुराल से यह खत आया है। तुम्हारी सास ने लिखा है। साफ-साफ बतला दो, अभी सबेरा है। तुम्हें वहाँ शादी करना मंजूर है या नहीं?

भुवन मोहन—शादी करनी तो चाहिए अम्माँ, पर मैं करूँगा नहीं।

रंगीली—क्यों?

भुवन मोहन—कहीं ऐसी जगह शादी करवाइए कि खूब रुपए मिलें और न सही एक लाख का तो डौल हो। वहाँ अब क्या रखा है? वकील साहब रहे ही नहीं, बुढ़िया के पास अब क्या होगा?

रंगीली—तुम्हें ऐसी बातें मुँह से निकालते शर्म नहीं आती?

भुवन मोहन—इसमें शर्म की कौन सी बात है? रुपए किसे काटते हैं? लाख रुपए तो लाख जन्म में भी न जमा कर पाऊँगा। इस साल पास भी हो गया तो कम-से-कम पाँच साल तक रुपए से सूरत नजर न आएगी। फिर सौ-दो-सौ रुपए महीने कमाने

लगूँगा। पाँच-छः तक पहुँचते-पहुँचते उम्र के तीन भाग बीत जाएँगे। रुपए जमा करने की नौबत ही न आएगी। दुनिया का कुछ मजा न उठा सकूँगा। किसी धनी की लड़की से शादी हो जाती तो चैन से कटती। मैं ज्यादा नहीं चाहता, बस एक लाख हो या फिर कोई ऐसी जायदादवाली बेवा मिले, जिसके एक ही लड़की हो।

रंगीली—चाहे औरत कैसी ही मिले।

भुवन मोहन—धन सारे ऐबों को छिपा देगा। मुझे वह गालियाँ भी सुनाए, तो भी चूँ न करूँ। दुधारू गाय की लात किसे बुरी मालूम होती है?

बाबू साहब ने प्रशंसा-सूचक भाव से कहा—हमें उन लोगों के साथ सहानुभति है और दुःख है कि ईश्वर ने उन्हें विपत्ति में डाला, लेकिन बुद्धि से काम लेकर ही कोई निश्चय करना चाहिए। हम कितने ही फटे-हालों जाएँ, फिर भी अच्छी-खासी बारात हो जाएगी। वहाँ भोजन का भी ठिकाना नहीं। सिवाय इसके कि लोग हँसें और कोई नतीजा न निकलेगा।

रंगीली—तुम बाप-पूत दोनों एक ही थैली के चट्टे-बट्टे हो। दोनों उस गरीब लड़की के गले पर छुरी फेरना चाहते हो।

भुवन मोहन—जो गरीब है, उसे गरीबों ही के यहाँ संबंध करना चहिए। अपनी हैसियत से बढ़कर⋯।

रंगीली—चुप भी रह, आया है वहाँ से हैसियत लेकर। तुम कहाँ के धन्ना-सेठ हो? कोई आदमी द्वार पर आ जाए तो एक लोटे पानी को तरस जाए। बड़े हैसियतवाले बने हो!

यह कहकर रंगीली वहाँ से उठकर रसोई का प्रबंध करने चली गई।

भुवनमोहन मुसकराता हुआ अपने कमरे में चला गया और बाबू साहब मूँछों पर ताव देते हुए बाहर आए कि मोटेराम को अंतिम निश्चय सुना दें, पर उनका कहीं पता न था।

मोटेरामजी कुछ देर तक तो कहार की राह देखते रहे, जब उसके आने में बहुत देर हुई तो उनसे बैठा न गया। सोचा यहाँ बैठे-बैठे काम न चलेगा, कुछ उद्योग करना चाहिए। भाग्य के भरोसे यहाँ अड़ी किए बैठे रहे तो भूखों मर जाएँगे। यहाँ तुम्हारी दाल नहीं गलने की। चुपके से लकड़ी उठाई और जिधर वह कहार गया था, उसी तरफ चले। बाजार थोड़ी ही दूर पर था, एक क्षण में जा पहुँचे। देखा तो बुड्ढा एक हलवाई की दुकान पर बैठा चिलम पी रहा था। उसे देखते ही आपने बड़ी बेतकल्लुफी से कहा—अभी कुछ तैयार नहीं है क्या महरा? सरकार वहाँ बैठे बिगड़ रहे हैं कि जाकर सो गया या ताड़ी पीने लगा। मैंने कहा—'सरकार यह बात नहीं, बुड्ढा आदमी है, आते ही आते तो आएगा।' बड़े विचित्र जीव हैं। न जाने इनके यहाँ कैसे नौकर टिकते हैं।

कहार—मुझे छोड़कर आज तक दूसरा कोई टिका नहीं और न टिकेगा। साल-भर से तलब नहीं मिली। किसी को तलब नहीं देते। जहाँ किसी ने तलब माँगी और लगे डाँटने। बेचारा नौकरी छोड़कर भाग जाता है। वे दोनों आदमी, जो पंखा झल रहे थे, सरकारी नौकर हैं। सरकार से दो अर्दली मिले हैं न! इसी से पड़े हुए हैं। मैं भी सोचता हूँ, जैसा तेरा ताना-बाना वैसे मेरी भरनी! कई साल कट गए हैं, साल दो साल और इसी तरह कट जाएँगे।

मोटेराम—तो तुम्हीं अकेले हो? नाम तो कई कहारों का लेते हैं।

कहार—वह सब इन दो-तीन महीनों के अंदर आए और छोड़-छोड़कर चले गए। यह अपना रोब जमाने को अभी तक उनका नाम जपा करते हैं। कहीं नौकरी दिलाइएगा, चलूँ?

मोटेराम—अजी, बहुत नौकरी है। कहार तो आजकल ढूँढ़े नहीं मिलते। तुम तो पुराने आदमी हो, तुम्हारे लिए नौकरी की क्या कमी है। यहाँ कोई ताजी चीज है? मुझसे कहने लगे, खिचड़ी बनाइएगा या बाटी लगाइएगा? मैंने कह दिया, सरकार, बुड्ढा आदमी है, रात को उसे मेरा भोजन बनाने में कष्ट होगा, मैं कुछ बाजार ही से खा लूँगा। इसकी आप चिंता न करें। बोले, अच्छी बात है। कहार आपको दुकान पर मिलेगा। बोलो साहजी, कुछ तर माल तैयार है? लड्डू तो ताजे मालूम होते हैं, तौल दो एक सेर भर। आ जाऊँ वहीं ऊपर न?

यह कहकर मोटेरामजी हलवाई की दुकान पर जा बैठे और तर माल चखने लगे। खूब छककर खाया। ढाई-तीन सेर चट कर गए। खाते जाते थे और हलवाई की तारीफ करते जाते थे। शाहजी, तुम्हारी दुकान का जैसा नाम सुना था, वैसा ही माल भी पाया। बनारसवाले ऐसे रसगुल्ले नहीं बना पाते, कलाकंद अच्छी बनाते हैं, पर तुम्हारी उनसे बुरी नहीं। माल डालने से अच्छी चीज नहीं बन जाती, विद्या चाहिए।

हलवाई—कुछ और लीजिए महाराज! थोड़ी सी रबड़ी मेरी तरफ से लीजिए।

मोटेराम—इच्छा तो नहीं है, लेकिन दे दो पाव-भर।

हलवाई—पाव-भर क्या लीजिएगा? चीज अच्छी है, आध सेर तो लीजिए।

खूब इच्छापूर्ण भोजन करके पंडितजी ने थोड़ी देर तक बाजार की सैर की और नौ बजते-बजते मकान पर आए। यहाँ सन्नाटा सा छाया हुआ था। एक लालटेन जल रही थी। अपने चबूतरे पर बिस्तर जमाया और सो गए।

सबेरे अपने नियमानुसार कोई आठ बजे उठे तो देखा कि बाबूसाहब टहल रहे हैं। इन्हें जगा देखकर वह पालागन कर बोले—महाराज, आज रात कहाँ चले गए? मैं बड़ी रात तक आपकी राह देखता रहा। भोजन का सब सामान बड़ी देर तक रखा रहा। जब

आप न आए तो रखवा दिया गया। आपने कुछ भोजन किया था या नहीं?

मोटेराम—हलवाई की दुकान में कुछ खा आया था।

भालचंद्र—अजी पूरी-मिठाई में वह आनंद कहाँ, जो बाटी और दाल में है। दस-बारह आने खर्च हो गए होंगे, फिर भी पेट न भरा होगा, आप मेरे मेहमान हैं, जितने पैसे लगे हों ले लीजिएगा।

मोटेराम—आप ही के हलवाई की दुकान पर खाया था, वह जो नुक्कड़ पर बैठता है।

भालचंद्र— कितने पैसे देने पड़े?

मोटेराम—आपके हिसाब में लिखा दिए हैं।

भालचंद्र—जितनी मिठाइयाँ ली हों, मुझे बता दीजिए, नहीं तो पीछे से बेईमानी करने लगेगा। एक ही ठग है।

मोटेराम—कोई ढाई सेर मिठाई थी और आधा सेर रबड़ी।

बाबू साहब ने विस्फारित नेत्रों से पंडितजी को देखा, मानो कोई अचंभे की बात सुनी हो। तीन सेर तो कभी यहाँ महीने भर का टोटल भी न होता था और यह महाशय एक ही बार में कोई चार रुपए का माल उड़ा गए। अगर एक आध दिन और रह गए तो बधिया बैठ जाएगी। पेट है या शैतान की कब्र? तीन सेर! कुछ ठिकाना है! उद्विग्न दशा में दौड़े हुए अंदर गए और रंगीली से बोले—कुछ सुनती हो, यह महाशय कल तीन सेर मिठाई उड़ा गए। तीन सेर पक्की तौल!

रंगीलीबाई ने विस्मित होकर कहा—अजी नहीं, तीन सेर भला क्या खा जाएगा! आदमी है या बैल?

भालचंद्र—तीन सेर तो अपने मुँह से कह रहा है। चार सेर से कम न होगा, पक्की तौल!

रंगीली—पेट में सनीचर है क्या?

भालचंद्र—आज और रह गया तो छह सेर पर हाथ फेरेगा।

रंगीली—तो आज रहे ही क्यों, खत का जवाब जो देना हो, देकर विदा करो। अगर रहे तो साफ कह देना कि हमारे यहाँ मिठाई मुफ्त नहीं आती। खिचड़ी बनाना हो बनाए, नहीं तो अपनी राह ले। जिन्हें ऐसे पेटुओं को खिलाने से मुक्ति मिलती हो, वे खिलाएँ हमें ऐसी मुक्ति न चाहिए!

मगर पंडित विदा होने को तैयार बैठे थे, इसलिए बाबूसाहब को कौशल से काम लेने की जरूरत न पड़ी।

पूछा—क्या तैयारी कर दी महाराज?

मोटेराम—हाँ सरकार, अब चलूँगा। नौ बजे की गाड़ी मिलेगी न?

भालचंद्र— भला आज तो और रहिए।

यह कहते-कहते बाबूजी को भय हुआ कि कहीं यह महाराज सचमुच न रह जाएँ, इसलिए वाक्य को यों पूरा किया—हाँ, वहाँ भी लोग आपका इंतजार कर रहे होंगे।

मोटेराम—एक-दो दिन की तो कोई बात न थी और विचार भी यही था कि त्रिवेणी का स्नान करूँगा, पर बुरा न मानिए तो कहूँ, आप लोगों में ब्राह्मणों के प्रति लेशमात्र भी श्रद्धा नहीं है। हमारे जजमान हैं, जो हमारा मुँह जोहते रहते हैं कि पंडितजी कोई आज्ञा दें तो उसका पालन करें। हम उनके द्वार पहुँच जाते हैं तो वे अपना धन्य भाग्य समझते हैं और सारा घर—छोटे से बड़े तक हमारी सेवा-सत्कार में मगन हो जाते हैं। जहाँ अपना आदर नहीं, वहाँ एक क्षण भी ठहरना असह्य है। जहाँ ब्राह्मण का आदर नहीं, वहाँ कल्याण नहीं हो सकता।

भालचंद्र—महाराज, हमसे तो ऐसा अपराध नहीं हुआ।

मोटेराम—अपराध नहीं हुआ! और अपराध कहते किसे हैं? अभी आप ही ने घर में जाकर कहा कि यह महाशय तीन सेर मिठाई चट कर गए, पक्की तौल। आपने अभी खानेवाले देखे कहाँ? एक बार खिलाइए तो आँखें खुल जाएँ। ऐसे-ऐसे महान् पुरुष पड़े हैं, जो पसेरी भर मिठाई खा जाएँ और डकार तक न लें। एक-एक मिठाई खाने के लिए हमारी चिरौरी की जाती है, रुपए दिए जाते हैं। हम भिक्षुक ब्राह्मण नहीं हैं, जो आपके द्वार पर पड़े रहें। आपका नाम सुनकर आए थे, यह न जानते थे कि यहाँ मेरे भोजन के भी लाले पड़ेंगे। जाइए, भगवान् आपका कल्याण करें!

बाबू साहब ऐसा झेंपे कि मुँह से बात न निकली। जिंदगी भर में उनपर कभी ऐसी फटकार न पड़ी थी। बहुत बातें बनाईं—आपकी चर्चा न थी, एक-दूसरे ही महाशय की बात थी, लेकिन पंडितजी का क्रोध शांत न हुआ। वह सबकुछ सह सकते थे, पर अपने पेट की निंदा न सह सकते थे। औरतों को रूप की निंदा जितनी प्रिय लगती है, उससे कहीं अधिक अप्रिय पुरुषों को अपने पेट की निंदा लगती है। बाबू साहब मनाते तो थे, पर धड़का भी समाया हुआ था कि यह टिक न जाएँ। उनकी कृपणता का परदा खुल गया था, अब इसमें संदेह न था। उस परदे को ढाँकना जरूरी था। अपनी कृपणता को छिपाने के लिए उन्होंने कोई बात उठा न रखी, पर होनेवाली बात होकर रही। पछता रहे थे कि कहाँ से घर में इसकी बात कहने गया और कहा भी तो उच्च स्वर में। यह दुष्ट भी कान लगाए सुनता रहा, किंतु अब पछताने से क्या हो सकता था? न जाने किस मनहूस की सूरत देखी थी, यह विपत्ति गले पड़ी। अगर इस वक्त यहाँ से रुष्ट होकर चला गया तो वहाँ जाकर बदनाम करेगा और मेरा सारा कौशल खुल जाएगा। अब तो इसका मुँह बंद कर देना ही पड़ेगा।

यह सोच-विचार करते हुए वह घर में जाकर रंगीलीबाई से बोले—इस दुष्ट ने हमारी-तुम्हारी बातें सुन लीं। रूठकर चला जा रहा है।

रंगीली—जब तुम जानते थे कि द्वार पर खड़ा है, तो धीरे से क्यों न बोले?

भालचंद्र—विपत्ति आती है तो अकेले नहीं आती। यह क्या जानता था कि वह द्वार पर कान लगाए खड़ा है।

रंगीली—न जाने किसका मुँह देखा था?

भालचंद्र—वही दुष्ट सामने लेटा हुआ था। जानता तो उधर ताकता ही नहीं। अब तो इसे कुछ दे-दिलाकर राजी करना पड़ेगा।

रंगीली—ऊँह, जाने भी दो। जब तुम्हें वहाँ विवाह ही नहीं करना है तो क्या परवाह है? जो चाहे समझे, जो चाहे कहे।

भालचंद्र—यों जान न बचेगी। लाओ दस रुपए विदाई के बहाने दे दूँ। ईश्वर फिर इस मनहूस की सूरत न दिखाए।

रंगीली ने बहुत अछताते-पछताते दस रुपए निकाले और बाबू साहब ने उन्हें ले जाकर पंडितजी के चरणों पर रख दिया। पंडितजी ने दिल में कहा—धत्तेरे मक्खीचूस की! ऐसा रगड़ा कि याद करोगे। तुम समझते होगे कि दस रुपए देकर इसे उल्लू बना लूँगा। इस फेर में न रहना। यहाँ तुम्हारी नस-नस पहचानते हैं। रुपए जेब में रख लिए और आशीर्वाद देकर अपनी राह ली।

बाबू साहब बड़ी देकर तक खड़े सोच रहे थे—मालूम नहीं, अब भी मुझे कृपण ही समझ रहा है या परदा ढक गया। कहीं ये रुपए भी तो पानी में नहीं गिर पड़े।

~ 4 ~

कल्याणी के सामने अब एक विषम समस्या आ खड़ी हुई। पति के देहांत के बाद उसे अपनी दुरावस्था का यह पहला और बहुत ही कड़वा अनुभव हुआ। दरिद्र विधवा के लिए इससे बड़ी और क्या विपत्ति हो सकती है कि जवान बेटी सिर पर सवार हो? लड़के नंगे पाँव पढ़ने जा सकते हैं, चौका-बरतन भी अपने हाथ से किया जा सकता है, रूखा-सूखा खाकर निर्वाह किया जा सकता है, झोंपड़े में दिन काटे जा सकते हैं, लेकिन कन्या घर में नहीं बैठाई जा सकती। कल्याणी को भालचंद्र पर ऐसा क्रोध आता था कि स्वयं जाकर उसके मुँह में कालिख लगाऊँ, सिर के बाल नोच लूँ, कहूँ कि तू अपनी बात से फिर गया, तू अपने बाप का बेटा नहीं। पंडित मोटेराम ने उनकी कपट-लीला का नग्न वृत्तांत सुना दिया था।

वह इसी क्रोध में भरी बैठी थी कि कृष्णा खेलती हुई आई और बोली—कै दिन में

बारात आएगी अम्माँ? पंडित तो आ गए।

कल्याणी—बारात का सपना देख रही है क्या?

कृष्णा—वही चंदर तो कह रहा है कि दो-तीन दिन में बारात आएगी, क्या न आएगी अम्माँ?

कल्याणी—एक बार तो कह दिया, सिर क्यों खाती है?

कृष्णा—सबके घर तो बारात आ रही है, हमारे यहाँ क्यों नहीं आती?

कल्याणी—तेरे यहाँ जो बारात लानेवाला था, उसके घर में आग लग गई।

कृष्णा—सच अम्मा! तब तो सारा घर जल गया होगा। कहाँ रहते होंगे? बहन कहाँ जाकर रहेगी?

कल्याणी—अरे पगली! तू तो बात ही नहीं समझती। आग नहीं लगी। वह हमारे यहाँ ब्याह न करेगा।

कृष्णा—यह क्यों अम्मा? पहले तो वहीं ठीक हो गया था न?

कल्याणी—बहुत से रुपए माँगता है। मेरे पास उसे देने को रुपए नहीं हैं।

कृष्णा—क्या बड़े लालची हैं, अम्मा?

कल्याणी—लालची नहीं तो और क्या है? पूरा कसाई, निर्दयी, दगाबाज।

कृष्णा—तब तो अम्मा, बहुत अच्छा हुआ कि उसके घर बहन का ब्याह नहीं हुआ। बहन उसके साथ कैसे रहती? यह तो खुश होने की बात है अम्माँ, तुम रंज क्यों करती हो?

कल्याणी ने पुत्री को स्नेहमयी दृष्टि से देखा। इसका कथन कितना सत्य है? भोले शब्दों में समस्या का कितना मार्मिक निरूपण है? सचमुच यह तो प्रसन्न होने की बात है कि ऐसे कुपात्रों से संबंध नहीं हुआ, रंज की कोई बात नहीं। ऐसे कुमानुसों के बीच में बेचारी निर्मला की न जाने क्या गति होती। अपने नसीबों को रोती। जरा-सा घी दाल में अधिक पड़ जाता तो सारे घर में शोर मच जाता, जरा खाना ज्यादा पक जाता तो सास दुनिया सिर पर उठा लेती। लड़का भी ऐसा लोभी है। बड़ी अच्छी बात हुई, नहीं, बेचारी को उम्र भर रोना पड़ता। कल्याणी यहाँ से उठी तो उसका हृदय हलका हो गया था।

लेकिन विवाह तो करना ही था और हो सके तो इसी साल, नहीं तो दूसरे साल फिर नए सिरे से तैयारियाँ करनी पड़ेंगी। अब अच्छे घर की जरूरत न थी। अच्छे वर की जरूरत न थी। अभागिनी को अच्छा घर-वर कहाँ मिलता! अब तो किसी भाँति सिर का बोझा उतारना था, किसी भाँति लड़की को पार लगाना था, उसे कुएँ में झोंकना था। यह रूपवती है, गुणशीला है, चतुर है, कुलीन है तो हुआ करे, दहेज नहीं तो उसके सारे गुण दोष हैं, दहेज हो तो सारे दोष गुण हैं। प्राणी का कोई मूल्य नहीं, केवल दहेज का मूल्य

है। कितनी विषम भाग्यलीला है!

कल्याणी का दोष कुछ कम न था। अबला और विधवा होना ही उसे दोषों से मुक्त नहीं कर सकता। उसे अपने लड़के अपनी लड़कियों से कहीं ज्यादा प्यारे थे। लड़के हल के बैल हैं; भूसे खली पर पहला हक उनका है, उनके खाने से जो बचे, वह गायों का! मकान था, कुछ नकद था, कई हजार के गहने थे, लेकिन उसे अभी दो लड़कों का पालन-पोषण करना था, उन्हें पढ़ाना-लिखाना था। एक और कन्या चार-पाँच साल में विवाह करने योग्य हो जाएगी, इसलिए वह कोई बड़ी रकम दहेज में न दे सकती थी, आखिर लड़कों को भी तो कुछ चाहिए। वे क्या समझेंगे कि हमारा भी कोई बाप था।

पंडित मोटेराम को लखनऊ से लौटे पंद्रह दिन बीत चुके थे। लौटने के बाद दूसरे ही दिन से वह वर की खोज में निकले थे। उन्होंने प्रण किया था कि मैं लखनऊ वालों को दिखा दूँगा कि संसार में तुम्हीं अकेले नहीं हो, तुम्हारे जैसे और भी कितने पड़े हुए हैं। कल्याणी रोज दिन गिना करती थी। आज उसने उन्हें पत्र लिखने का निश्चय किया और कलम-दवात लेकर बैठी ही थी कि पंडित मोटेराम ने पदार्पण किया।

कल्याणी—आइए पंडितजी, मैं तो आपको खत लिखने जा रही थी, कब लौटे?

मोटेराम—लौटा तो प्रात:काल ही था, पर इसी समय एक सेठ के यहाँ से निमंत्रण आ गया। कई दिन से तर माल न मिले थे। मैंने कहा कि लगे हाथ यह भी काम निपटाता चलूँ। अभी उधर ही से लौटा आ रहा हूँ, कोई पाँच सौ ब्राह्मणों को पंगत थी।

कल्याणी—कुछ कार्य भी सिद्ध हुआ या रास्ता ही नापना पड़ा।

मोटेराम—कार्य क्यों न सिद्ध होता? भला, यह भी कोई बात है? पाँच जगह बातचीत कर आया हूँ। पाँचों की नकल लाया हूँ। उनमें से आप चाहे, जिसे पसंद करें। यह देखिए, इस लड़के का बाप डाक के सीगे में सौ रुपए महीने का नौकर है। लड़का अभी कॉलेज में पढ़ रहा है, मगर नौकरी का भरोसा है, घर में कोई जायदाद नहीं। लड़का होनहार मालूम होता है। खानदान भी अच्छा है, दो हजार में बात तय हो जाएगी। माँगते तो यह तीन हजार हैं।

कल्याणी—लड़के के कोई भाई है?

मोटेराम—नहीं, मगर तीन बहनें हैं और तीनों कुँआरी। माता जीवित है। अच्छा अब दूसरी नकल देखिए। यह लड़का रेल के सीगे में पचास रुपए महीना पाता है। माँ-बाप नहीं हैं। बहुत ही रूपवान, सुशील और शरीर से खूब हृष्ट-पुष्ट कसरती जवान है, मगर खानदान अच्छा नहीं। कोई कहता है, माँ नाइन थी, कोई कहता है, ठकुराइन थी। बाप किसी रियासत में मुख्तार थे। घर पर थोड़ी सी जमींदारी है, मगर उस पर कई हजार का कर्ज है। वहाँ कुछ लेना-देना न पड़ेगा। उम्र कोई बीस साल होगी।

कल्याणी—खानदान में दाग न होता तो मंजूर कर लेती। देखकर तो मक्खी नहीं निगली जाती।

मोटेराम—तीसरी नकल देखिए। एक जमींदार का लड़का है, कोई एक हजार सालाना नफा है। कुछ खेती-बारी भी होती है। लड़का पढ़ा-लिखा तो थोड़ा ही है, कचहरी-अदालत के काम में चतुर है। दुहाजू है, पहली स्त्री को मरे दो साल हुए। उससे कोई संतान नहीं, लेकिन रहना-सहन मोटा है। पीसना-कूटना घर ही में होता है।

कल्याणी—कुछ दहेज माँगते हैं?

मोटेराम—इसकी कुछ न पूछिए। चार हजार सुनाते हैं। अच्छा यह चौथी नकल देखिए। लड़का वकील है, उम्र कोई पैंतीस साल होगी। तीन-चार सौ की आमदनी है। पहली स्त्री मर चुकी है, उससे तीन लड़के भी हैं। अपना घर बनवाया है। कुछ जायदाद भी खरीदी है। यहाँ भी लेन-देन का झगड़ा नहीं है।

कल्याणी—खानदान कैसा है?

मोटेराम—बहुत ही उत्तम, पुराने रईस हैं। अच्छा, यह पाँचवीं नकल देखिए। बाप का छापाखाना है। लड़का पढ़ा तो बी.ए. तक है, पर छापेखाने में काम करता है। उम्र अठारह साल की होगी। घर में प्रेस के सिवाय कोई जायदाद नहीं है, मगर किसी का कर्ज सिर पर नहीं। खानदान न बहुत अच्छा है, न बुरा। लड़का बहुत सुंदर और सच्चरित्र है, मगर एक हजार से कम में मामला तय न होगा, माँगते तो वह तीन हजार हैं। अब बताइए, आप कौन सा वर पसंद करती हैं?

कल्याणी—आपको सबों में कौन पसंद है?

मोटेराम—मुझे तो दो वर पसंद हैं। एक वह जो रेलवई में है और दूसरा जो छापेखाने में काम करता है।

कल्याणी—मगर पहले के तो खानदान में आप दोष बताते हैं?

मोटेराम—हाँ, यह दोष तो है। छापेखानेवाले को ही रहने दीजिए।

कल्याणी—यहाँ एक हजार देने को कहाँ से आएगा? एक हजार तो आपका अनुमान है, शायद वह और मुँह फैलाएँ। आप तो इस घर की दशा देख ही रहे हैं, भोजन मिल जाए, यही गनीमत है। रुपए कहाँ से आएँगे? जमींदार साहब चार हजार सुनाते हैं, डाक बाबू भी दो हजार का सवाल करते हैं। इनको जाने दीजिए। बस, वकील साहब ही बचे हैं। पैंतीस साल की उम्र भी कोई ज्यादा नहीं। इन्हीं को क्यों न रखिए?

मोटेराम—आप खूब सोच-विचार लें। मैं यों आपकी मरजी का ताबेदार हूँ। जहाँ कहिएगा, वहाँ जाकर टीका कर आऊँगा, मगर हजार का मुँह न देखिए, छापेखानेवाला लड़का रत्न है। उसके साथ कन्या का जीवन सफल हो जाएगा। जैसी यह रूप और गुण

की पूरी है, वैसा ही लड़का भी सुंदर और सुशील है।

कल्याणी—पसंद तो मुझे भी यही है महाराज, पर रुपए किसके घर से आएँ! कौन देनेवाला है! है कोई दानी? खानेवाले खा-पीकर चंपत हुए। अब किसी की भी सूरत नहीं दिखाई देती, बल्कि और मुझसे बुरा मानते हैं कि हमें निकाल दिया। जो बात अपने बस के बाहर है, उसके लिए हाथ ही क्यों फैलाऊँ? संतान किसको प्यारी नहीं होती? कौन उसे सुखी नहीं देखना चाहता? पर जब अपना काबू भी हो। आप ईश्वर का नाम लेकर वकील साहब को टीका कर आइए। आयु कुछ अधिक है, लेकिन मरना-जीना विधि के हाथ है। पैंतीस साल का आदमी बुड्ढा नहीं कहलाता। अगर लड़की के भाग्य में सुख भोगना बदा है तो जहाँ जाएगी, सुखी रहेगी, दुःख भोगना है तो जहाँ जाएगी दुःख झेलेगी। हमारी निर्मला को बच्चों से प्रेम है। उनके बच्चों को अपना समझेगी। आप शुभ मुहूर्त देखकर टीका कर आएँ।

~ 5 ~

निर्मला का विवाह हो गया। ससुराल आ गई। वकील साहब का नाम था मुंशी तोताराम। साँवले रंग के मोटे-ताजे आदमी थे। उम्र तो अभी चालीस से अधिक न थी, पर वकालत के कठिन परिश्रम ने सिर के बाल पका दिए थे। व्यायाम करने का उन्हें अवकाश न मिलता था, यहाँ तक कि कभी कहीं घूमने भी न जाते, इसलिए तोंद निकल आई थी। देह के स्थूल होते हुए भी आए दिन कोई-न-कोई शिकायत रहती थी। मंदाग्नि और बवासीर से तो उनका चिरस्थायी संबंध था। अतएव बहुत फूँक-फूँककर कदम रखते थे। उनके तीन लड़के थे। बड़ा मंसाराम सोलह वर्ष का था, मँझला जियाराम बारह और सियाराम सात वर्ष का। तीनों अंग्रेजी पढ़ते थे। घर में वकील साहब की विधवा बहन के सिवा और कोई औरत न थी। वही घर की मालकिन थी। उसका नाम था रुक्मिणी और अवस्था पचास के ऊपर थी। ससुराल में कोई न था। स्थायी रीति से यहीं रहती थी।

तोताराम दंपती-विज्ञान में कुशल थे। निर्मला को प्रसन्न रखने के लिए उनमें जो स्वाभाविक कमी थी, उसे वह उपहारों से पूरी करना चाहते थे। यद्यपि वह बहुत ही मितव्ययी पुरुष थे, पर निर्मला के लिए कोई-न-कोई तोहफा रोज लाया करते। मौके पर धन की परवाह न करते थे। लड़के के लिए थोड़ा दूध आता था, पर निर्मला के लिए मेवे, मुरब्बे, मिठाइयाँ—किसी चीज की कमी न थी। अपनी जिंदगी में कभी सैर-तमाशे देखने न गए थे, पर अब छुट्टियों में निर्मला को सिनेमा, सरकस, थिएटर दिखाने ले जाते

थे। अपने बहुमूल्य समय का थोड़ा-सा हिस्सा उसके साथ बैठकर ग्रामोफोन बजाने में व्यतीत किया करते थे।

लेकिन निर्मला को न जाने क्यों तोताराम के पास बैठने और हँसने-बोलने में संकोच होता था। इसका कदाचित् यह कारण था कि अब तक ऐसा ही एक आदमी उसका पिता था, जिसके सामने वह सिर-झुकाकर, देह चुराकर निकलती थी, अब उनकी अवस्था का एक आदमी उसका पति था। वह उसे प्रेम की वस्तु नहीं, सम्मान की वस्तु समझती थी। उनसे भागती फिरती, उनको देखते ही उसकी प्रफुल्लता पलायन कर जाती थी।

वकील साहब को दंपती-विज्ञान ने सिखाया था कि युवती के सामने खूब प्रेम की बातें करनी चाहिए। दिल निकालकर रख देना चाहिए, यही उसके वशीकरण का मुख्य मंत्र है। इसलिए वकील साहब अपने प्रेम-प्रदर्शन में कोई कसर न रखते थे, लेकिन निर्मला को इन बातों से घृणा होती थी। वही बातें, जिन्हें किसी युवक के मुख से सुनकर उसका हृदय प्रेम से उन्मत्त हो जाता, वकील साहब के मुँह से निकलकर उसके हृदय पर शर के समान आघात करती थीं। उनमें रस न था उल्लास न था, उन्माद न था, हृदय न था; केवल बनावट थी, धोखा था और शुष्क, नीरस शब्दाडंबर। उसे इत्र और तेल बुरा न लगता, सैर-तमाशे बुरे न लगते, बनाव-सिंगार भी बुरा न लगता था, बुरा लगता था तो केवल तोताराम के पास बैठना। वह अपना रूप और यौवन उन्हें न दिखाना चाहती थी, क्योंकि वहाँ देखनेवाली आँखें न थीं। वह उन्हें इन रसों का आस्वादन लेने योग्य न समझती थी। कली प्रभात-समीर ही के स्पर्श से खिलती है। दोनों में समान प्रेरणा है। निर्मला के लिए वह प्रभात समीर कहाँ था?

पहला महीना गुजरते ही तोताराम ने निर्मला को अपना खजांची बना लिया। कचहरी से आकर दिन-भर की कमाई उसे दे देते। उनका खयाल था कि निर्मला इन रुपयों को देखकर फूली न समाएगी। निर्मला बड़े शौक से इस पद का काम अंजाम देती। एक-एक पैसे का हिसाब लिखती, अगर कभी रुपए कम मिलते तो पूछती आज कम क्यों हैं। गृहस्थी के संबंध में उनसे खूब बातें करती। इन्हीं बातों के लायक वह उनको समझती थी। ज्योंही कोई विनोद की बात उनके मुँह से निकल जाती, उसका मुख मलिन हो जाता था।

निर्मला जब वस्त्राभूषणों से अलंकृत होकर आईने के सामने खड़ी होती और उसमें अपने सौंदर्य की सुषमापूर्ण आभा देखती तो उसका हृदय एक सतृष्ण कामना से तड़प उठता था। उस वक्त उसके हृदय में एक ज्वाला-सी उठती। मन में आता इस घर में आग लगा दूँ। अपनी माता पर क्रोध आता, पर सबसे अधिक क्रोध बेचारे निरपराध तोताराम पर आता। वह सदैव इस ताप से जला करती। बाँका सवार लद्दू-टट्टू पर सवार होना कब पसंद करेगा, चाहे उसे पैदल ही क्यों न चलना पड़े? निर्मला की दशा उसी बाँके

सवार की-सी थी। वह उस पर सवार होकर उड़ना चाहती थी, उस उल्लासमयी विद्युत् गति का आनंद उठाना चाहती थी, टट्टू के हिनहिनाने और कनौतियाँ खड़ी करने से क्या आशा होती? संभव था कि बच्चों के साथ हँसने-खेलने से वह अपनी दशा को थोड़ी देर के लिए भूल जाती, कुछ मन हरा हो जाता, लेकिन रुक्मिणी देवी लड़कों को उसके पास फटकने तक न देती, मानो वह कोई पिशाचिनी है, जो उन्हें निगल जाएगी। रुक्मिणी देवी का स्वभाव सारे संसार से निराला था, यह पता लगाना कठिन था कि वह किस बात से खुश होती थी और किस बात से नाराज। एक बार जिस बात से खुश हो जाती थी, दूसरी बार उसी बात से जल जाती थी। अगर निर्मला अपने कमरे में बैठी रहती तो कहती कि न जाने कहाँ की मनहूसिन है! अगर वह कोठे पर चढ़ जाती या महरियों से बातें करती तो छाती पीटने लगती—न लाज है, न शरम, निगोड़ी ने हया भून खाई! अब क्या कुछ दिनों में बाजार में नाचेगी! जब से वकील साहब ने निर्मला के हाथ में रुपए-पैसे देने शुरू किए, रुक्मिणी उसकी आलोचना करने पर आरूढ़ हो गई। उन्हें मालूम होता था कि अब प्रलय होने में बहुत थोड़ी कसर रह गई है।

लड़कों को बार-बार पैसों की जरूरत पड़ती। जब तक खुद स्वामिनी थी, उन्हें बहला दिया करती थी। अब सीधे निर्मला के पास भेज देती। निर्मला को लड़कों के चटोरापन अच्छा न लगता था। कभी-कभी पैसे देने से इनकार कर देती। रुक्मिणी को अपने वाग्बाण सर करने का अवसर मिल जाता। अब तो मालकिन हुई है, लड़के काहे को जिएँगे। बिना माँ के बच्चे को कौन पूछे? रुपयों की मिठाइयाँ खा जाते थे, अब धेले-धेले को तरसते हैं। निर्मला अगर चिढ़कर किसी दिन बिना कुछ पूछे-ताछे पैसे दे देती तो देवीजी उसकी दूसरी ही आलोचना करतीं—इन्हें क्या, लड़के मरें या जिएँ, इनकी बला से, माँ के बिना कौन समझाए कि बेटा, बहुत मिठाइयाँ मत खाओ। आई-गई तो मेरे सिर जाएगी, इन्हें क्या? यहीं तक होता तो निर्मला शायद जब्त कर जाती, पर देवीजी तो खुफिया पुलिस के सिपाही की भाँति निर्मला का पीछा करती रहती थीं। अगर वह कोठे पर खड़ी है तो अवश्य ही किसी पर निगाह डाल रही होगी। महरी से बातें करती है तो अवश्य ही उनकी निंदा करती होगी। बाजार से कुछ मँगवाती है तो अवश्य कोई विलास वस्तु होगी। वह बराबर उसके पत्र पढ़ने की चेष्टा किया करती। छिप-छिपकर बातें सुना करती। निर्मला उनकी दोधारी तलवार से काँपती रहती थी। यहाँ तक कि उसने एक दिन पति से कहा—आप जरा जीजी को समझा दीजिए, क्यों मेरे पीछे पड़ी रहती हैं?

तोताराम ने तेज होकर कहा—तुम्हें कुछ कहा है, क्या?

'रोज ही कहती है। बात मुँह से निकालना मुश्किल है। अगर उन्हें इस बात की जलन हो कि यह मालकिन क्यों बनी हुई है तो आप उन्हीं को रुपए-पैसे दीजिए। मुझे न

चाहिए, यही मालकिन बनी रहें। मैं तो केवल इतना चाहती हूँ कि कोई मुझे ताने-मेहने न दिया करे।'

यह कहते-कहते निर्मला की आँखों से आँसू बहने लगे। तोताराम को अपना प्रेम दिखाने का यह बहुत ही अच्छा मौका मिला। बोले—मैं आज ही उनकी खबर लूँगा। साफ कह दूँगा, मुँह बंद करके रहना है तो रहो, नहीं तो अपनी राह लो। इस घर की स्वामिनी वह नहीं हैं, तुम हो। वह केवल तुम्हारी सहायता के लिए हैं। अगर सहायता करने के बदले तुम्हें दिक् करती हैं तो उनके यहाँ रहने की जरूरत नहीं। मैंने सोचा था कि विधवा हैं, अनाथ हैं, पाव भर आटा खाएँगी, पड़ी रहेंगी। जब और नौकर-चाकर खा रहे हैं तो वह तो अपनी बहन ही है। लड़कों की देखभाल के लिए एक औरत की जरूरत भी थी, रख लिया, लेकिन इसके यह माने नहीं कि वह तुम्हारे ऊपर शासन करें।

निर्मला ने फिर कहा—लड़कों को सिखा देती हैं कि जाकर माँ से पैसे माँगो, कभी कुछ-कभी कुछ। लड़के आकर मेरी जान खाते हैं। घड़ी भर लेटना मुश्किल हो जाता है। डाँटती हूँ तो वह आँखें लाल-पीली करके दौड़ती हैं। मुझे समझती हैं कि लड़कों को देखकर जलती है। ईश्वर जानते होंगे कि मैं बच्चों को कितना प्यार करती हूँ। आखिर मेरे ही बच्चे तो हैं। मुझे उनसे क्यों जलन होने लगी?

तोताराम क्रोध से काँप उठे। बोले—तुम्हें जो लड़का दिक् करे, उसे पीट दिया करो। मैं भी देखता हूँ कि लौंडे शरीर हो गए हैं। मंसाराम को तो मैं बोर्डिंग हाउस में भेज दूँगा। बाकी दोनों को तो आज ही ठीक किए देता हूँ।

उस वक्त तोताराम कचहरी जा रहे थे। डाँट-डपट करने का मौका न था, लेकिन कचहरी से लौटते ही उन्होंने घर में रुक्मिणी से कहा—क्यों बहन, तुम्हें इस घर में रहना है या नहीं? अगर रहना है, शांत होकर रहो। यह क्या कि दूसरों का रहना मुश्किल कर दो।

रुक्मिणी समझ गई कि बहू ने अपना वार किया, पर वह दबने वाली औरत न थी। एक तो उम्र में बड़ी, तिस पर इसी घर की सेवा में जिंदगी काट दी थी। किसकी मजाल थी कि उन्हें बेदखल कर दे! उन्हें भाई की इस क्षुद्रता पर आश्चर्य हुआ। बोली—तो क्या लौंडी बनाकर रखोगे? लौंडी बनकर रहना है तो इस घर की लौंडी न बनूँगी। अगर तुम्हारी यह इच्छा हो कि घर में कोई आग लगा दे और मैं खड़ी देखा करूँ, किसी को बेराह चलते देखूँ तो चुप साध लूँ, जो जिसके मन में आए करे, मैं मिट्टी की देवी बनी रहूँ तो यह मुझसे न होगा। यह हुआ क्या, जो तुम इतना आपे से बाहर हो रहे हो? निकल गई सारी बुद्धिमानी, कल की लौंडिया चोटी पकड़कर नचाने लगी? कुछ पूछना न ताछना, बस, उसने तार खींचा और तुम काठ के सिपाही की तरह तलवार निकालकर खड़े हो गए।

तोताराम—सुनता हूँ कि तुम हमेशा खुचर निकालती रहती हो। बात-बात पर ताने

देती हो। अगर कुछ सीख देनी हो तो उसे प्यार से, मीठे शब्दों में देनी चाहिए। तानों से सीख मिलने के बदले उलटा और जी जलने लगता है।

रुक्मिणी—तो तुम्हारी यह मरजी है कि किसी बात में न बोलूँ, यही सही, लेकिन फिर यह न कहना कि तुम घर में बैठी थीं, क्यों नहीं सलाह दी। जब मेरी बातें जहर लगती हैं तो मुझे क्या कुत्ते ने काटा है, जो बोलूँ? मसल है—'नाटों खेती, बहुरियों घर।' मैं भी देखूँ, बहुरिया कैसे कर घलाती है!

इतने में सियाराम और जियाराम स्कूल से आ गए। आते ही दोनों बुआजी के पास जाकर खाने को माँगने लगे।

रुक्मिणी ने कहा—जाकर अपनी नई अम्माँ से क्यों नहीं माँगते, मुझे बोलने का हुक्म नहीं है।

तोताराम—अगर तुम लोगों ने उस घर में कदम रखा तो टाँग तोड़ दूँगा। बदमाशी पर कमर बाँधी है।

जियाराम जरा शोख था। बोला—उनको तो आप कुछ नहीं कहते, हमीं को धमकाते हैं। कभी पैसे नहीं देतीं।

सियाराम ने इस कथन का अनुमोदन किया—कहती हैं, मुझे दिक् करोगे तो कान काट लूँगी। कहती हैं कि नहीं जिया?

निर्मला अपने कमरे से बोली—मैंने कब कहा था कि तुम्हारे कान काट लूँगी, अभी से झूठ बोलने लगे?

इतना सुनना था कि तोताराम ने सियाराम के दोनों कान पकड़कर उठा लिया। लड़का जोर से चीख मारकार रोने लगा।

रुक्मिणी ने दौड़कर बच्चे को मुंशीजी के हाथ से छुड़ा लिया और बोलीं— बस, रहने भी दो, क्या बच्चे को मार डालोगे? हाय-हाय! कान लाल हो गया। सच कहा है, नई बीवी पाकर आदमी अंधा हो जाता है। अभी से यह हाल है तो इस घर के भगवान ही मालिक हैं।

निर्मला अपनी विजय पर मन-ही-मन प्रसन्न हो रही थी, लेकिन जब मुंशीजी ने बच्चे का कान पकड़कर उठा लिया तो उससे न रहा गया। छुड़ाने को दौड़ी, पर रुक्मिणी पहले ही पहुँच गई थी। बोली—पहले आग लगा दी, अब बुझाने दौड़ी हो। जब अपने लड़के होंगे, तब आँखें खुलेंगी। पराई पीर क्या जानो?

निर्मला—खड़े तो हैं, पूछ लो न, मैंने क्या आग लगा दी? मैंने इतना ही कहा था कि लड़के मुझे पैसों के लिए बार-बार दिक् करते हैं, इसके सिवाय जो मेरे मुँह से कुछ निकला हो, तो मेरी आँखें फूट जाएँ।

तोताराम—मैं खुद इन लौंडों की शरारत देखा करता हूँ, अंधा थोड़े ही हूँ। तीनों जिद्दी और शरीर हो गए हैं। बड़े मियाँ को तो मैं आज ही होस्टल में भेजता हूँ।

रुक्मिणी—अब तक तुम्हें इनकी कोई शरारत न सूझी थी, आज आँखें क्यों इतनी तेज हो गईं?

तोताराम—तुम्हीं ने इन्हें इतना शोख कर रखा है।

रुक्मिणी—तो मैं ही विष की गाँठ हूँ। मेरे ही कारण तुम्हारा घर चौपट हो रहा है। लो मैं जाती हूँ, तुम्हारे लड़के हैं, मारो, चाहे काटो, न बोलूँगी।

यह कहकर वह वहाँ से चली गईं। निर्मला बच्चे को रोते देखकर विह्वल हो उठी। उसने उसे छाती से लगा लिया और गोद में लिए हुए अपने कमरे में लाकर उसे चुमकारने लगी, लेकिन बालक और भी सिसक-सिसककर रोने लगा। उसका अबोध हृदय इस प्यार में वह मातृ-स्नेह न पाता था, जिससे दैव ने उसे वंचित कर दिया था। यह वात्सल्य न था, केवल दया थी। यह वह वस्तु थी, जिस पर उसका कोई अधिकार न था, जो केवल भिक्षा के रूप में उसे दी जा रही थी। पिता ने पहले भी दो-एक बार मारा था, जब उसकी माँ जीवित थी, लेकिन तब उसकी माँ उसे छाती से लगाकर रोती न थी। वह अप्रसन्न होकर उससे बोलना छोड़ देती, यहाँ तक कि वह स्वयं थोड़ी ही देर के बाद कुछ भूलकर फिर माता के पास दौड़ा जाता था। शरारत के लिए सजा पाना तो उसकी समझ में आता था, लेकिन मार खाने पर चुमकारा जाना उसकी समझ में न आता था।

मातृ-प्रेम में कठोरता होती थी, लेकिन मृदुलता से मिली हुई। इस प्रेम में करुणा थी, पर वह कठोरता न थी, जो आत्मीयता का गुप्त संदेश है। स्वस्थ अंग की परवाह कौन करता है? लेकिन वही अंग जब किसी वेदना से टपकने लगता है तो उसे ठेस और धक्के से बचाने का यत्न किया जाता है। निर्मला का करुण रोदन बालक को उसके अनाथ होने की सूचना दे रहा था। वह बड़ी देर तक निर्मला की गोद में बैठा रोता रहा और रोते-रोते सो गया। निर्मला ने उसे चारपाई पर सुलाना चाहा तो बालक ने सुषुप्तावस्था में अपनी दोनों कोमल बाँहें उसकी गरदन में डाल दीं और ऐसा चिपट गया, मानो नीचे कुछ गड़ा हो। शंका और भय से उसका मुख विकृत हो गया। निर्मला ने फिर बालक को गोद में उठा लिया। चारपाई पर न सुला सकी। इस समय बालक को गोद में लिए हुए उसे वह तुष्टि हो रही थी, जो अब तक कभी न हुई थी। आज पहली बार उसे आत्मवेदना हुई, जिसके बिना आँख नहीं खुलती, अपना कर्तव्य-मार्ग नहीं समझता। वह मार्ग अब दिखाई देने लगा।

~6~

उस दिन अपने प्रगाढ़ प्रणय का सबल प्रमाण देने के बाद मुंशी तोताराम को आशा हुई थी कि निर्मला के मर्मस्थल पर मेरा सिक्का जम जाएगा, लेकिन उनकी यह आशा लेशमात्र भी पूरी न हुई, बल्कि पहले तो वह कभी-कभी उनसे हँसकर बोला भी करती थी। अब बच्चों ही के लालन-पालन में व्यस्त रहने लगी। जब घर आते, बच्चों को उसके पास बैठे पाते। कभी देखते कि उन्हें ला रही है, कभी कपड़े पहना रही है, कभी कोई खेल खेला रही है और कभी कोई कहानी कह रही है। निर्मला का तृषित हृदय प्रणय की ओर से निराश होकर इस अवलंब ही को गनीमत समझने लगा। बच्चों के साथ हँसने-बोलने में उसकी मातृ-कल्पना तृप्त होती थी। पति के साथ हँसने-बोलने में उसे जो संकोच, जो अरुचि तथा जो अनिच्छा होती थी, यहाँ तक कि वह उठकर भाग जाना चाहती, उसके बदले बालकों के सच्चे, सरल स्नेह से चित्त प्रसन्न हो जाता था। पहले मंसाराम उसके पास आते हुए झिझकता था, लेकिन अब कभी-कभी आ बैठता। वह मानसिक विकास में पाँच साल छोटा था। हॉकी और फुटबाल ही उसका संसार, उसकी कल्पनाओं का मुक्त-क्षेत्र तथा उसकी कामनाओं का हरा-भरा बाग था। इकहरे बदन का छरहरा, सुंदर, हँसमुख, लज्जाशील बालक था, जिसका घर से केवल भोजन का नाता था, बाकी सारे दिन न जाने कहाँ घूमा करता। निर्मला उसके मुँह से खेल की बातें सुनकर थोड़ी देर के लिए अपनी चिंताओं को भूल जाती और चाहती थी एक बार फिर वही दिन आ जाते, जब वह गुड़िया खेलती और उसके ब्याह रचाया करती थी और जिसे अभी छोड़े हुए बहुत ही थोड़े दिन गुजरे थे।

मुंशी तोताराम अन्य एकांत-सेवी मनुष्यों की भाँति विषयी जीव थे। कुछ दिनों तो वह निर्मला को सैर-तमाशे दिखाते रहे, लेकिन जब देखा कि इसका कुछ फल नहीं होता तो फिर एकांत-सेवन करने लगे। दिन-भर के कठिन मानसिक परिश्रम के बाद उनका चित्त आमोद-प्रमोद के लिए लालायित हो जाता, लेकिन जब अपनी विनोद-वाटिका में प्रवेश करते और उसके फूलों को मुरझाया, पौधों को सूखा और क्यारियों से धूल उड़ती हुई देखते तो उनका जी चाहता—क्यों न इस वाटिका को उजाड़ दूँ? निर्मला उनसे क्यों विरक्त रहती है, इसका रहस्य उनकी समझ में न आता था। दंपती शास्त्र के सारे मंत्रों की परीक्षा कर चुके, पर मनोरथ पूरा न हुआ। अब क्या करना चाहिए, यह उनकी समझ में न आता था।

एक दिन वह इसी चिंता में बैठे हुए थे कि उनके सहपाठी मित्र नयनसुखराम आकर बैठ गए और सलाम-वलाम के बाद मुसकराकर बोले—आजकल तो खूब गहरी छनती होगी। नई बीवी का आलिंगन करके जवानी का मजा आ जाता होगा? बड़े

भाग्यवान हो! भई रूठी हुई जवानी को मनाने का इससे अच्छा कोई उपाय नहीं कि नया विवाह हो जाए। यहाँ तो जिंदगी बवाल हो रही है। पत्नीजी इस बुरी तरह चिमटी हैं कि किसी तरह पिंड ही नहीं छोड़तीं। मैं तो दूसरी शादी की फिक्र में हूँ। कहीं डौल हो तो ठीक-ठाक कर दो। दस्तूरी में एक दिन तुम्हें उसके हाथ के बने हुए पान खिला देंगे।

तोताराम ने गंभीर भाव से कहा—कहीं ऐसी हिमाकत न कर बैठना, नहीं तो पछताओगे। लौंडियाँ तो लौंडों से ही खुश रहती हैं। हम-तुम अब उस काम के नहीं रहे। सच कहता हूँ, मैं तो शादी करके पछता रहा हूँ, बुरी बला गले पड़ी! सोचा था, दो-चार साल और जिंदगी का मजा उठा लूँ, पर उलटी आँतें गले पड़ीं।

नयनसुख—तुम क्या बातें करते हो। लौडियों को पंजों में लाना क्या मुश्किल बात है, जरा सैर-तमाशे दिखा दो, उनके रूप-रंग की तारीफ कर दो—बस, रंग जम गया।

तोताराम—यह सबकुछ कर-धरके हार गया।

नयनसुख—अच्छा, कुछ इत्र-तेल, फूल-पत्ते, चाट-वाट का भी मजा चखाया?

तोताराम—अजी, यह सब कर चुका। दंपती-शास्त्र के सारे मंत्रों का इम्तहान ले चुका, सब कोरी गप्पें हैं।

नयनसुख—अच्छा, तो अब मेरी एक सलाह मानो, जरा अपनी सूरत बनवा लो। आजकल यहाँ एक बिजली के डॉक्टर आए हुए हैं, जो बुढ़ापे के सारे निशान मिटा देते हैं। क्या मजाल कि चेहरे पर एक झुर्री या सिर का बाल पका रह जाए। न जाने क्या जादू कर देते हैं कि आदमी का चोला ही बदल जाता है।

तोताराम—फीस क्या लेते हैं?

नयनसुख—फीस तो सुना है, शायद पाँच सौ रुपए!

तोताराम—अजी, कोई पाखंडी होगा, बेवकूफों को लूट रहा होगा। कोई रोगन लगाकर दो-चार दिन के लिए जरा चेहरा चिकना कर देता होगा। इश्तहारी डॉक्टरों पर तो अपना विश्वास ही नहीं। दस-पाँच की बात होती तो कहता, जरा दिल्लगी ही सही। पाँच सौ रुपए बड़ी रकम है।

नयनसुख—तुम्हारे लिए पाँच सौ रुपए कौन बड़ी बात है। एक महीने की आमदनी है। मेरे पास तो भाई पाँच सौ रुपए होते तो सबसे पहला काम यही करता। जवानी के एक घंटे की कीमत पाँच सौ रुपए से कहीं ज्यादा है।

तोताराम—अजी, कोई सस्ता नुस्खा बताओ, कोई फकीरी जड़ी-बूटी, जो कि बिना हर्र-फिटकरी के रंग चोखा हो जाए। बिजली और रेडियम बड़े आदमियों के लिए रहने दो। उन्हीं को मुबारक हो।

नयनसुख—तो फिर रंगीलेपन का स्वाँग रचो। यह ढीला-ढाला कोट फेंको, तंजेब

की चुस्त अचकन हो, चुन्नटदार पाजामा, गले में सोने की जंजीर पड़ी हुई, सिर पर जयपुरी साफा बाँधा हुआ, आँखों में सुरमा और बालों में हिना का तेल पड़ा हुआ। तोंद का पिचकना भी जरूरी है। दोहरा कमरबंद बाँधो। जरा तकलीफ तो होगी, पर अचकन सज उठेगी। खिजाब मैं ला दूँगा। सौ-पचास गजलें याद कर लो और मौके-मौके से शेर पढ़ो। बातों में रस भरा हो। ऐसा मालूम हो कि तुम्हें दीन और दुनिया की कोई फिक्र नहीं है—बस, जो कुछ है, प्रियतमा ही है। जवाँमर्दी और साहस के काम करने का मौका ढूँढ़ते रहो। रात को झूठ-मूठ शोर करो—चोर-चोर और तलवार लेकर अकेले पिल पड़ो। हाँ, जरा मौका देख लेना, ऐसा न हो कि सचमुच कोई चोर आ जाए और तुम उसके पीछे दौड़ो, नहीं तो सारी कलई खुल जाएगी और मुफ्त के उल्लू बनोगे। उस वक्त तो जवाँमर्दी इसी में है कि दम साधे खड़े रहो, जिससे वह समझे कि तुम्हें खबर ही नहीं हुई, लेकिन ज्योंही चोर भाग खड़ा हो, तुम भी उछलकर बाहर निकलो और तलवार लेकर 'कहाँ? कहाँ?' कहते दौड़ो। ज्यादा नहीं, एक महीना मेरी बातों का इम्तहान करके देखो। अगर वह तुम्हारा दम न भरने लगे तो जो जुर्माना कहो, वह दूँ।

तोताराम ने उस वक्त तो यह बातें हँसी में उड़ा दीं, जैसा कि एक व्यवहार कुशल मनुष्य को करना चहिए था, लेकिन इसमें की कुछ बातें उसके मन में बैठ गईं। उनका असर पड़ने में कोई संदेह न था। धीरे-धीरे रंग बदलने लगे, जिसमें लोग खटक न जाएँ। पहले बालों से शुरू किया, फिर सुरमे की बारी आई, यहाँ तक कि एक-दो महीने में उनका कलेवर ही बदल गया। गजलें याद करने का प्रस्ताव तो हास्यास्पद था, लेकिन वीरता की डींग मारने में कोई हानि न थी।

उस दिन से वह रोज अपनी जवाँमर्दी का कोई-न-कोई प्रसंग अवश्य छेड़ देते। निर्मला को संदेह होने लगा कि कहीं इन्हें उन्माद का रोग तो नहीं हो रहा है। जो आदमी मूँग की दाल और मोटे आटे के दो फुलके खाकर भी नमक सुलेमानी का मुहताज हो, उसके छैलेपन पर उन्माद का संदेह हो तो आश्चर्य ही क्या? निर्मला पर इस पागलपन का और क्या रंग जमता? उसे उनपर दया आने लगी। क्रोध और घृणा का भाव जाता रहा। क्रोध और घृणा उनपर होती है, जो अपने होश में हों, पागल आदमी तो दया ही का पात्र है। वह बात-बात में उनकी चुटकियाँ लेती, उनका मजाक उड़ाती, जैसे लोग पागलों के साथ किया करते हैं। हाँ, इसका ध्यान रखती थी कि वह समझ न जाएँ। वह सोचती, बेचारा अपने पाप का प्रायश्चित्त कर रहा है। यह सारा स्वाँग केवल इसलिए तो है कि मैं अपना दुःख भूल जाऊँ। आखिर अब भाग्य तो बदल सकता नहीं, इस बेचारे को क्यों जलाऊँ?

एक दिन रात को नौ बजे तोताराम बाँके बने हुए सैर करके लौटे और निर्मला से बोले—आज तीन चोरों से सामना हो गया। जरा शिवपुर की तरफ चला गया था। अँधेरा

मुंशीजी घर से तो निकले, लेकिन बरामदे में फिर ठिठक गए। उनके पाँव ही न उठते थे। कलेजा धड़-धड़ कर रहा था। साँप बड़ा क्रोधी जानवर है। कहीं काट ले तो मुफ्त में प्राण से हाथ धोने पड़ें। बोले—डरता नहीं हूँ। साँप ही तो है, शेर तो नहीं, मगर साँप पर लाठी नहीं असर करती, जाकर किसी को भेजूँ, किसी के घर से भाला लाएँ।

यह कहकर मुंशीजी लपके हुए बाहर चले गए। मंसाराम बैठा खाना खा रहा था। मुंशीजी तो बाहर चले गए, इधर वह खाना छोड़, अपनी हॉकी का डंडा हाथ में ले, कमरे में घुस पड़ा और तुरंत चारपाई खींच ली। साँप मस्त था, भागने के बदले फन निकालकर खड़ा हो गया। मंसाराम ने चटपट चारपाई की चादर उठाकर साँप के ऊपर फेंक दी और ताबड़तोड़ तीन-चार डंडे कसकर जमाए। साँप चादर के अंदर तड़पकर रह गया। तब उसे डंडे पर उठाए हुए बाहर चला। मुंशीजी कई आदमियों को साथ लिए चले आ रहे थे। मंसाराम को साँप लटकाए आते देखा तो सहसा उनके मुँह से चीख निकल पड़ी, मगर फिर सँभल गए और बोले—मैं तो आ ही रहा था, तुमने क्यों जल्दी की? दे दो, कोई फेंक आए।

यह कहकर बहादुरी के साथ रुक्मिणी के कमरे के द्वार पर जाकर खड़े हो गए और कमरे को खूब देखभाल कर मूँछों पर ताव देते हुए निर्मला के पास जाकर बोले—मैं जब तक आऊँ-जाऊँ, मंसाराम ने मार डाला। बेसमझ लड़का डंडा लेकर दौड़ पड़ा। साँप हमेशा भाले से मारना चाहिए। यही तो लड़कों में ऐब है। मैंने ऐसे-ऐसे कितने साँप मारे हैं। साँप को खिला-खिलाकर मारता हूँ। कितनों ही को मुट्ठी से पकड़कर मसल दिया है।

रुक्मिणी ने कहा—जाओ भी, देख ली तुम्हारी मर्दानगी।

मुंशीजी झेंपकर बोले—अच्छा जाओ, मैं डरपोक ही सही, तुमसे कुछ इनाम तो नहीं माँग रहा हूँ। जाकर महाराज से कहो, खाना निकाले।

मुंशीजी तो भोजन करने गए और निर्मला द्वार के चौखट पर खड़ी सोच रही थी—भगवान् क्या इन्हें सचमुच कोई भीषण रोग हो रहा है? क्या मेरी दशा को और भी दारुण बनाना चाहते हो? मैं इनकी सेवा कर सकती हूँ, सम्मान कर सकती हूँ, अपना जीवन इनके चरणों पर अर्पण कर सकती हूँ, लेकिन वह नहीं कर सकती, जो मेरे किए नहीं हो सकता। अवस्था का भेद मिटाना मेरे वश की बात नहीं। आखिर यह मुझसे क्या चाहते हैं—समझ गई। आह यह बात पहले ही नहीं समझी थी, नहीं तो इनको क्यों तपस्या करनी पड़ती, क्यों इतने स्वाँग भरने पड़ते।

अगर ऐसा करूँ तो यही होगा कि यह लड़कों को देखकर जलती है।

मुंशीजी ने इसका कुछ जवाब न दिया, लेकिन आज उन्होंने मुवक्किलों से बातें नहीं कीं, सीधे मंसाराम के पास गए और उसका इम्तिहान लेने लगे। यह जीवन में पहला ही अवसर था कि इन्होंने मंसाराम या किसी लड़के की शिक्षोन्नति के विषय में इतनी दिलचस्पी दिखाई हो। उन्हें अपने काम से सिर उठाने की फुरसत ही न मिलती थी। उन्हें इन विषयों को पढ़े हुए चालीस वर्ष के लगभग हो गए थे। तब से उनकी ओर आँख तक न उठाई थी। वह कानूनी पुस्तकों और पत्रों के सिवाय और कुछ पढ़ते ही न थे। इसका समय ही न मिलता, पर आज उन्हीं विषयों में मंसाराम की परीक्षा लेने लगे। मंसाराम जहीन था और इसके साथ ही मेहनती भी था। खेल में भी टीम का कैप्टन होने पर भी वह क्लास में प्रथम रहता था। जिस पाठ को एक बार देख लेता, पत्थर की लकीर हो जाती थी। मुंशीजी को उतावली में ऐसे मार्मिक प्रश्न तो सूझे नहीं, जिनके उत्तर देने में चतुर लड़के को भी कुछ सोचना पड़ता और ऊपरी प्रश्नों को मंसाराम ने चुटकियों में उड़ा दिया। कोई सिपाही अपने शत्रु पर वार खाली जाते देखकर जैसे झल्ला-झल्लाकर और भी तेजी से वार करता है, उसी भाँति मंसाराम के जवाबों को सुन-सुनकर वकील साहब भी झल्लाते थे। वह कोई ऐसा प्रश्न करना चाहते थे, जिसका जवाब मंसाराम से न बन पड़े। देखना चाहते थे कि इसका कमजोर पहलू कहाँ है। यह देखकर अब उन्हें संतोष न हो सकता था कि वह क्या करता है। वह यह देखना चाहते थे कि यह क्या नहीं कर सकता। कोई अभ्यस्त परीक्षक मंसाराम की कमजोरियों को आसानी से दिखा देता, पर वकील साहब अपनी आधी शताब्दी की भूली हुई शिक्षा के आधार पर इतने सफल कैसे होते? अंत में उन्हें अपना गुस्सा उतारने के लिए कोई बहाना न मिला तो बोले—मैं देखता हूँ, तुम सारे दिन इधर-उधर मटरगश्ती किया करते हो। मैं तुम्हारे चरित्र को तुम्हारी बुद्धि से बढ़कर समझता हूँ और तुम्हारा यों आवारा घूमना मुझे कभी गवारा नहीं हो सकता।

मंसाराम ने निर्भीकता से कहा—मैं शाम को एक घंटा खेलने के लिए जाने के सिवाय दिन भर कहीं नहीं जाता। आप अम्माँ या बुआजी से पूछ लें। मुझे खुद इस तरह घूमना पसंद नहीं। हाँ, खेलने के लिए हेड मास्टर साहब आग्रह करके बुलाते हैं तो मजबूरन जाना पड़ता है। अगर आपको मेरा खेलने जाना पसंद नहीं है तो कल से न जाऊँगा।

मुंशीजी ने देखा कि बातें दूसरे ही रुख पर जा रही हैं तो तीव्र स्वर में बोले—मुझे इस बात का इत्मीनान क्योंकर हो कि खेलने के सिवा कहीं नहीं घूमने जाते? मैं बराबर शिकायतें सुनता हूँ।

मंसाराम ने उत्तेजित होकर कहा—किन महाशय ने आपसे यह शिकायत की है, जरा मैं भी तो सुनूँ?

वकील—कोई भी हो, इससे तुम्हें कोई मतलब नहीं। तुम्हें इतना विश्वास होना चाहिए कि मैं झूठा आक्षेप नहीं करता।

मंसाराम—अगर मेरे सामने कोई आकर कह दे कि मैंने इन्हें कहीं घूमते देखा है तो मुँह न दिखाऊँ।

वकील—किसी को ऐसी क्या गरज पड़ी है कि तुम्हारे मुँह पर तुम्हारी शिकायत करे और तुमसे बैर मोल ले? तुम अपने दो-चार साथियों को लेकर उसके घर की खपरैल फोड़ते फिरो। मुझसे इस किस्म की शिकायत एक आदमी ने नहीं, कई आदमियों ने की है और कोई वजह नहीं है कि मैं अपने दोस्तों की बात पर विश्वास न करूँ। मैं चाहता हूँ कि तुम स्कूल ही में रहा करो।

मंसाराम ने मुँह गिराकर कहा—मुझे वहाँ रहने में कोई आपत्ति नहीं है, जब से कहिए, चला जाऊँ।

वकील—तुमने मुँह क्यों लटका लिया? क्या वहाँ रहना अच्छा नहीं लगता? ऐसा मालूम होता है, मानो वहाँ जाने के भय से तुम्हारी नानी मरी जा रही है। आखिर बात क्या है, वहाँ तुम्हें क्या तकलीफ होगी?

मंसाराम छात्रालय में रहने के लिए उत्सुक नहीं था, लेकिन जब मुंशीजी ने यह बात कह दी और इसका कारण पूछा, सो वह अपनी झेंप मिटाने के लिए प्रसन्नचित्त होकर बोला—मुँह क्यों लटकाऊँ? मेरे लिए जैसे घर वैसे बोर्डिंग हाउस। तकलीफ भी कोई नहीं और हो भी तो उसे सह सकता हूँ। मैं कल से चला जाऊँगा। हाँ, अगर जगह न खाली हुई तो मजबूरी है।

मुंशीजी वकील थे। समझ गए कि यह लौंडा कोई ऐसा बहाना ढूँढ़ रहा है, जिससे इसे वहाँ जाना न पड़े और कोई इलजाम भी सिर पर न आए। बोले—सब लड़कों के लिए जगह है, तुम्हारे ही लिए जगह न होगी?

मंसाराम—कितने ही लड़कों को जगह नहीं मिली और वे बाहर किराए के मकानों में पड़े हुए हैं। अभी बोर्डिंग हाउस में एक लड़के का नाम कट गया था तो पचास अर्जियाँ उस जगह के लिए आई थीं।

वकील साहब ने ज्यादा तर्क-वितर्क करना उचित नहीं समझा। मंसाराम को कल तैयार रहने की आज्ञा देकर अपनी बग्घी तैयार कराई और सैर करने चले गए। इधर कुछ दिनों से वह शाम को प्राय: सैर करने चले जाया करते थे। किसी अनुभवी प्राणी ने बतलाया था कि दीर्घ जीवन के लिए इससे बढ़कर कोई मंत्र नहीं है। उनके जाने के बाद

मंसाराम आकर रुक्मिणी से बोला—बुआजी, बाबूजी ने मुझे कल से स्कूल में रहने को कहा है।

रुक्मिणी ने विस्मित होकर पूछा—क्यों?

मंसाराम—मैं क्या जानूँ? कहने लगे कि तुम यहाँ आवारों की तरह इधर-उधर फिरा करते हो।

रुक्मिणी—तूने कहा नहीं कि मैं कहीं नहीं जाता।

मंसाराम—कहा क्यों नहीं, मगर वह मानें भी।

रुक्मिणी—तुम्हारी नई अम्माँजी की कृपा होगी और क्या?

मंसाराम—नहीं बुआजी, मुझे उनपर संदेह नहीं है, वह बेचारी भूल से भी कभी कुछ नहीं कहतीं। कोई चीज माँगने जाता हूँ तो तुरंत उठाकर दे देती हैं।

रुक्मिणी—तू यह त्रिया-चरित्र क्या जाने, यह उन्हीं की लगाई हुई आग है। देख, मैं जाकर पूछती हूँ।

रुक्मिणी झल्लाई हुई निर्मला के पास जा पहुँची। उसे आड़े हाथों लेने का, काँटों में घसीटने का, तानों से छेदने का, रुलाने का सुअवसर वह हाथ से न जाने देती थी। निर्मला उनका आदर करती थी, उनसे दबती थी, उनकी बातों का जवाब तक न देती थी। वह चाहती थी कि यह सिखावन की बातें कहें, जहाँ मैं भूलूँ, वहाँ सुधारें, सब कामों की देख-रेख करती रहें, पर रुक्मिणी उससे तनी ही रहती थी।

निर्मला चारपाई से उठकर बोली—आइए दीदी, बैठिए।

रुक्मिणी ने खड़े-खड़े कहा—मैं पूछती हूँ, क्या तुम सबको घर से निकालकर अकेले ही रहना चाहती हो?

निर्मला ने कातर भाव से कहा—क्या हुआ दीदीजी? मैंने तो किसी से कुछ नहीं कहा।

रुक्मिणी—मंसाराम को घर से निकाले देती हो, तिस पर कहती हो, मैंने तो किसी से कुछ नहीं कहा। क्या तुमसे इतना भी देखा नहीं जाता?

निर्मला—दीदीजी, तुम्हारे चरणों को छूकर कहती हूँ, मुझे कुछ नहीं मालूम। मेरी आँखें फूट जाएँ, अगर उसके विषय में मुँह तक खोला हो।

रुक्मिणी—क्यों व्यर्थ कसमें खाती हो। अब तक तोताराम कभी लड़के से नहीं बोलते थे। एक हफ्ते के लिए मंसाराम ननिहाल चला गया था तो इतने घबराए कि खुद जाकर लिवा लाए। अब इसी मंसाराम को घर से निकालकर स्कूल में रखे देते हैं। अगर लड़के का बाल भी बाँका हुआ तो तुम जानोगी। वह कभी बाहर नहीं रहा, उसे न खाने की सुध रहती है, न पहनने की—जहाँ बैठता, वहीं सो जाता है। कहने को तो जवान हो

गया, पर स्वभाव बालकों-सा है। स्कूल में उसकी मरन हो जाएगी। वहाँ किसे फिक्र है कि इसने खाया या नहीं, कहाँ कपड़े उतारे, कहाँ सो रहा है। जब घर में कोई पूछने वाला नहीं तो बाहर कौन पूछेगा? मैंने तुम्हें चेता दिया, आगे तुम जानो, तुम्हारा काम जाने।

यह कहकर रुक्मिणी वहाँ से चली गई।

वकील साहब सैर करके लौटे तो निर्मला ने तुरंत यह विषय छेड़ दिया। मंसाराम से वह आजकल थोड़ी अंग्रेजी पढ़ती थी। उसके चले जाने पर फिर उसके पढ़ने का हरज न होगा? दूसरा कौन पढ़ाएगा? वकील साहब को अब तक यह बात न मालूम थी। निर्मला ने सोचा था कि जब कुछ अभ्यास हो जाएगा तो वकील साहब को एक दिन अंग्रेजी में बातें करके चकित कर दूँगी। कुछ थोड़ा सा ज्ञान तो उसे अपने भाइयों से ही हो गया था। अब वह नियमित रूप से पढ़ रही थी। वकील साहब की छाती पर साँप-सा लोट गया, त्योरियाँ बदलकर बोले—वह कब से पढ़ा रहा है तुम्हें। मुझसे तुमने कभी नहीं कहा।

निर्मला ने उनका यह रूप केवल एक बार देखा था, जब उन्होंने सियाराम को मारते-मारते बेदम कर दिया था। वही रूप और भी विकराल बनकर आज उसे फिर दिखाई दिया। सहमती हुई बोली—उनके पढ़ने में तो इससे कोई हरज नहीं होता। मैं उसी वक्त उनसे पढ़ती हूँ, जब उन्हें फुरसत रहती है। पूछ लेती हूँ कि तुम्हारा हरज होता हो तो जाओ। बहुधा जब वह खेलने जाने लगते हैं तो दस मिनट के लिए रोक लेती हूँ। मैं खुद चाहती हूँ कि उनका नुकसान न हो।

बात कुछ न थी, मगर वकील साहब हताश-सा होकर चारपाई पर गिर पड़े और माथे पर हाथ रखकर चिंता में मगन हो गए। उन्होंने जितना समझा था, बात उससे कहीं अधिक बढ़ गई थी। उन्हें अपने ऊपर क्रोध आया कि मैंने पहले ही क्यों न इस लौंडे को बाहर रखने का प्रबंध किया। आजकल जो यह महारानी इतनी खुश दिखाई देती हैं, इसका रहस्य अब समझ में आया। पहले कभी कमरा इतना सजा-सजाया न रहता था, बनाव-चुनाव भी न करती थीं, पर अब देखता हूँ कायापलट-सी हो गई है। जी में तो आया कि इसी वक्त चलकर मंसाराम को निकाल दें, लेकिन प्रौढ़ बुद्धि ने समझाया कि इस अवसर पर क्रोध की जरूरत नहीं। कहीं इसने भाँप लिया तो गजब ही हो जाएगा। हाँ, जरा इसके मनोभावों को टटोलना चाहिए। बोले—यह तो मैं जानता हूँ कि तुम्हें दो-चार मिनट पढ़ाने से उसका हरज नहीं होता, लेकिन आवारा लड़का है, अपना काम न करने का उसे एक बहाना तो मिल जाता है। कल अगर फेल हो गया तो साफ कह देगा—मैं तो दिन भर पढ़ाता रहता था। मैं तुम्हारे लिए कोई मिस नौकर रख दूँगा। कुछ ज्यादा खर्च न होगा। तुमने मुझसे पहले कहा ही नहीं। वह तुम्हें भला क्या पढ़ाता होगा, दो-चार शब्द बताकर भाग जाता होगा। इस तरह तो तुम्हें कुछ भी न आएगा।

निर्मला ने तुरंत इस आक्षेप का खंडन किया—नहीं, यह बात तो नहीं। वह मुझे दिल लगाकर पढ़ाते हैं और उनकी शैली भी कुछ ऐसी है कि पढ़ने में मन लगता है। आप एक दिन जरा उनका समझाना देखिए। मैं तो समझती हूँ कि मिस इतने ध्यान से न पढ़ाएगी।

मुंशीजी अपनी प्रश्न-कुशलता पर मूँछों पर ताव देते हुए बोले—दिन में एक ही बार पढ़ाता हूँ या कई बार?

निर्मला अब भी इन प्रश्नों का आशय न समझी। बोली—पहले तो शाम ही को पढ़ा देते थे, अब कई दिनों से एक बार आकर लिखना भी देख लेते हैं। वह तो कहते हैं कि मैं अपनी क्लास में सबसे अच्छा हूँ। अभी परीक्षा में इन्हीं को प्रथम स्थान मिला था, फिर आप कैसे समझते हैं कि उनका पढ़ने में जी नहीं लगता? मैं इसलिए और भी कहती हूँ कि दीदी समझेंगी, इसी ने यह आग लगाई है। मुफ्त में मुझे ताने सुनने पड़ेंगे। अभी जरा ही देर हुई, धमकाकर गई हैं।

मुंशीजी ने दिल में कहा—खूब समझता हूँ। तुम कल की छोकरी होकर मुझे चराने चलीं! दीदी का सहारा लेकर अपना मतलब पूरा करना चाहती है।

बोले—मैं नहीं समझता, बोर्डिंग का नाम सुनकर क्यों लौंडे की नानी मरती है और लड़के खुश होते हैं कि अब अपने दोस्तों में रहेंगे, यह उलटे रो रहा है। अभी कुछ दिन पहले तक यह दिल लगाकर पढ़ता था। यह उसी मेहनत का नतीजा है कि अपनी क्लास में सबसे अच्छा है, लेकिन इधर कुछ दिनों से इसे सैर-सपाटे का चस्का पड़ चला है। अगर अभी से रोकथाम न की गई तो पीछे करते-धरते न बन पड़ेगा। तुम्हारे लिए मैं एक मिस रख दूँगा।

दूसरे दिन मुंशीजी प्रातःकाल कपड़े-लत्ते पहनकर बाहर निकले। दीवानखाने में कई मुवक्किल बैठे हुए थे। इनमें एक राजा साहब भी थे, जिनसे मुंशीजी को कई हजार सालाना मेहनताना मिलता था, मगर मुंशीजी उन्हें वहीं बैठे छोड़ दस मिनट में आने का वादा करके बग्घी पर बैठकर स्कूल के हेडमास्टर के यहाँ जा पहुँचे। हेडमास्टर साहब बड़े सज्जन पुरुष थे। वकील साहब का बहुत आदर-सत्कार किया, पर उनके यहाँ एक लड़के की भी जगह खाली न थी। सभी कमरे भरे हुए थे। इंस्पेक्टर साहब की कड़ी ताकीद थी कि मुफस्सिल के लड़कों को जगह देकर, तब शहर के लड़कों को दी जाए, इसीलिए यदि कोई जगह खाली भी हुई तो भी मंसाराम को जगह न मिल सकेगी, क्योंकि कितने ही बाहरी लड़कों के प्रार्थना-पत्र रखे हुए थे। मुंशीजी वकील थे, रात-दिन ऐसे प्राणियों से साबका रहता था, जो लोभवश असंभव को भी संभव, असाध्य को भी साध्य बना सकते हैं। समझे, शायद कुछ दे-दिलाकर काम निकल जाए, दफ्तर

क्लर्क से ढंग की कुछ बातचीत करनी चाहिए, पर उसने हँसकर कहा—मुंशीजी यह कचहरी नहीं, स्कूल है, हेडमास्टर साहब के कानों में इसकी भनक भी पड़ गई तो जामे से बाहर हो जाएँगे और मंसाराम को खड़े-खड़े निकाल देंगे। संभव है, अफसरों से शिकायत कर दें। बेचारे मुंशीजी अपना सा मुँह लेकर रह गए। दस बजते-बजते झुँझलाए हुए घर लौटे। मंसाराम उसी वक्त घर से स्कूल जाने को निकला। मुंशीजी ने कठोर नेत्रों से उसे देखा, मानो वह उनका शत्रु हो और घर में चले गए।

इसके बाद दस-बारह दिनों तक वकील साहब का यही नियम रहा कि कभी सुबह कभी शाम, किसी-न-किसी स्कूल के हेडमास्टर से मिलते और मंसाराम को बोर्डिंग हाउस में दाखिल करने की चेष्टा करते, पर किसी स्कूल में जगह न थी। सभी जगहों से कोरा जवाब मिल गया। अब दो ही उपाय थे—या तो मंसाराम को अलग किराए के मकान में रख दिया जाए या किसी दूसरे स्कूल में भरती करा दिया जाए। ये दोनों बातें आसान थीं। मुफस्सिल के स्कूलों में जगह अकसर खाली रहती थी, लेकिन अब मुंशीजी का शंकित हृदय कुछ शांत हो गया था। उस दिन से उन्होंने मंसाराम को कभी घर में जाते न देखा। यहाँ तक कि अब वह खेलने भी न जाता था। स्कूल जाने के पहले और आने के बाद, बराबर अपने कमरे में बैठा रहता। गरमी के दिन थे, खुले हुए मैदान में भी देह से पसीने की धारें निकलती थीं, लेकिन मंसाराम अपने कमरे से बाहर न निकलता। उसका आत्माअभिमान आवारापन के आक्षेप से मुक्त होने के लिए विकल हो रहा था। वह अपने आचरण से इस कलंक को मिटा देना चाहता था।

एक दिन मुंशीजी बैठे भोजन कर रहे थे कि मंसाराम भी नहाकर खाने आया। मुंशीजी ने इधर उसे महीनों से नंगे बदन न देखा था। आज उस पर निगाह पड़ी तो होश उड़ गए। हड्डियों का ढाँचा सामने खड़ा था। मुख पर अब भी ब्रह्मचर्य का तेज था, पर देह घुलकर काँटा हो गई थी। पूछा—आजकल तुम्हारी तबीयत अच्छी नहीं है, क्या? इतने दुर्बल क्यों हो?

मंसाराम ने धोती ओढ़कर कहा—तबीयत तो बिल्कुल अच्छी है।

मुंशीजी—फिर इतने दुर्बल क्यों हो?

मंसाराम—दुर्बल तो नहीं हूँ। मैं इससे ज्यादा मोटा कब था?

मुंशीजी—वाह, आधी देह भी नहीं रही और कहते हो, मैं दुर्बल नहीं हूँ? क्यों दीदी, यह ऐसा ही था?

रुक्मिणी आँगन में खड़ी तुलसी को जल चढ़ा रही थी, बोली—दुबला क्यों होगा, अब तो बहुत अच्छी तरह लालन-पालन हो रहा है। मैं गँवारिन थी, लड़कों को खिलाना-पिलाना नहीं जानती थी। खोमचा खिला-खिलाकर इनकी आदत बिगाड़ देती थी। अब

तो एक पढ़ी-लिखी, गृहस्थी के कामों में चतुर औरत पान की तरह फेर रही है न। दुबला हो, उसका दुश्मन।

मुंशीजी—दीदी, तुम बड़ा अन्याय करती हो। तुमसे किसने कहा कि लड़कों को बिगाड़ रही हो। जो काम दूसरों के किए न हो सके, वह तुम्हें खुद करने चाहिए। यह नहीं कि घर से कोई नाता न रखो। जो अभी खुद लड़की है, वह लड़कों की देख-रेख क्या करेगी? यह तुम्हारा काम है।

रुक्मिणी—जब तक अपना समझती थी, करती थी। जब तुमने गैर समझ लिया तो मुझे क्या पड़ी है कि मैं तुम्हारे गले से चिपटूँ? पूछो, कै दिन से दूध नहीं पिया? जाके कमरे में देख आओ, नाश्ते के लिए जो मिठाई भेजी गई थीं, वह पड़ी सड़ रही है। मालकिन समझती हैं, मैंने तो खाने का सामान रख दिया, कोई न खाए तो क्या मैं मुँह में डाल दूँ? तो भैया, इस तरह वे लड़के पलते होंगे, जिन्होंने कभी लाड़-प्यार का सुख नहीं देखा। तुम्हारे लड़के बराबर पान की तरह फेरे जाते रहे हैं, अब अनाथों की तरह रहकर सुखी नहीं रह सकते। मैं तो बात साफ कहती हूँ। बुरा मानकर ही कोई क्या कर लेगा? उस पर सुनती हूँ कि लड़के को स्कूल में रखने का प्रबंध कर रहे हो। बेचारे को घर में आने तक की मनाही है। मेरे पास आते भी डरता है और फिर मेरे पास रखा ही क्या रहता है, जो जाकर खिलाऊँगी।

इतने में मंसाराम दो फुलके खाकर उठ खड़ा हुआ। मुंशीजी ने पूछा—क्या तुम खा चुके? अभी बैठे एक मिनट से ज्यादा नहीं हुआ। तुमने खाया क्या, दो ही फुलके तो लिए थे।

मंसाराम ने सकुचाते हुए कहा—दाल और तरकारी भी तो थी। ज्यादा खा जाता हूँ तो गला जलने लगता है, खट्टी डकारें आने लगती हैं।

मुंशीजी भोजन करके उठे तो बहुत चिंतित थे। अगर यों ही दुबला होता गया, तो उसे कोई भयंकर रोग पकड़ लेगा। उन्हें रुक्मिणी पर इस समय बहुत क्रोध आ रहा था। उन्हें यही जलन है कि मैं घर की मालकिन नहीं हूँ। यह नहीं समझतीं कि मुझे घर की मालकिन बनने का क्या अधिकार है? जिसे रुपया का हिसाब तक नहीं आता, वह घर की स्वामिनी कैसे हो सकती है? बनी तो थीं साल भर तक मालकिन, एक पाई की बचत न होती थी। इस आमदनी में रूपकला दो-ढाई सौ रुपए बचा लेती थी। इनके राज में वही आमदनी खर्च को भी पूरी न पड़ती थी। कोई बात नहीं, लाड़-प्यार ने इन लड़कों को चौपट कर दिया। इतने बड़े-बड़े लड़कों को इसकी क्या जरूरत कि जब कोई खिलाए तो खाएँ। इन्हें तो खुद अपनी फिक्र करनी चाहिए। मुंशीजी दिन भर उसी उधेड़-बुन में पड़े रहे। दो-चार मित्रों से भी जिक्र किया। लोगों ने कहा—उसके खेल-

कूद में बाधा न डालिए, अभी से उसे कैद न कीजिए, खुली हवा में चरित्र के भ्रष्ट होने की उससे कम संभावना है, जितना बंद कमरे में। कुसंगत से जरूर बचाइए, मगर यह नहीं कि उसे घर से निकलने ही न दीजिए। युवावस्था में एकांतवास चरित्र के लिए बहुत ही हानिकारक है। मुंशीजी को अब अपनी गलती मालूम हुई। घर लौटकर मंसाराम के पास गए। वह अभी स्कूल से आया था और बिना कपड़े उतारे, एक किताब सामने खोलकर, सामने खिड़की की ओर ताक रहा था। उसकी दृष्टि एक भिखारिन पर लगी हुई थी, जो अपने बालक को गोद में लिए भिक्षा माँग रही थी।

बालक माता की गोद में बैठा ऐसा प्रसन्न था, मानो वह किसी राजसिंहासन पर बैठा हो। मंसाराम उस बालक को देखकर रो पड़ा। यह बालक क्या मुझसे अधिक सुखी नहीं है? इस अनंत विश्व में ऐसी कौन सी वस्तु है, जिसे वह इस गोद के बदले पाकर प्रसन्न हो? ईश्वर भी ऐसी वस्तु की सृष्टि नहीं कर सकते। ईश्वर ऐसे बालकों को जन्म ही क्यों देते हो, जिनके भाग्य में मातृ-वियोग का दुःख भोगना बदा है? आज मुझ-सा अभागा संसार में और कौन है? किसे मेरे खाने-पीने की, मरने-जीने की सुध है। अगर मैं आज मर भी जाऊँ तो किसके दिल को चोट लगेगी। पिता को अब मुझे रुलाने में मजा आता है, वह मेरी सूरत भी नहीं देखना चाहते, मुझे घर से निकाल देने की तैयारियाँ हो रही हैं। आह माता! तुम्हारा लाडला बेटा आज आवारा कहाँ जा रहा है! वही पिताजी, जिनके हाथ में तुमने हम तीनों भाइयों के हाथ पकड़ाए थे, आज मुझे आवारा और बदमाश कह रहे हैं। मैं इस योग्य भी नहीं कि इस घर में रह सकूँ। यह सोचते-सोचते मंसाराम अपार वेदना से फूट-फूटकर रोने लगा।

उसी समय तोताराम कमरे में आकर खड़े हो गए। मंसाराम ने चटपट आँसू पोंछ डाले और सिर झुकाकर खड़ा हो गया। मुंशीजी ने शायद पहली बार उसके कमरे में कदम रखा था। मंसाराम का दिल धड़धड़ करने लगा कि देखें आज क्या आफत आती है। मुंशीजी ने उसे रोते देखा तो एक क्षण के लिए उनका वात्सल्य घोर निद्रा से चौंक पड़ा। घबराकर बोले—क्यों, रोते क्यों हो बेटा। किसी ने कुछ कहा है?

मंसाराम ने बड़ी मुश्किल से उमड़ते हुए आँसुओं को रोककर कहा—जी नहीं, रोता तो नहीं हूँ।

मुंशीजी—तुम्हारी अम्माँ ने तो कुछ नहीं कहा?

मंसाराम—जी नहीं, वह तो मुझसे बोलती ही नहीं।

मुंशीजी—क्या करूँ बेटा, शादी तो इसलिए की थी कि बच्चों को माँ मिल जाएगी, लेकिन वह आशा पूरी नहीं हुई तो क्या बिल्कुल नहीं बोलतीं?

मंसाराम—जी नहीं, इधर महीनों से नहीं बोलीं।

मुंशीजी—विचित्र स्वभाव की औरत है, मालूम ही नहीं होता कि क्या चाहती है? मैं जानता कि उसका ऐसा मिजाज होगा तो कभी शादी न करता। रोज एक-न-एक बात लेकर उठ खड़ी होती है। उसी ने मुझसे कहा था कि यह दिन भर न जाने कहाँ गायब रहता है। मैं उसके दिल की बात क्या जानता था? समझा, तुम कुसंगत में पड़कर शायद दिन भर घूमा करते हो। कौन ऐसा पिता है, जिसे अपने प्यारे पुत्र को आवारा फिरते देखकर रंज न हो? इसीलिए मैंने तुम्हें बोर्डिंग हाउस में रखने का निश्चय किया था। बस और कोई बात नहीं थी, बेटा। मैं तुम्हारा खेलना-कूदना बंद नहीं करना चाहता था। तुम्हारी यह दशा देखकर मेरे दिल के टुकड़े हुए जाते हैं। कल मुझे मालूम हुआ कि मैं भ्रम में था। तुम शौक से खेलो, सुबह-शाम मैदान में निकल जाया करो। ताजी हवा से तुम्हें लाभ होगा। जिस चीज की जरूरत हो, मुझसे कहो, उनसे कहने की जरूरत नहीं। समझ लो कि वह घर में है ही नहीं। तुम्हारी माता छोड़कर चली गई तो मैं तो हूँ।

बालक का सरल निष्कपट हृदय पितृ-प्रेम से पुलकित हो उठा। मालूम हुआ कि साक्षात् भगवान् खड़े हैं। नैराश्य और क्षोभ से विकल होकर उसने मन में अपने पिता को निष्ठुर और न जाने क्या-क्या समझ रखा था। विमाता से उसे कोई गिला न था। अब उसे ज्ञात हुआ कि मैंने अपने देवतुल्य पिता के साथ कितना अन्याय किया है। पितृ-भक्ति की एक तरंग-सी हृदय में उठी और वह पिता के चरणों पर सिर रखकर रोने लगा। मुंशीजी करुणा से विह्वल हो गए। जिस पुत्र को क्षण भर आँखों से दूर देखकर उनका हृदय व्यग्र हो उठता था, जिसके शील, बुद्धि और चरित्र का अपने-पराए सभी बखान करते थे, उसी के प्रति उनका हृदय इतना कठोर क्यों हो गया? वह अपने ही प्रिय पुत्र को शत्रु समझने लगे, उसको निर्वासन देने को तैयार हो गए। निर्मला पुत्र और पिता के बीच में दीवार बनकर खड़ी थी। निर्मला को अपनी ओर खींचने के लिए पीछे हटना पड़ता था और पिता तथा पुत्र में अंतर बढ़ता जाता था। फलत: आज यह दशा हो गई है कि अपने अभिन्न पुत्र से उन्हें इतना छल करना पड़ रहा है। आज बहुत सोचने के बाद उन्हें एक ऐसी युक्ति सूझी है, जिससे आशा हो रही है कि वह निर्मला को बीच से निकालकर अपने दूसरे बाजू को अपनी तरफ खींच लेंगे। उन्होंने उस युक्ति का आरंभ भी कर दिया है, लेकिन इसमें अभीष्ट सिद्ध होगा या नहीं, इसे कौन जानता है?

जिस दिन से तोताराम ने निर्मला की बहुत मिन्नत-समाजत करने पर भी मंसाराम को बोर्डिंग हाउस में भेजने का निश्चय किया था, उसी दिन से उसने मंसाराम से पढ़ना छोड़ दिया। यहाँ तक कि बोलती भी न थी। उसे स्वामी की इस अविश्वासपूर्ण तत्परता का कुछ-कुछ आभास हो गया था। ओफ्फोह! इतना शक्की मिजाज! ईश्वर ही इस घर की लाज रखें। इनके मन में ऐसी-ऐसी दुर्भावनाएँ भरी हुई हैं। मुझे यह इतनी गई-गुजरी

समझते हैं। ये बातें सोच-सोचकर वह कई दिन रोती रही। तब उसने सोचना शुरू किया, इन्हें क्या ऐसा संदेह हो रहा है? मुझ में ऐसी कौन सी बात है, जो इनकी आँखों में खटकती है। बहुत सोचने पर भी उसे अपने में कोई ऐसी बात नजर न आई, तो क्या उसका मंसाराम से पढ़ना, उससे हँसना-बोलना ही इनके संदेह का कारण है तो फिर मैं पढ़ना छोड़ दूँगी, भूलकर भी मंसाराम से न बोलूँगी, उसकी सूरत न देखूँगी।

लेकिन यह तपस्या उसे असाध्य ज्ञान पड़ती थी। मंसाराम से हँसने-बोलने में उसकी विलासिनी कल्पना उत्तेजित भी होती थी और तृप्त भी। उससे बातें करते हुए उसे अपार सुख का अनुभव होता था, जिसे वह शब्दों में प्रकट न कर सकती थी। कुवासना की उसके मन में छाया भी न थी। वह स्वप्न में भी मंसाराम से कलुषित प्रेम करने की बात न सोच सकती थी। प्रत्येक प्राणी को अपने हमजोलियों के साथ हँसने-बोलने की जो एक नैसर्गिक तृष्णा होती है, उसी की तृप्ति का यह एक अज्ञात साधन था। अब वह अतृप्त तृष्णा निर्मला के हृदय में दीपक की भाँति जलने लगी। रह-रहकर उसका मन किसी अज्ञात वेदना से विकल हो जाता। खोई हुई किसी अज्ञात वस्तु की खोज में इधर-उधर घूमती-फिरती, जहाँ बैठती, वहाँ बैठी ही रह जाती, किसी काम में जी न लगता। हाँ, जब मुंशीजी आ जाते, वह अपनी सारी तृष्णाओं को नैराश्य में डुबाकर उनसे मुसकराकर इधर-उधर की बातें करने लगती।

कल जब मुंशीजी भोजन करके कचहरी चले गए तो रुक्मिणी ने निर्मला को खूब तानों से छेदा—जानती तो थी कि यहाँ बच्चों का पालन-पोषण करना पड़ेगा तो क्यों घरवालों से नहीं कह दिया कि वहाँ मेरा विवाह न करो? वहाँ जाती, जहाँ पुरुष के सिवा और कोई न होता। वही यह बनाव-चुनाव और छवि देखकर खुश होता, अपने भाग्य को सराहता। यहाँ बुड्ढा आदमी तुम्हारे रंग-रूप, हाव-भाव पर क्या लट्टू होगा? इसने इन्हीं बालकों की सेवा करने के लिए तुमसे विवाह किया है, भोग-विलास के लिए नहीं।

वह बड़ी देर तक घाव पर नमक छिड़कती रही, पर निर्मला ने चूँ तक न की। वह अपनी सफाई तो पेश करना चाहती थी, पर न कर सकती थी। अगर कहे कि मैं वही कर रही हूँ, जो मेरे स्वामी की इच्छा है तो घर का भांडा फूटता है। अगर वह अपनी भूल स्वीकार करके उसका सुधार करती है तो भय है कि उसका न जाने क्या परिणाम हो? वह यों बड़ी स्पष्टवादिनी थी। सत्य कहने में उसे संकोच या भय न होता था, लेकिन इस नाजुक मौके पर उसे चुप्पी साधनी पड़ी। इसके सिवा दूसरा उपाय न था। वह देखती थी कि मंसाराम बहुत विरक्त और उदास रहता है। यह भी देखती थी कि वह दिन-दिन दुर्बल होता जाता है, लेकिन उसकी वाणी और कर्म दोनों ही पर मोहर लगी हुई थी। चोर के घर चोरी हो जाने से उसकी जो दशा होती है, वही दशा इस समय निर्मला की हो रही थी।

8

जब कोई बात हमारी आशा के विरुद्ध होती है, तभी दु:ख होता है। मंसाराम को निर्मला से कभी इस बात की आशा न थी कि वह उसकी शिकायत करेगी, इसलिए उसे घोर वेदना हो रही थी। वह क्यों मेरी शिकायत करती है? क्या चाहती है? यही न कि वह मेरे पति की कमाई खाता है, इसके पढ़ाने-लिखाने में रुपए खर्च होते हैं, कपड़ा पहनता है। उनकी यही इच्छा होगी कि यह घर में न रहे। मेरे न रहने से उनके रुपए बच जाएँगे। वह मुझसे बहुत प्रसन्नचित्त रहती हैं। कभी मैंने उनके मुँह से कटु शब्द नहीं सुने। क्या यह सब कौशल है? हो सकता है? चिड़िया को जाल में फँसाने के पहले शिकारी दाने बिखेरता है। आह! मैं नहीं जानता था कि दाने के नीचे जाल है, यह मातृ-स्नेह केवल मेरे निर्वासन की भूमिका है।

अच्छा, मेरा यहाँ रहना क्यों बुरा लगता है? जो उनका पति है, क्या वह मेरा पिता नहीं है? क्या पिता-पुत्र का संबंध स्त्री-पुरुष के संबंध से कुछ कम घनिष्ठ है? अगर मुझे उनके संपूर्ण आधिपत्य से ईर्ष्या नहीं होती, वह जो चाहे करें, मैं मुँह नहीं खोल सकता तो वह मुझे एक अंगुल भर भूमि भी देना नहीं चाहतीं। आप पक्के महल में रहकर क्यों मुझे वृक्ष की छाया में बैठा नहीं देख सकतीं?

हाँ, वह समझती होंगी कि वह बड़ा होकर मेरे पति की संपत्ति का स्वामी हो जाएगा, इसलिए अभी से निकाल देना अच्छा है। उनको कैसे विश्वास दिलाऊँ कि मेरी ओर से यह शंका न करें। उन्हें क्योंकर बताऊँ कि मंसाराम विष खाकर प्राण दे देगा, इसके पहले कि उनका अहित करे। उसे चाहे कितनी ही कठिनाइयाँ सहनी पड़ें, वह उनके हृदय का शूल न बनेगा। यों तो पिताजी ने मुझे जन्म दिया है और अब भी मुझ पर उनका स्नेह कम नहीं है, लेकिन क्या मैं इतना भी नहीं जानता कि जिस दिन पिताजी ने उनसे विवाह किया, उसी दिन उन्होंने हमें अपने हृदय से बाहर निकाल दिया? अब हम अनाथों की भाँति यहाँ पड़े रह सकते हैं, इस घर पर हमारा कोई अधिकार नहीं है। कदाचित् पूर्व संस्कारों के कारण यहाँ अन्य अनाथों से हमारी दशा कुछ अच्छी है, पर हैं अनाथ ही। हम उसी दिन अनाथ हुए, जिस दिन अम्माँजी परलोक सिधारीं। जो कुछ कसर रह गई थी, वह इस विवाह ने पूरी कर दी। मैं तो खुद पहले इनसे विशेष संबंध न रखता था। अगर उन्हीं दिनों पिताजी से मेरी शिकायत की होती तो शायद मुझे इतना दु:ख न होता। मैं तो उसे आघात के लिए तैयार बैठा था। संसार में क्या मैं मजदूरी भी नहीं कर सकता? लेकिन बुरे वक्त में इन्होंने चोट की। हिंसक पशु भी आदमी को गाफिल पाकर ही चोट करते हैं, इसीलिए मेरी आवभगत होती थी। खाना खाने के लिए उठने में जरा भी देर हो जाती थी तो बुलावे पर बुलावे आते थे। जलपान के लिए प्रात:

हलुआ बनाया जाता था, बार-बार पूछा जाता था—रुपयों की जरूरत तो नहीं है? इसीलिए वह सौ रुपयों की घड़ी मँगवाई थी।

मगर क्या इन्हें कोई दूसरी शिकायत न सूझी, जो मुझे आवारा कहा? आखिर उन्होंने मेरी क्या आवारगी देखी? यह कह सकती थीं कि इसका मन पढ़ने-लिखने में नहीं लगता, एक-न-एक चीज के लिए नित्य रुपए माँगता रहता है। यही एक बात उन्हें क्यों सूझी? शायद इसीलिए कि यही सबसे कठोर आघात है, जो वह मुझ पर कर सकती हैं। पहली ही बार इन्होंने मुझे पर अग्निबाण चला दिया, जिससे कहीं शरण नहीं, इसीलिए न कि वह पिता की नजरों से गिर जाए? मुझे बोर्डिंग-हाउस में रखने का तो एक बहाना था। उद्‌देश्य यह था कि इसे दूध की मक्खी की तरह निकाल दिया जाए। दो-चार महीने के बाद खर्च-वर्च देना बंद कर दिया जाए, फिर चाहे मरे या जिए। अगर मैं जानता कि यह प्रेरणा इनकी ओर से हुई है तो कहीं जगह न रहने पर भी जगह निकाल लेता। नौकरों की कोठरियों में तो जगह मिल जाती, बरामदे में पड़े रहने के लिए बहुत जगह मिल जाती। खैर, अब सबेरा है। जब स्नेह नहीं रहा तो केवल पेट भरने के लिए यहाँ पड़े रहना बेहयाई है, यह अब मेरा घर नहीं। इसी घर में पैदा हुआ हूँ, यहीं खेला हूँ, पर यह अब मेरा नहीं। पिताजी भी मेरे पिता नहीं हैं। मैं उनका पुत्र हूँ, पर वह मेरे पिता नहीं हैं। संसार के सारे नाते स्नेह के नाते हैं। जहाँ स्नेह नहीं, वहाँ कुछ नहीं। हाय, अम्माजी, तुम कहाँ हो?

यह सोचकर मंसाराम रोने लगा। ज्यों-ज्यों मातृ स्नेह की पूर्व-स्मृतियाँ जाग्रत् होती थीं, उसके आँसू उमड़ते आते थे। वह कई बार अम्माँ-अम्माँ पुकार उठता, मानो वह खड़ी सुन रही हैं। मातृ-हीनता के दुःख का आज उसे पहली बार अनुभव हुआ। वह आत्माभिमानी था, साहसी था, पर अब तक सुख की गोद में लालन-पालन होने के कारण वह इस समय अपने आप को निराधार समझ रहा था।

रात के दस बज गए थे। मुंशीजी आज कहीं दावत खाने गए हुए थे। दो बार महरी मंसाराम को भोजन करने के लिए बुलाने आ चुकी थी। मंसाराम ने पिछली बार उससे झुँझलाकर कह दिया था—मुझे भूख नहीं है, कुछ न खाऊँगा। बार-बार आकर सिर पर सवार हो जाती है, इसलिए जब निर्मला ने उसे फिर उसी काम के लिए भेजना चाहा, तो वह न गई।

बोली—बहूजी, वह मेरे बुलाने से न आवेंगे।

निर्मला—आएँगे क्यों नहीं? जाकर कह दे खाना ठंडा हुआ जाता है। दो-चार कौर खा लें।

महरी—मैं यह सब कह के हार गई, नहीं आते।

निर्मला—तूने यह कहा था कि वह बैठी हुई हैं।

महरी—नहीं बहूजी, यह तो मैंने नहीं कहा, झूठ क्यों बोलूँ।

निर्मला—अच्छा, तो जाकर यह कह देना, वह बैठी तुम्हारी राह देख रही हैं। तुम न खाओगे तो वह रसोई उठाकर सो रहेंगी। मेरी भूँगी, सुन, अबकी और चली जा। (हँसकर) न आवें, तो गोद में उठा लाना।

भूँगी नाक-भौं सिकोड़ते गई, पर एक ही क्षण में आकर बोली—अरे बहूजी, वह तो रो रहे हैं। किसी ने कुछ कहा है क्या?

निर्मला इस तरह चौंककर उठी और दो-तीन पग आगे चली, मानो किसी माता ने अपने बेटे के कुएँ में गिर पड़ने की खबर पाई हो, फिर वह ठिठक गई और भूँगी से बोली—रो रहे हैं? तूने पूछा नहीं क्यों रो रहे हैं?

भूँगी—नहीं बहूजी, यह तो मैंने नहीं पूछा। झूठ क्यों बोलूँ?

वह रो रहे हैं। इस निस्तब्ध रात्रि में अकेले बैठे हुए वह रो रहे हैं। माता की याद आई होगी? कैसे जाकर उन्हें समझाऊँ? हाय, कैसे समझाऊँ? यहाँ तो छींकते नाक कटती है। ईश्वर तुम साक्षी हो, अगर मैंने उन्हें भूल से भी कुछ कहा हो तो वह मेरे आगे आए। मैं क्या करूँ? वह दिल में समझते होंगे कि इसी ने पिताजी से मेरी शिकायत की होगी। कैसे विश्वास दिलाऊँ कि मैंने कभी तुम्हारे विरुद्ध एक शब्द भी मुँह से नहीं निकाला? अगर मैं ऐसे देवकुमार के से चरित्र रखनेवाले युवक का बुरा चेतूँ, तो मुझसे बढ़कर राक्षसी संसार में न होगी।

निर्मला देखती थी कि मंसाराम का स्वास्थ्य दिन-दिन बिगड़ता जाता है, वह दिन-दिन दुर्बल होता जाता है, उसके मुख की निर्मल कांति दिन-दिन मलिन होती जाती है, उसका सहास वदन संकुचित होता जाता है। इसका कारण भी उससे छिपा न था, पर वह इस विषय में अपने स्वामी से कुछ न कह सकती थी। यह सब देख-देखकर उसका हृदय विदीर्ण होता रहता था, पर उसकी जबान न खुल सकती थी। वह कभी-कभी मन में झुँझलाती कि मंसाराम क्यों जरा सी बात पर इतना क्षोभ करता है? क्या इनके आवारा कहने से वह आवारा हो गया? मेरी और बात है, एक जरा सा शक मेरा सर्वनाश कर सकता है, पर उसे ऐसी बातों की इतनी क्या परवाह?

उसके जी में प्रबल इच्छा हुई कि चलकर उन्हें चुप कराऊँ और लाकर खाना खिला दूँ। बेचारे रात भर भूखे पड़े रहेंगे। हाय। मैं इस उपद्रव की जड़ हूँ। मेरे आने से पहले इस घर में शांति का राज्य था। पिता बालकों पर जान देता था, बालक पिता को प्यार करते थे। मेरे आते ही सारी बाधाएँ आ खड़ी हुईं। इनका अंत क्या होगा? भगवान् ही जाने। भगवान् मुझे मौत भी नहीं देते। बेचारा अकेले भूखों पड़ा है। उस वक्त भी मुँह

जूठा करके उठ गया था और उसका आहार ही क्या है, जितना वह खाता है, उतना तो साल-दो-साल के बच्चे खा जाते हैं।

निर्मला चली। पति की इच्छा के विरुद्ध चली। जो नाते में उसका पुत्र होता था, उसी को मनाने जाते उसका हृदय काँप रहा था। उसने पहले रुक्मिणी के कमरे की ओर देखा, वह भोजन करके बेखबर सो रही थीं, फिर बाहर कमरे की ओर गई। वहाँ सन्नाटा था। मुंशी अभी न आए थे। यह सब देख-भालकर वह मंसाराम के कमरे के सामने जा पहुँची। कमरा खुला हुआ था। मंसाराम एक पुस्तक सामने रखे मेज पर सिर झुकाए बैठा हुआ था, मानो शोक और चिंता की सजीव मूर्ति हो। निर्मला ने पुकारना चाहा, पर उसके कंठ से आवाज न निकली।

सहसा मंसाराम ने सिर उठाकर द्वार की ओर देखा। निर्मला को देखकर अँधेरे में पहचान न सका। चौंककर बोला—कौन?

निर्मला ने काँपते हुए स्वर में कहा—मैं हूँ। भोजन करने क्यों नहीं चल रहे हो? कितनी रात गई।

मंसाराम ने मुँह फेरकर कहा—मुझे भूख नहीं है।

निर्मला—यह तो मैं तीन बार भूँगी से सुन चुकी हूँ।

मंसाराम—तो चौथी बार मेरे मुँह से सुन लीजिए।

निर्मला—शाम को भी तो कुछ नहीं खाया था, भूख क्यों नहीं लगी?

मंसाराम ने व्यंग्य की हँसी हँसकर कहा—बहुत भूख लगेगी तो आएगा कहाँ से?

यह कहते-कहते मंसाराम ने कमरे का द्वार बंद करना चाहा, लेकिन निर्मला किवाड़ों को हटाकर कमरे में चली आई और मंसाराम का हाथ पकड़ सजल नेत्रों से विनय-मधुर स्वर में बोली—मेरे कहने से चलकर थोड़ा सा खा लो। तुम न खाओगे तो मैं भी जाकर सो रहूँगी। दो ही कौर खा लेना। क्या मुझे रात भर भूखों मारना चाहते हो?

मंसाराम सोच में पड़ गया। अभी भोजन नहीं किया, मेरे ही इंतजार में बैठी रहीं। यह स्नेह, वात्सल्य और विनय की देवी हैं या ईर्ष्या और अमंगल की मायाविनी मूर्ति? उसे अपनी माता का स्मरण हो आया। जब वह रूठ जाता था तो वे भी इसी तरह मनाने आ जाया करती थीं और जब तक वह न जाता था, वहाँ से न उठती थीं। वह इस विनय को अस्वीकार न कर सका। बोला—मेरे लिए आपको इतना कष्ट हुआ, इसका मुझे खेद है। मैं जानता कि आप मेरे इंतजार में भूखी बैठी हैं तो तभी खा आया होता।

निर्मला ने तिरस्कार-भाव से कहा—यह तुम कैसे समझ सकते थे कि तुम भूखे रहोगे और मैं खाकर सो रहूँगी? क्या विमाता का नाता होने से ही मैं ऐसी स्वार्थिनी हो जाऊँगी?

सहसा मर्दाने कमरे में मुंशीजी के खाँसने की आवाज आई। ऐसा मालूम हुआ कि वह मंसाराम के कमरे की ओर आ रहे हैं। निर्मला के चेहरे का रंग उड़ गया। वह तुरंत कमरे से निकल गई और भीतर जाने का मौका न पाकर कठोर स्वर में बोली—मैं लौंडी नहीं हूँ कि इतनी रात तक किसी के लिए रसोई के द्वार पर बैठी रहूँ। जिसे न खाना हो, वह पहले ही कह दिया करे।

मुंशीजी ने निर्मला को वहाँ खड़े देखा। यह अनर्थ। यह यहाँ क्या करने आ गई? बोले—यहाँ क्या कर रही हो?

निर्मला ने कर्कश स्वर में कहा—कर क्या रही हूँ, अपने भाग्य को रो रही हूँ। बस, सारी बुराइयों की जड़ मैं ही हूँ। कोई इधर रूठा है, कोई उधर मुँह फुलाए खड़ा है। किस-किस को मनाऊँ और कहाँ तक मनाऊँ।

मुंशीजी कुछ चकित होकर बोले—बात क्या है?

निर्मला—भोजन करने नहीं जाते और क्या बात है? दस दफे महरी को भेजी, आखिर आप दौड़ी आई। इन्हें तो इतना कह देना आसान है, मुझे भूख नहीं है, यहाँ तो घर भर की लौंडी हूँ, सारी दुनिया मुँह में कालिख पोतने को तैयार। किसी को भूख न हो, पर कहने वालों को यह कहने से कौन रोकेगा कि पिशाचिनी किसी को खाना नहीं देती।

मुंशीजी ने मंसाराम से कहा—खाना क्यों नहीं खा लेते जी? जानते हो क्या वक्त है?

मंसाराम स्तब्ध-सा खड़ा था। उसके सामने एक ऐसा रहस्य हो रहा था, जिसका मर्म वह कुछ भी न समझ सकता था। जिन नेत्रों में एक क्षण पहले विनय के आँसू भरे हुए थे, उनमें अकस्मात् ईर्ष्या की ज्वाला कहाँ से आ गई? जिन अधरों से एक क्षण पहले सुधा-वृष्टि हो रही थी, उनमें से विष प्रवाह क्यों होने लगा? उसी अर्ध चेतना की दशा में बोला—मुझे भूख नहीं है।

मुंशीजी ने घुड़ककर कहा—क्यों भूख नहीं है? भूख नहीं थी तो शाम को क्यों न कहला दिया? तुम्हारी भूख के इंतजार में कौन सारी रात बैठा रहे? तुममें पहले तो यह आदत न थी। रूठना कब से सीख लिया? जाकर खा लो।

मंसाराम—जी नहीं, मुझे जरा भी भूख नहीं है।

तोताराम ने दाँत पीसकर कहा—अच्छी बात है, जब भूख लगे, तब खाना। यह कहते हुए वह अंदर चले गए। निर्मला भी उनके पीछे ही चली गई। मुंशीजी तो लेटने चले गए, उसने जाकर रसोई उठा दी और कुल्लाकर, पान खा मुसकराती हुई आ पहुँची। मुंशीजी ने पूछा—खाना खा लिया न?

निर्मला—क्या करती, किसी के लिए अन्न-जल छोड़ दूँगी?

मुंशीजी—इसे न जाने क्या हो गया है, कुछ समझ में नहीं आता? दिन-दिन घुलता चला जाता है, दिन भर उसी कमरे में पड़ा रहता है।

निर्मला कुछ न बोली। वह चिंता के अपार सागर में डुबकियाँ खा रही थी। मंसाराम ने मेरे भाव-परिवर्तन को देखकर दिल में क्या-क्या समझा होगा? क्या उसके मन में यह प्रश्न उठा होगा कि पिताजी को देखते ही इसकी त्योरियाँ क्यों बदल गईं? इसका कारण भी क्या उसकी समझ में आ गया होगा? बेचारा खाने आ रहा था, तब तक यह महाशय न जाने कहाँ से टपक पड़े? इस रहस्य को उसे कैसे समझाऊँ, समझाना संभव भी है? मैं किस विपत्ति में फँस गई?

सवेरे वह उठकर घर के काम-धंधे में लगी। सहसा नौ बजे भूँगी ने आकर कहा—मंसा बाबू तो अपने कागज-पत्तर सब इक्के पर लाद रहे हैं।

भूँगी—मैंने पूछा तो बोले, अब स्कूल में ही रहूँगा।

मंसाराम प्रातःकाल उठकर अपने स्कूल के हेडमास्टर साहब के पास गया था और अपने रहने का प्रबंध कर आया था। हेडमास्टर साहब ने पहले तो कहा—यहाँ जगह नहीं है, तुमसे पहले के कितने ही लड़कों के प्रार्थना-पत्र पड़े हुए हैं, लेकिन जब मंसाराम ने कहा—मुझे जगह न मिलेगी तो कदाचित् मेरा पढ़ना न हो सके और मैं इम्तहान में शरीक न हो सकूँ तो हेडमास्टर साहब को हार माननी पड़ी। मंसाराम के प्रथम श्रेणी में पास होने की आशा थी। अध्यापकों को विश्वास था कि वह उस शाला की कीर्ति को उज्ज्वल करेगा। हेडमास्टर साहब ऐसे लड़कों को कैसे छोड़ सकते थे? उन्होंने अपने दफ्तर का कमरा खाली करा दिया, इसीलिए मंसाराम वहाँ से आते ही अपना सामान इक्के पर लादने लगा।

मुंशीजी ने कहा—अभी ऐसी क्या जल्दी है? दो-चार दिन में चले जाना। मैं चाहता हूँ, तुम्हारे लिए कोई अच्छा सा रसोइया ठीक कर दूँ।

मंसाराम—वहाँ का रसोइया बहुत अच्छा भोजन पकाता है।

मुंशीजी—अपने स्वास्थ्य का ध्यान रखना। ऐसा न हो कि पढ़ने के पीछे स्वास्थ्य खो बैठो।

मंसाराम—वहाँ नौ बजे के बाद कोई पढ़ने नहीं पाता और सबको नियम के साथ खेलना पड़ता है।

मुंशीजी—बिस्तर क्यों छोड़ देते हो? सोओगे किस पर?

मंसाराम—कंबल लिए जाता हूँ। बिस्तर की जरूरत नहीं।

मुंशीजी—कहार जब तक तुम्हारा सामान रख रहा है, जाकर कुछ खा लो। रात भी तो कुछ नहीं खाया था।

मंसाराम—वहीं खा लूँगा। रसोइए से भोजन बनाने को कह आया हूँ। यहाँ खाने लगूँगा तो देर होगी।

घर में जियाराम और सियाराम भी भाई के साथ जाने की जिद कर रहे थे। निर्मला उन दोनों को बहला रही थी—बेटा, वहाँ छोटे नहीं रहते, सब काम अपने ही हाथ से करना पड़ता है···।

एकाएक रुक्मिणी ने आकर कहा—तुम्हारा वज्र का हृदय है, महारानी। लड़के ने रात भी कुछ नहीं खाया, इस वक्त भी बिना खाय-पिए चला जा रहा है और तुम लड़कों को लिए बातें कर रही हो? उसको तुम जानती नहीं हो। यह समझ लो कि वह स्कूल नहीं जा रहा है, बनवास ले रहा है, लौटकर फिर न आएगा। यह उन लड़कों में नहीं है, जो खेल में मार भूल जाते हैं। बात उसके दिल पर पत्थर की लकीर हो जाती है।

निर्मला ने कातर स्वर में कहा—क्या करूँ, दीदीजी? वह किसी की सुनते ही नहीं। आप जरा जाकर बुला लें। आपके बुलाने से आ जाएँगे।

रुक्मिणी—आखिर हुआ क्या, जिस पर भागा जाता है? घर से उसका जी कभी उचाट न होता था। उसे तो अपने घर के सिवा और कहीं अच्छा ही न लगता था। तुम्हीं ने उसे कुछ कहा होगा या उसकी कुछ शिकायत की होगी। क्यों अपने लिए काँटे बो रही हो? रानी, घर को मिट्टी में मिलाकर चैन से न बैठने पाओगी।

निर्मला ने रोकर कहा—मैंने उन्हें कुछ कहा हो तो मेरी जबान कट जाए। हाँ, सौतेली माँ होने के कारण बदनाम तो हूँ ही। आपके हाथ जोड़ती हूँ, जरा जाकर उन्हें बुला लाइए।

रुक्मिणी ने तीव्र स्वर में कहा—तुम क्यों नहीं बुला लातीं? क्या छोटी हो जाओगी? अपना होता तो क्या इसी तरह बैठी रहती?

निर्मला की दशा उस पंखहीन पक्षी की तरह हो रही थी, जो सर्प को अपनी ओर आते देख कर उड़ना चाहता है, पर उड़ नहीं सकता, उछलता है और गिर पड़ता है, पंख फड़फड़ाकर रह जाता है। उसका हृदय अंदर-ही-अंदर तड़प रहा था, पर बाहर न जा सकती थी।

इतने में दोनों लड़के आकर बोले—भैयाजी चले गए।

निर्मला मूर्तिवत् खड़ी रही, मानो संज्ञाहीन हो गई हो। चले गए? घर में आए तक नहीं, मुझसे मिले तक नहीं। चले गए! मुझसे इतनी घृणा! मैं उनकी कोई न सही, उनकी बुआ तो थीं। उनसे तो मिलने आना चाहिए था? मैं यहाँ थी न। अंदर कैसे कदम रखते? मैं देख लेती न। इसीलिए चले गए।

9

मंसाराम के जाने से घर सूना हो गया। दोनों छोटे लड़के उसी स्कूल में पढ़ते थे। निर्मला रोज उनसे मंसाराम का हाल पूछती। आशा थी कि छुट्टी के दिन वह आएगा, लेकिन जब छुट्टी के दिन गुजर गए और वह न आया तो निर्मला की तबीयत घबराने लगी। उसने उसके लिए मूँग के लड्डू बना रखे थे। सोमवार को प्रात: भूँगी को लड्डू देकर मदरसे भेजा। नौ बजे भूँगी लौट आई। मंसाराम ने लड्डू ज्यों-के-त्यों लौटा दिए थे।

निर्मला ने पूछा—पहले से कुछ हरे हुए हैं, रे?

भूँगी—हरे-वरे तो नहीं हुए और सूख गए हैं।

निर्मला—क्या जी अच्छा नहीं है?

भूँगी—यह तो मैंने नहीं पूछा बहूजी, झूठ क्यों बोलूँ? हाँ, वहाँ का कहार मेरा देवर लगता है। वह कहता था कि तुम्हारे बाबूजी की खुराक कुछ नहीं है। दो फुलकियाँ खाकर उठ जाते हैं, फिर दिन भर कुछ नहीं खाते। हरदम पढ़ते रहते हैं।

निर्मला—तूने पूछा नहीं, लड्डू क्यों लौटाए देते हो?

भूँगी—बहूजी, झूठ क्यों बोलूँ? यह पूछने की तो मुझे सुध ही न रही। हाँ, यह कहते थे कि अब तू यहाँ कभी न आना, न मेरे लिए कोई चीज लाना और अपनी बहूजी से कह देना कि मेरे पास कोई चिट्ठी-पत्तरी न भेजें। लड़कों से भी मेरे पास कोई संदेशा न भेजें और एक ऐसी बात कही कि मेरे मुँह से निकल नहीं सकती, फिर रोने लगे।

निर्मला—कौन बात थी] कह तो?

भूँगी—क्या कहूँ बहूजी, कहते थे मेरे जीने को धिक्कार है! यही कहकर रोने लगे।

निर्मला के मुँह से एक ठंडी साँस निकल गई। ऐसा मालूम हुआ, मानो कलेजा बैठा जाता है। उसका रोम-रोम आर्तनाद करने लगा। वह वहाँ बैठी न रह सकी। जाकर बिस्तर पर मुँह ढाँपकर लेट रही और फूट-फूटकर रोने लगी। 'वह भी जान गए'। उसके अंत:करण में बार-बार यही आवाज गूँजने लगी—'वह भी जान गए।' भगवान् अब क्या होगा? जिस संदेह की आग में वह भस्म हो रही थी, अब शतगुण वेग से धधकने लगी। उसे अपनी कोई चिंता न थी। जीवन में अब सुख की क्या आशा थी, जिसकी उसे लालसा होती? उसने अपने मन को इस विचार से समझाया था कि यह मेरे पूर्व कर्मों का प्रायश्चित्त है। कौन प्राणी ऐसा निर्लज्ज होगा, जो इस दशा में बहुत दिन जी सके? कर्तव्य की वेदी पर उसने अपना जीवन और उसकी सारी कामनाएँ होम कर दी थीं। हृदय रोता रहता था, पर मुख पर हँसी का रंग भरना पड़ता था। जिसका मुँह देखने को

जी न चाहता था, उसके सामने हँस-हँसकर बातें करनी पड़ती थीं। जिस देह का स्पर्श उसे सर्प के शीतल स्पर्श के समान लगता था, उससे आलिंगित होकर उसे जितनी घृणा, जितनी मर्मवेदना होती थी, उसे कौन जान सकता है? उस समय उसकी यही इच्छा थी कि धरती फट जाए और मैं उसमें समा जाऊँ, लेकिन सारी विडंबना अब तक अपने ही तक थी। अपनी चिंता उसने छोड़ दी थी, लेकिन वह समस्या अब अत्यंत भयंकर हो गई थी। वह अपनी आँखों से मंसाराम की आत्मपीड़ा नहीं देख सकती थी। मंसाराम जैसे मनस्वी, साहसी युवक पर इस आक्षेप का जो असर पड़ सकता था, उसकी कल्पना ही से उसके प्राण काँप उठते थे। अब चाहे उस पर कितने ही संदेह क्यों न हों, चाहे उसे आत्महत्या ही क्यों न करनी पड़े, पर वह चुप नहीं बैठ सकती। मंसाराम की रक्षा करने के लिए वह विकल हो गई। उसने संकोच और लज्जा की चादर उतारकर फेंक देने का निश्चय कर लिया।

वकील साहब भोजन करके कचहरी जाने के पहले एक बार उससे अवश्य मिल लिया करते थे। उनके आने का समय हो गया था। आ ही रहे होंगे, यह सोचकर निर्मला द्वार पर खड़ी हो गई और उनका इंतजार करने लगी, लेकिन यह क्या? वह तो बाहर चले जा रहे हैं। गाड़ी जुतकर आ गई, यह हुक्म वह यहीं से दिया करते थे तो क्या आज वह न आएँगे, बाहर-ही-बाहर चले जाएँगे। नहीं, ऐसा नहीं होने पाएगा। उसने भूँगी से कहा—जाकर बाबूजी को बुला ला। कहना, एक जरूरी काम है, सुन लीजिए।

मुंशीजी जाने को तैयार ही थे। यह संदेशा पाकर अंदर आए, पर कमरे में न आकर दूर से ही पूछा—क्या बात है भाई? जल्दी कह दो, मुझे एक जरूरी काम से जाना है। अभी थोड़ी देर हुई, हेडमास्टर साहब का एक पत्र आया है कि मंसाराम को ज्वर आ गया है, बेहतर हो कि आप घर ही पर उसका इलाज करें, इसलिए उधर ही से होता हुआ कचहरी जाऊँगा। तुम्हें कोई खास बात तो नहीं कहनी है।

निर्मला पर मानो वज्र गिर पड़ा। आँसुओं के आवेग और कंठ-स्वर में घोर संग्राम होने लगा। दोनों पहले निकलने पर तुले हुए थे। दो में से कोई एक कदम भी पीछे हटना नहीं चाहता था। कंठ-स्वर की दुर्बलता और आँसुओं की सबलता देखकर यह निश्चय करना कठिन नहीं था कि एक क्षण यही संग्राम होता रहा तो मैदान किसके हाथ रहेगा। आखिर दोनों साथ-साथ निकले, लेकिन बाहर आते ही बलवान ने निर्बल को दबा लिया। केवल इतना मुँह से निकला—कोई खास बात नहीं थी। आप तो उधर जा ही रहे हैं।

मुंशीजी—मैंने लड़कों से पूछा था तो वे कहते थे, कल बैठे पढ़ रहे थे, आज न जाने क्या हो गया।

निर्मला ने आवेश से काँपते हुए कहा—यह सब आप कर रहे हैं।

मुंशीजी ने त्योरियाँ बदलकर कहा—मैं कर रहा हूँ? मैं क्या कर रहा हूँ?

निर्मला—अपने दिल से पूछिए।

मुंशीजी—मैंने तो यही सोचा था कि यहाँ उसका पढ़ने में जी नहीं लगता, वहाँ और लड़कों के साथ कम-से-कम पढ़ेगा ही। यह तो बुरी बात न थी और मैंने क्या किया?

निर्मला—खूब सोचिए, इसीलिए आपने उन्हें वहाँ भेजा था? आपके मन में और कोई बात न थी?

मुंशीजी जरा हिचकिचाए और अपनी दुर्बलता को छिपाने के लिए मुसकराने की चेष्टा करके बोले—और क्या बात हो सकती थी? भला तुम्हीं सोचो।

निर्मला—खैर, यही सही। अब आप कृपा करके उन्हें आज ही लेते आइएगा, वहाँ रहने से उनकी बीमारी बढ़ जाने का भय है। यहाँ दीदीजी जितनी तीमारदारी कर सकती हैं, दूसरा नहीं कर सकता।

एक क्षण के बाद उसने सिर नीचा करके कहा—मेरे कारण न लाना चाहते हों तो मुझे घर भेज दीजिए। मैं वहाँ आराम से रहूँगी।

मुंशीजी ने इसका कुछ जवाब न दिया। बाहर चले गए और एक क्षण में गाड़ी स्कूल की ओर चली।

मन! तेरी गति कितनी विचित्र है, कितनी रहस्य से भरी हुई, कितनी दुर्भेद्य। तू कितनी जल्द रंग बदलता है? इस कला में तू निपुण है। आतिशबाजी की चर्खी को भी रंग बदलते कुछ देरी लगती है, पर तुझे रंग बदलने में उसका लक्षांश समय भी नहीं लगता। जहाँ अभी वात्सल्य था, वहाँ फिर संदेह ने आसन जमा लिया।

वह सोचते थे—कहीं उसने बहाना तो नहीं किया है?

10

मंसाराम दो दिन तक गहरी चिंता में डूबा रहा। बार-बार अपनी माता की याद आती, न खाना अच्छा लगता, न पढ़ने ही में जी लगता। उसकी कायापलट-सी हो गई। दो दिन गुजर गए और छात्रालय में रहते हुए भी उसने वह काम न किया, जो स्कूल के मास्टरों ने घर से कर लाने को दिया था। परिणामस्वरूप उसे बेंच पर खड़ा रहना पड़ा। जो बात कभी न हुई थी, वह आज हो गई। यह असह्य अपमान भी उसे सहना पड़ा।

तीसरे दिन वह इन्हीं चिंताओं में मगन हुआ अपने मन को समझा रहा था—क्या संसार में अकेले मेरी ही माता मरी हैं? विमाताएँ तो सभी इसी प्रकार की होती हैं। मेरे साथ कोई नई बात नहीं हो रही है। अब मुझे पुरुषों की भाँति दुगने परिश्रम से अपना

काम करना चाहिए, जैसे माता-पिता राजी रहें, वैसे उन्हें राजी रखना चाहिए। इस साल अगर छात्रवृत्ति मिल गई तो मुझे घर से कुछ लेने की जरूरत ही न रहेगी। कितने ही लड़के अपने ही बल पर बड़ी-बड़ी उपाधियाँ प्राप्त कर लेते हैं। भाग्य के नाम को रोने-कोसने से क्या होगा।

इतने में जियाराम आकर खड़ा हो गया।

मंसाराम ने पूछा—घर का क्या हाल है जिया? नई अम्माँजी तो बहुत प्रसन्न होंगी?

जियाराम—उनके मन का हाल तो मैं नहीं जानता, लेकिन जब से तुम आए हो, उन्होंने एक जून भी खाना नहीं खाया। जब देखो, तब रोया करती हैं। जब बाबूजी आते हैं, तब अलबत्ता हँसने लगती हैं। तुम चले आए तो मैंने भी शाम को अपनी किताबें सँभाली! यहीं तुम्हारे साथ रहना चाहता था। भूँगी चुड़ैल ने जाकर अम्माँजी से कह दिया। बाबूजी बैठे थे, उनके सामने ही अम्माँजी ने आकर मेरी किताबें छीन लीं और रोकर बोलीं, तुम भी चले जाओगे तो इस घर में कौन रहेगा? अगर मेरे कारण तुम लोग घर छोड़-छोड़कर भागे जा रहे हो, तो लो, मैं ही कहीं चली जाती हूँ। मैं तो झल्लाया हुआ था ही, वहाँ अब बाबूजी भी न थे, बिगड़कर बोला—आप क्यों कहीं चली जाएँगी? आपका तो घर है, आप आराम से रहिए। गैर तो हमीं लोग हैं, हम न रहेंगे, तब तो आपको आराम-आराम ही होगा।

मंसाराम—तुमने खूब कहा, बहुत ही अच्छा कहा। इस पर और भी झल्लाई होंगी और जाकर बाबूजी से शिकायत की होगी।

जियाराम—नहीं, यह कुछ नहीं हुआ। बेचारी जमीन पर बैठकर रोने लगीं। मुझे भी करुणा आ गई। मैं भी रो पड़ा। उन्होंने आँचल से मेरे आँसू पोंछे और बोलीं, जिया! मैं ईश्वर को साक्षी देकर कहती हूँ कि मैंने तुम्हारे भैया के विषय में तुम्हारे बाबूजी से एक शब्द भी नहीं कहा। मेरे भाग में कलंक लिखा हुआ है, वही भोग रही हूँ। फिर और न जाने क्या-क्या कहा, जो मेरी समझ में नहीं आया। कुछ बाबूजी की बात थी।

मंसाराम ने उद्विग्नता से पूछा—बाबूजी के विषय में क्या कहा? कुछ याद है?

जियाराम—बातें तो भई, मुझे याद नहीं आती। मेरी 'मेमोरी' कौन बड़ी है, लेकिन उनकी बातों का मतलब कुछ ऐसा मालूम होता था कि उन्हें बाबूजी को प्रसन्न रखने के लिए यह स्वाँग भरना पड़ रहा है। न जाने धर्म-अधर्म की कैसी बातें करती थीं, जो मैं बिल्कुल न समझ सका। मुझे तो अब इसका विश्वास आ गया है कि उनकी इच्छा तुम्हें यहाँ भेजने की न थी।

मंसाराम—तुम इन चालों का मतलब नहीं समझ सकते। ये बड़ी गहरी चालें हैं।

जियाराम—तुम्हारी समझ में होंगी, मेरी समझ में नहीं हैं।

मंसाराम—जब तुम ज्योमेट्री नहीं समझ सकते तो इन बातों को क्या समझ सकोगे? उस रात को जब मुझे खाना खाने के लिए बुलाने आई थीं और उनके आग्रह पर मैं जाने को तैयार भी हो गया था, उस वक्त बाबूजी को देखते ही उन्होंने जो कैंडा बदला, वह क्या मैं कभी भी भूल सकता हूँ?

जियाराम—यही बात मेरी समझ में नहीं आती। अभी कल ही मैं यहाँ से गया तो लगीं तुम्हारा हाल पूछने। मैंने कहा, वह तो कहते थे कि अब कभी इस घर में कदम न रखूँगा। मैंने कुछ झूठ तो कहा नहीं, तुमने मुझसे कहा ही था। इतना सुनना था कि फूट-फूटकर रोने लगीं। मैं दिल में बहुत पछताया कि कहाँ-से-कहाँ मैंने यह बात कह दी। बार-बार यही कहती थीं, क्या वह मेरे कारण घर छोड़ देंगे? मुझसे इतने नाराज हैं, चले गए और मुझसे मिले तक नहीं। खाना तैयार था, खाने तक नहीं आए। हाय! मैं क्या बताऊँ, किस विपत्ति में हूँ। इतने में बाबूजी आ गए। बस तुरंत आँखें पोंछकर मुसकराती हुई उनके पास चली गईं। यह बात मेरी समझ में नहीं आती। आज मुझे बड़ी मिन्नत की कि उनको साथ लेते आना। आज मैं तुम्हें खींच ले चलूँगा। दो दिन में वह कितनी दुबली हो गई हैं, तुम्हें यह देखकर उनपर दया आई। तो चलोगे न?

मंसाराम ने कुछ जवाब न दिया। उसके पैर काँप रहे थे। जियाराम तो हाजिरी की घंटी सुनकर भागा, पर वह बेंच पर लेट गया और इतनी लंबी साँस ली, मानो बहुत देर से उसने साँस ही नहीं ली है। उसके मुख से दुस्सह वेदना में डूबे हुए शब्द निकले—हाय ईश्वर! इस नाम के सिवाय उसे अपना जीवन निराधार मालूम होता था। इस एक उच्छवास में कितना नैराश्य था, कितनी संवेदना, कितनी करुणा, कितनी दीन-प्रार्थना भरी हुई थी, इसका कौन अनुमान कर सकता है। अब सारा रहस्य उसकी समझ में आ रहा था और बार-बार उसका पीड़ित हृदय आर्तनाद कर रहा था—हाय ईश्वर! इतना घोर कलंक।

क्या जीवन में इससे बड़ी विपत्ति की कल्पना की जा सकती है? क्या संसार में इससे घोरतम नीचता की कल्पना हो सकती है? आज तक किसी पिता ने अपने पुत्र पर इतना निर्दय कलंक लगाया होगा। जिसके चरित्र की सभी प्रशंसा करते थे, जो अन्य युवकों के लिए आदर्श समझा जाता था, जिसने कभी अपवित्र विचारों को अपने पास नहीं फटकने दिया, उसी पर यह घोरतम कलंक। मंसाराम को ऐसा मालूम हुआ, मानो उसका दिल फटा जाता है।

दूसरी घंटी भी बज गई। लड़के अपने-अपने कमरे में गए, पर मंसाराम हथेली पर गाल रखे अनिमेष नेत्रों से भूमि की ओर देख रहा था, मानो उसका सर्वस्व जलमग्न हो गया हो, मानो वह किसी को मुँह न दिखा सकता हो। स्कूल में गैरहाजिरी हो जाएगी,

जुर्माना हो जाएगा, इसकी उसे चिंता नहीं, जब उसका सर्वस्व लुट गया तो अब इन छोटी-छोटी बातों का क्या भय? इतना बड़ा कलंक लगने पर भी अगर जीता रहूँ तो मेरे जीने को धिक्कार है।

उसी शोकातिरेक दशा में वह चिल्ला पड़ा—माताजी! तुम कहाँ हो? तुम्हारा बेटा, जिस पर तुम प्राण देती थीं, जिसे तुम अपने जीवन का आधार समझती थीं, आज घोर संकट में है। उसी का पिता उसकी गरदन पर छुरी फेर रहा है। हाय, तुम हो?

मंसाराम फिर शांत चित्त से सोचने लगा—मुझ पर यह संदेह क्यों हो रहा है? इसका क्या कारण है? मुझमें ऐसी कौन सी बात उन्होंने देखी, जिससे उन्हें यह संदेह हुआ? वह हमारे पिता हैं, मेरे शत्रु नहीं है, जो अनायास ही मुझ पर यह अपराध लगाने बैठ जाएँ। जरूर उन्होंने कोई-न-कोई बात देखी या सुनी है। उनका मुझ पर कितना स्नेह था। मेरे बगैर भोजन न करते थे, वही मेरे शत्रु हो जाएँ, यह बात अकारण नहीं हो सकती।

अच्छा, इस संदेह का बीजारोपण किस दिन हुआ? मुझे बोर्डिंग हाउस में ठहराने की बात तो पीछे की है। उस दिन रात को वह मेरे कमरे में आकर मेरी परीक्षा लेने लगे थे, उसी दिन उनकी त्योरियाँ बदली हुई थीं। उस दिन ऐसी कौन सी बात हुई, जो अप्रिय लगी हो। मैं नई अम्मा से कुछ खाने को माँगने गया था। बाबूजी उस समय वहाँ बैठे थे। हाँ, अब याद आती है, उसी वक्त उनका चेहरा तमतमा गया था। उसी दिन से नई अम्माँ ने मुझसे पढ़ना छोड़ दिया। अगर मैं जानता कि मेरा घर में आना-जाना, अम्माँजी से कुछ कहना-सुनना और उन्हें पढ़ाना-लिखाना पिताजी को बुरा लगता है, तो आज क्यों यह नौबत आती? और नई अम्माँ। उनपर क्या बीत रही होगी?

मंसाराम ने अब तक निर्मला की ओर ध्यान नहीं दिया था। निर्मला का ध्यान आते ही उसके रोएँ खड़े हो गए। हाय! उनका सरल स्नेहशील हृदय यह आघात कैसे सह सकेगा? आह! मैं कितने भ्रम में था। मैं उनके स्नेह को कौशल समझता था। मुझे क्या मालूम था कि उन्हें पिताजी का भ्रम शांत करने के लिए मेरे प्रति इतना कटु व्यवहार करना पड़ता है। आह, मैंने उनपर कितना अन्याय किया है। उनकी दशा तो मुझसे भी खराब हो रही होगी। मैं तो यहाँ चला आया, मगर वह कहाँ जाएँगी? जिया कहता था, उन्होंने दो दिन से भोजन नहीं किया। हरदम रोया करती हैं। कैसे जाकर समझाऊँ। वह इस अभागे के पीछे क्यों अपने सिर यह विपत्ति ले रही हैं? वह बार-बार मेरा हाल पूछती हैं? क्यों बार-बार मुझे बुलाती हैं? कैसे कह दूँ कि माता मुझे तुमसे जरा भी शिकायत नहीं, मेरा दिल तुम्हारी तरफ से साफ है।

वह अब भी बैठी रो रही होंगी। कितना बड़ा अनर्थ है। बाबूजी को यह क्या हो रहा है? क्या इसीलिए विवाह किया था? एक बालिका की हत्या करने के लिए ही उसे

लाए थे? इस कोमल पुष्प को मसल डालने के लिए ही तोड़ा था।

उनका उद्धार कैसे होगा। उस निरपराधिनी का मुख कैसे उज्ज्वल होगा? उन्हें केवल मेरे साथ स्नेह का व्यवहार करने के लिए यह दंड दिया जा रहा है। उनकी सज्जनता का उन्हें यह उपहार मिल रहा है। मैं उन्हें इस प्रकार निर्दय आघात सहते देखकर बैठा रहूँगा? अपनी मान-रक्षा के लिए न सही, उनकी आत्म-रक्षा के लिए इन प्राणों का वलिदान करना पड़ेगा। इसके सिवाय उद्धार का कोई उपाय नहीं। आह, दिल में कैसे-कैसे अरमान थे। वे सब खाक में मिला देने होंगे। एक सती पर संदेह किया जा रहा है, मेरे कारण। मुझे अपनी प्राणों से उनकी रक्षा करनी होगी, यही मेरा कर्तव्य है। इसी में सच्ची वीरता है। माता, मैं अपने रक्त से इस कालिमा को धो दूँगा। इसी में मेरा और तुम्हारा दोनों का कल्याण है।

वह दिन भर इन्हीं विचारों में डूबा रहा। शाम को उसके दोनों भाई आकर घर चलने के लिए आग्रह करने लगे।

सियाराम—चलते क्यों नहीं? मेरे भैयाजी, चले चलो न।

मंसाराम—मुझे फुरसत नहीं है कि तुम्हारे कहने से चला चलूँ।

जियाराम—आखिर कल तो इतवार है ही।

मंसाराम—इतवार को भी काम है।

जियाराम—अच्छा, कल आआगे न?

मंसाराम—नहीं, कल मुझे एक मैच में जाना है।

सियाराम—अम्माँजी मूँग के लड्डू बना रही हैं। न चलोगे तो एक भी न पाआगे। हम तुम मिल के खा जाएँगे, जिया इन्हें न देंगे।

जियाराम—भैया, अगर तुम कल न गए तो शायद अम्माँजी यहीं चली आएँ।

मंसाराम—सच। नहीं ऐसा क्यों करेंगी। यहाँ आईं, तो बड़ी परेशानी होगी। तुम कह देना, वह कहीं मैच देखने गए हैं।

जियाराम—मैं झूठ क्यों बोलने लगा। मैं कह दूँगा, वह मुँह फुलाए बैठे थे। देख ले उन्हें साथ लाता हूँ कि नहीं।

सियाराम—हम कह देंगे कि आज पढ़ने नहीं गए। पड़े-पड़े सोते रहे।

मंसाराम ने इन दूतों से कल आने का वादा करके गला छुड़ाया। जब दोनों चले गए तो फिर चिंता में डूबा। रात भर उसे करवटें बदलते गुजरी। छुट्टी का दिन भी बैठे-बैठे कट गया, उसे दिन भर शंका होती रहती कि कहीं अम्माँजी सचमुच न चली आएँ। किसी गाड़ी की खड़खड़ाहट सुनता तो उसका कलेजा धक्‌धक् करने लगता। कहीं आ तो नहीं गईं?

छात्रालय में एक छोटा सा औषधालय था। एक डॉक्टर साहब संध्या समय एक घंटे के लिए आ जाया करते थे। अगर कोई लड़का बीमार होता तो उसे दवा देते। आज वह आए तो मंसाराम कुछ सोचता हुआ उनके पास जाकर खड़ा हो गया। वह मंसाराम को अच्छी तरह जानते थे। उसे देखकर आश्चर्य से बोले—यह तुम्हारी क्या हालत है जी? तुम तो मानो गले जा रहे हो। कहीं बाजार का चस्का तो नहीं पड़ गया? आखिर तुम्हें हुआ क्या? जरा यहाँ तो आओ।

मंसाराम ने मुसकराकर कहा—मुझे जिंदगी का रोग है। आपके पास इसकी भी तो कोई दवा है?

डॉक्टर—मैं तुम्हारी परीक्षा करना चाहता हूँ। तुम्हारी सूरत ही बदल गई है, पहचाने भी नहीं जाते।

यह कहकर, उन्होंने मंसाराम का हाथ पकड़ लिया और छाती, पीठ, आँखें, जीभ सब बारी-बारी से देखीं। तब चिंतित होकर बोले—वकील साहब से मैं आज ही मिलूँगा। तुम्हें थाइसिस हो रहा है। सारे लक्षण उसी के हैं।

मंसाराम ने बड़ी उत्सुकता से पूछा—कितने दिनों में काम तमाम हो जाएगा, डॉक्टर साहब?

डॉक्टर—कैसी बात करते हो जी। मैं वकील साहब से मिलकर तुम्हें किसी पहाड़ी जगह भेजने की सलाह दूँगा। ईश्वर ने चाहा तो बहुत जल्द अच्छे हो जाओगे। बीमारी अभी पहले स्टेज में है।

मंसाराम—तब तो अभी साल दो साल की देर मालूम होती है। मैं तो इतना इंतजार नहीं कर सकता। सुनिए, मुझे थाइसिस-वाइसिस कुछ नहीं है, न कोई दूसरी शिकायत ही है, आप बाबूजी को नाहक तरद्दुद में न डालिएगा। इस वक्त मेरे सिर में दर्द है, कोई दवा दीजिए। कोई ऐसी दवा हो, जिससे नींद भी आ जाए। मुझे दो रात से नींद नहीं आती।

डॉक्टर ने जहरीली दवाइयों की आलमारी खोली और शीशी से थोड़ी सी दवा निकालकर मंसाराम को दी। मंसाराम ने पूछा—यह तो कोई जहर है, भला इसे कोई पी ले तो मर जाए?

डॉक्टर—नहीं, मर तो नहीं जाए, पर सिर में चक्कर जरूर आ जाए।

मंसाराम—कोई ऐसी दवा भी इसमें है, जिसे पीते ही प्राण निकल जाएँ?

डॉक्टर—ऐसी एक-दो नहीं, कितनी ही दवाएँ हैं। यह जो शीशी देख रहे हो, इसकी एक बूँद भी पेट में चली जाए तो जान न बचे। आनन-फानन में मौत हो जाए।

मंसाराम—क्यों डॉक्टर साहब, जो लोग जहर खा लेते हैं, उन्हें बड़ी तकलीफ होती होगी?

डॉक्टर—सभी जहरों में तकलीफ नहीं होती। बाज तो ऐसे हैं कि पीते ही आदमी ठंडा हो जाता है। यह शीशी इसी किस्म की है, इसे पीते ही आदमी बेहोश हो जाता है, फिर उसे होश नहीं आता।

मंसाराम ने सोचा—तब तो प्राण देना बहुत आसान है, फिर क्यों लोग इतना डरते हैं? यह शीशी कैसे मिलेगी? अगर दवा का नाम पूछकर शहर के किसी दवा-फरोश से लेना चाहूँ, तो वह कभी न देगा। ऊँह, इसे मिलने में कोई दिक्कत नहीं। यह तो मालूम हो गया कि प्राणों का अंत बड़ी आसानी से किया जा सकता है। मंसाराम इतना प्रसन्न हुआ, मानो कोई इनाम पा गया हो। उसके दिल पर से बोझ-सा हट गया। चिंता की मेघ-राशि जो सिर पर मँडरा रही थी, छिन्न-भिन्न हो गई। महीनों बाद आज उसे मन में एक स्फूर्ति का अनुभव हुआ। लड़के थिएटर देखने जा रहे थे, निरीक्षक से आज्ञा ले ली थी। मंसाराम भी उनके साथ थिएटर देखने चला गया। ऐसा खुश था, मानो उससे ज्यादा सुखी जीव संसार में कोई नहीं है। थिएटर में नकल देखकर तो वह हँसते-हँसते लोट गया। बार-बार तालियाँ बजाने और 'वन्स मोर' की हाँक लगाने में पहला नंबर उसी का था। गाना सुनकर वह मस्त हो जाता था और 'ओहो हो! करके चिल्ला उठता था। दर्शकों की निगाहें बार-बार उसकी तरफ उठ जाती थीं। थिएटर के पात्र भी उसी की ओर ताकते थे और यह जानने को उत्सुक थे कि कौन महाशय इतने रसिक और भावुक हैं। उसके मित्रों को उसकी उच्छृंखलता पर आश्चर्य हो रहा था। वह बहुत ही शांतचित्त, गंभीर स्वभाव का युवक था। आज वह क्यों इतना हास्यशील हो गया है, क्यों उसके विनोद का पारावार नहीं है।

दो बजे रात को थिएटर से लौटने पर भी उसका हास्योन्माद कम नहीं हुआ। उसने एक लड़के की चारपाई उलट दी, कई लड़कों के कमरे के द्वार बाहर से बंद कर दिए और उन्हें भीतर से खट-खट करते सुनकर हँसता रहा। यहाँ तक कि छात्रालय के अध्यक्ष महोदय की नींद भी शोरगुल सुनकर खुल गई और उन्होंने मंसाराम की शरारत पर खेद प्रकट किया। कौन जानता है कि उसके अंत:स्थल में कितनी भीषण क्रांति हो रही है? संदेह के निर्दय आघात ने उसकी लज्जा और आत्मसम्मान को कुचल डाला है। उसे अपमान और तिरस्कार का लेशमात्र भी भय नहीं है। यह विनोद नहीं, उसकी आत्मा का करुण विलाप है। जब और सब लड़के सो गए तो वह भी चारपाई पर लेटा, लेकिन उसे नींद नहीं आई। एक क्षण के बाद वह बैठा और अपनी सारी पुस्तकें बाँधकर संदूक में रख दीं। जब मरना ही है तो पढ़कर क्या होगा? जिस जीवन में ऐसी-एसी बाधाएँ हैं, ऐसी-ऐसी यातनाएँ हैं, उससे मृत्यु कहीं अच्छी।

यह सोचते-सोचते तड़का हो गया। तीन रात से वह एक क्षण भी न सोया था। इस

वक्त वह उठा तो उसके पैर थर-थर काँप रहे थे और सिर में चक्कर-सा आ रहा था। आँखें जल रही थीं और शरीर के सारे अंग शिथिल हो रहे थे। दिन चढ़ता जाता था और उसमें इतनी शक्ति भी न थी कि उठकर मुँह-हाथ धो डाले। एकाएक उसने भूँगी को रूमाल में कुछ लिए हुए एक कहार के साथ आते देखा। उसका कलेजा सन्न रह गया। हाय। ईश्वर वे आ गईं। अब क्या होगा? भूँगी अकेले नहीं आई होगी? बग्घी जरूर बाहर खड़ी होगी? कहाँ तो उससे उठा न जाता था, कहाँ भूँगी को देखते ही दौड़ा और घबराई हुई आवाज में बोला—अम्माँजी भी आई हैं, क्या रे? जब मालूम हुआ कि अम्माँजी नहीं आईं, तब उसका चित्त शांत हुआ।

भूँगी ने कहा—भैया! तुम कल गए नहीं, बहूजी तुम्हारी राह देखती रह गईं। उनसे क्यों रूठे हो भैया? कहती हैं, मैंने उनकी कुछ भी शिकायत नहीं की है। मुझसे आज रोकर कहने लगीं—उनके पास यह मिठाई लेती जा और कहना, मेरे कारण क्यों घर छोड़ दिया है? कहाँ रख दूँ यह थाली?

मंसाराम ने रुखाई से कहा—यह थाली अपने सिर पर पटक दे चुड़ैल। वहाँ से चली है मिठाई लेकर! खबरदार, जो फिर कभी इधर आई। सौगात लेकर चली है। जाकर कह देना, मुझे उनकी मिठाई नहीं चाहिए। जाकर कह देना, तुम्हारा घर है, तुम रहो, वहाँ वे बड़े आराम से हैं। खूब खाते और मौज करते हैं। सुनती है, बाबूजी के मुँह पर कहना, समझ गई? मुझे किसी का डर नहीं है और जो करना चाहें, कर डालें, जिससे दिल में कोई अरमान न रह जाए। कहें तो इलाहाबाद, लखनऊ, कलकत्ता चला जाऊँ। मेरे लिए जैसे बनारस, वैसे दूसरा शहर। यहाँ क्या रखा है?

भूँगी—भैया, मिठाई रख लो। नहीं रो-रोकर मर जाएँगी। सच मानो रो-रोकर मर जाएँगी।

मंसाराम ने आँसुओं के उठते हुए वेग को दबाकर कहा—मर जाएँगी, मेरी बला से। कौन मुझे बड़ा सुख दे दिया है, जिसके लिए पछताऊँ। मेरा तो उन्होंने सर्वनाश कर दिया। कह देना, मेरे पास कोई संदेशा न भेजें, कुछ जरूरत नहीं।

भूँगी—भैया, तुम तो कहते हो यहाँ खूब खाता हूँ और मौज करता हूँ, मगर देह तो आधी भी न रही। जैसे आए थे, उससे आधे भी न रहे।

मंसाराम—यह तेरी आँखों का फेर है। देखना, दो-चार दिन में मुटाकर कोल्हू हो जाता हूँ कि नहीं। उनसे यह भी कह देना कि रोना-धोना बंद करें। जो मैंने सुना कि रोती हैं और खाना नहीं खातीं, मुझसे बुरा कोई नहीं। मुझे घर से निकाला है तो आप चैन से रहें। चली हैं, प्रेम दिखाने। मैं ऐसे त्रिया-चरित्र बहुत पढ़े बैठा हूँ।

भूँगी चली गई। मंसाराम को उससे बातें करते ही कुछ ठंड मालूम होने लगी थी।

यह अभिनय करने के लिए उसे अपने मनोभावों को जितना दबाना पड़ा था, वह उसके लिए असाध्य था। उसका आत्म-सम्मान उसे इस कुटिल व्यवहार का जल्द-से-जल्द अंत कर देने के लिए बाध्य कर रहा था, पर इसका परिणाम क्या होगा? निर्मला क्या यह आघात सह सकेगी? अब तक वह मृत्यु की कल्पना करते समय किसी अन्य प्राणी का विचार न करता था, पर आज एकाएक ज्ञान हुआ कि मेरे जीवन के साथ एक और प्राणी का जीवन-सूत्र भी बँधा हुआ है। निर्मला यह समझेगी कि मेरी निष्ठुरता ही ने इनकी जान ली। यह समझकर उसका कोमल हृदय फट न जाएगा? उसका जीवन तो अब भी संकट में है। संदेह के कठोर पंजे में फँसी हुई अबला क्या अपने का हत्यारिणी समझकर बहुत दिन जीवित रह सकती है?

मंसाराम ने चारपाई पर लेटकर लिहाफ ओढ़ लिया, फिर भी सर्दी से कलेजा काँप रहा था। थोड़ी ही देर में उसे जोर से ज्वर चढ़ आया, वह बेहोश हो गया। इस अचेत दशा में उसे भाँति-भाँति के स्वप्न दिखाई देने लगे। थोड़ी-थोड़ी देर के बाद चौंक पड़ता, आँखें खुल जातीं, फिर बेहोश हो जाता।

सहसा वकील साहब की आवाज सुनकर वह चौंक पड़ा। हाँ, वकील साहब की आवाज थी। उसने लिहाफ फेंक दिया और चारपाई से उतरकर नीचे खड़ा हो गया। उसके मन में एक आवेग हुआ कि इस वक्त इनके सामने प्राण दे दूँ। उसे ऐसा मालूम हुआ कि मैं मर जाऊँ तो इन्हें सच्ची खुशी होगी। शायद इसीलिए वह देखने आए हैं कि मेरे मरने में कितनी देर है।

वकील साहब ने उसका हाथ पकड़ लिया, जिससे वह गिर न पड़े और पूछा—कैसी तबीयत है लल्लू। लेटे क्यों न रहे? लेट न जाओ, तुम खड़े क्यों हो गए?

मंसाराम—मेरी तबीयत तो बहुत अच्छी है। आपको व्यर्थ ही कष्ट हुआ। मुंशीजी ने कुछ जवाब न दिया। लड़के की दशा देखकर उनकी आँखों से आँसू निकल आए। वह हृष्ट-पुष्ट बालक, जिसे देखकर चित्त प्रसन्न हो जाता था, अब सूखकर काँटा हो गया था। पाँच-छह दिन में ही वह इतना दुबला हो गया था कि उसे पहचानना कठिन था। मुंशीजी ने उसे आहिस्ता से चारपाई पर लिटा दिया और लिहाफ अच्छी तरह उसे उढ़ाकर सोचने लगे कि अब क्या करना चाहिए। कहीं लड़का हाथ से तो नहीं जाएगा। यह खयाल करके वह शोक-विह्वल हो गए और स्टूल पर बैठकर फूट-फूटकर रोने लगे। मंसाराम भी लिहाफ में मुँह लपेटे रो रहा था। अभी थोड़े ही दिनों पहले उसे देखकर पिता का हृदय गर्व से फूल उठता था, लेकिन आज उसे इस दारुण दशा में देखकर भी वह सोच रहे हैं कि इसे घर ले चलूँ या नहीं। क्या यहाँ दवा नहीं हो सकती? मैं यहाँ चौबीसों घंटे बैठा रहूँगा। डॉक्टर साहब यहाँ हैं ही। कोई दिक्कत न होगी। घर ले चलने में उन्हें बाधाएँ-ही-बाधाएँ दिखाई

देती थीं। सबसे बड़ा भय यह था कि वहाँ निर्मला इसके पास हरदम बैठी रहेगी और मैं मना न कर सकूँगा, यह उनके लिए असह्य था।

इतने में अध्यक्ष ने आकर कहा—मैं तो समझता हूँ कि आप इन्हें अपने साथ ले जाएँ। गाड़ी है ही, कोई तकलीफ न होगी। यहाँ अच्छी तरह देखभाल न हो सकेगी।

मुंशीजी—हाँ, आया तो मैं इसी खयाल से था, लेकिन इनकी हालत बहुत ही नाजुक मालूम होती है। जरा सी असावधानी होने से सरसाम हो जाने का भय है।

अध्यक्ष-यहाँ से इन्हें ले जाने में थोड़ी सी दिक्कत जरूर है, लेकिन यह तो आप खुद सोच सकते हैं कि घर पर जो आराम मिल सकता है, वह यहाँ किसी तरह नहीं मिल सकता। इसके अतिरिक्त किसी बीमार लड़के को यहाँ रखना नियम-विरुद्ध भी है।

मुंशीजी—कहिए तो मैं हेडमास्टर से आज्ञा ले लूँ। मुझे इनका यहाँ से इस हालत में ले जाना किसी तरह मुनासिब नहीं मालूम होता।

अध्यक्ष ने हेडमास्टर का नाम सुना, तो समझे कि यह महाशय धमकी दे रहे हैं। जरा तिनककर बोले—हेडमास्टर नियम-विरुद्ध कोई बात नहीं कर सकते। मैं इतनी बड़ी जिम्मेदारी कैसे ले सकता हूँ?

अब क्या हो? क्या घर ले जाना ही पड़ेगा? यहाँ रखने का तो यह बहाना था कि ले जाने से बीमारी बढ़ जाने की शंका है। यहाँ से ले जाकर हस्पताल में ठहराने का कोई बहाना नहीं है। जो सुनेगा, वह यही कहेगा कि डॉक्टर की फीस बचाने के लिए लड़के को अस्पताल फेंक आए, पर अब ले जाने के सिवा और कोई उपाय न था। अगर अध्यक्ष महोदय इस वक्त रिश्वत लेने पर तैयार हो जाते तो शायद दो-चार साल का वेतन ले लेते, लेकिन कायदे के पाबंद लोगों में इतनी बुद्धि, इतनी चतुराई कहाँ? अगर इस वक्त मुंशीजी को कोई आदमी ऐसा सुझाव देता, जिसमें उन्हें मंसाराम को घर न ले जाना पड़े तो वह आजीवन उसका एहसान मानते। सोचने का समय भी न था। अध्यक्ष महोदय शैतान की तरह सिर पर सवार थे। विवश होकर मुंशीजी ने दोनों साईसों को बुलाया और मंसाराम को उठाने लगे। मंसाराम अर्धचेतना की दशा में था, चौंककर बोला—क्या है? कौन है?

मुंशीजी—कोई नहीं है बेटा, मैं तुम्हें घर ले चलना चाहता हूँ, आओ, गोद में उठा लूँ।

मंसाराम— मुझे क्यों घर ले चलते हैं? मैं वहाँ नहीं जाऊँगा।

मुंशीजी—यहाँ तो रह नहीं सकते, नियम ही ऐसा है।

मंसाराम—कुछ भी हो, वहाँ न जाऊँगा। मुझे और कहीं ले चलिए, किसी पेड़ के नीचे, किसी झोपड़े में, जहाँ चाहे रखिए, पर घर पर न ले चलिए।

अध्यक्ष ने मुंशीजी से कहा—आप इन बातों का खयाल न करें, यह तो होश में नहीं है।

मंसाराम—कौन होश में नहीं है? मैं होश में नहीं हूँ? किसी को गालियाँ देता हूँ? दाँत काटता हूँ? क्यों होश में नहीं हूँ? मुझे यहीं पड़ा रहने दीजिए, जो कुछ होना होगा, यहीं होगा, अगर ऐसा है, तो मुझे अस्पताल ले चलिए, मैं वहाँ पड़ा रहूँगा। जीना होगा, जिऊँगा, मरना होगा, मरूँगा, लेकिन घर किसी तरह भी न जाऊँगा।

यह जोर पाकर मुंशीजी फिर अध्यक्ष की मिन्नतें करने लगे, लेकिन वह कायदे का पाबंद आदमी कुछ सुनता ही न था। अगर छूत की बीमारी हुई और किसी दूसरे लड़के को छूत लग गई तो कौन उसका जवाबदेह होगा। इस तर्क के सामने मुंशीजी की कानूनी दलीलें भी मात हो गईं।

आखिर मुंशीजी ने मंसाराम से कहा—बेटा, तुम्हें घर चलने से क्यों इनकार हो रहा है? वहाँ तो सभी तरह का आराम रहेगा। मुंशीजी ने कहने को तो यह बात कह दी, लेकिन डर रहे थे कि कहीं सचमुच मंसाराम चलने पर राजी न हो जाए। मंसाराम को अस्पताल में रखने का कोई बहाना खोज रहे थे और उसकी जिम्मेदारी मंसाराम ही के सिर डालना चाहते थे। यह अध्यक्ष के सामने की बात थी, वह इस बात की साक्षी दे सकते थे कि मंसाराम अपनी जिद से अस्पताल जा रहा है। मुंशीजी का इसमें लेशमात्र भी दोष नहीं है।

मंसाराम ने झल्लाकर कहा—नहीं, नहीं, सौ बार नहीं, मैं घर नहीं जाऊँगा। मुझे अस्पताल ले चलिए और घर के सब आदमियों को मना कर दीजिए कि मुझे देखने न आएँ। मुझे कुछ नहीं हुआ है, बिल्कुल बीमार नहीं हूँ। आप मुझे छोड़ दीजिए, मैं अपने पाँव से चल सकता हूँ।

वह उठ खड़ा हुआ और उन्मत्त की भाँति द्वार की ओर चला, लेकिन पैर लड़खड़ा गए। यदि मुंशीजी ने सँभाल न लिया होता तो उसे बड़ी चोट आती। दोनों नौकरों की मदद से मुंशीजी उसे बग्घी के पास लाए और अंदर बैठा दिया।

गाड़ी अस्पताल की ओर चली। वही हुआ, जो मुंशीजी चाहते थे। इस शोक में भी उनका चित्त संतुष्ट था। लड़का अपनी इच्छा से अस्पताल जा रहा था। क्या यह इस बात का प्रमाण नहीं था कि घर में इसे कोई स्नेह नहीं है? क्या इससे यह सिद्ध नहीं होता कि मंसाराम निर्दोष है? वह उसके ऊपर अकारण ही भ्रम कर रहे थे।

लेकिन जरा ही देर में इस तुष्टि की जगह उनके मन में ग्लानि का भाव जाग्रत् हुआ। वह अपने प्राण-प्रिय पुत्र को घर न ले जाकर अस्पताल लिए जा रहे थे। उनके विशाल भवन में उनके पुत्र के लिए जगह न थी, इस दशा में भी, जबकि उसका जीवन

संकट में पड़ा हुआ था। कितनी विडंबना है :

एक क्षण के बाद एकाएक मुंशीजी के मन में प्रश्न उठा—कहीं मंसाराम उनके भावों को ताड़ तो नहीं गया? इसीलिए तो उसे घर से घृणा नहीं हो गई है? अगर ऐसा है तो गजब हो जाएगा।

उस अनर्थ की कल्पना ही से मुंशीजी के रोएँ खड़े हो गए और कलेजा धक् धक् करने लगा। हृदय में एक धक्का-सा लगा। अगर इस ज्वर का यही कारण है, तो ईश्वर ही मालिक है। इस समय उनकी दशा अत्यंत दयनीय थी। वह आग, जो उन्होंने अपने ठिठुरे हुए हाथों को सेंकने के लिए जलाई थी, अब उनके घर में लगी जा रही थी। इस करुणा, शोक, पश्चाताप और शंका से उनका चित्त घबरा उठा। उनके गुप्त रोदन की ध्वनि बाहर निकल सकती तो सुनने वाले रो पड़ते। उनके आँसू बाहर निकल सकते तो उनका तार बँध जाता। उन्होंने पुत्र के वर्ण-हीन मुख की ओर एक वात्सल्यपूर्ण नेत्रों से देखा, वेदना से विकल होकर उसे छाती से लगा लिया और इतना रोए कि हिचकी बँध गई।

सामने अस्पताल का फाटक दिखाई दे रहा था।

~ 11 ~

मुंशी तोताराम संध्या समय कचहरी से घर पहुँचे तो निर्मला ने पूछा—उन्हें देखा, क्या हाल है? मुंशीजी ने देखा कि निर्मला के मुख पर नाममात्र को भी शोक या चिंता का चिह्न नहीं है। उसका बनाव-सिंगार और दिनों से भी कुछ गाढ़ा हुआ है। मसलन वह गले का हार न पहनती थी, पर आज वह भी गले में शोभा दे रहा था। झूमर से भी उसे बहुत प्रेम था, वह आज वह भी महीन रेशमी साड़ी के नीचे, काले-काले केशों के ऊपर, फानुस के दीपक की भाँति चमक रहा था।

मुंशीजी ने मुँह फेरकर कहा—बीमार है और क्या हाल बताऊँ?

निर्मला—तुम तो उन्हें यहाँ लाने गए थे?

मुंशीजी ने झुँझलाकर कहा—वह नहीं आता तो क्या मैं जबरदस्ती उठा लाता? कितना समझाया कि बेटा घर चलो, वहाँ तुम्हें कोई तकलीफ न होने पावेगी, लेकिन घर का नाम सुनकर उसे जैसे दूना ज्वर हो जाता था। कहने लगा—मैं यहाँ मर जाऊँगा, लेकिन घर न जाऊँगा। आखिर मजबूर होकर अस्पताल पहुँचा आया और क्या करता?

रुक्मिणी भी आकर बरामदे में खड़ी हो गई थी। बोलीं—वह जन्म का हठी है, यहाँ किसी तरह न आएगा और यह भी देख लेना, वहाँ अच्छा भी न होगा?

मुंशीजी ने कातर स्वर में कहा—तुम दो-चार दिन के लिए वहाँ चली जाओ तो बड़ा अच्छा हो बहन, तुम्हारे रहने से उसे तस्कीन होती रहेगी। मेरी बहन, मेरी यह

विनय मान लो। अकेले वह रो-रोकर प्राण दे देगा। बस, हाय अम्मा! हाय अम्मा! की रट लगाकर रोया करता है। मैं वहीं जा रहा हूँ, मेरे साथ ही चलो। उसकी दशा अच्छी नहीं। बहन, वह सूरत ही नहीं रही। देखें ईश्वर क्या करते हैं?

यह कहते-कहते मुंशीजी की आँखों से आँसू बहने लगे, लेकिन रुक्मिणी अविचलित भाव से बोली—मैं जाने को तैयार हूँ। मेरे वहाँ रहने से अगर मेरे लाल के प्राण बच जाएँ तो मैं सिर के बल दौड़ी जाऊँ, लेकिन मेरा कहना गिरह में बाँध लो भैया, वहाँ वह अच्छा न होगा। मैं उसे खूब पहचानती हूँ। उसे कोई बीमारी नहीं है, केवल घर से निकाले जाने का शोक है। यही दुःख ज्वर के रूप में प्रकट हुआ है। तुम एक नहीं, लाख दवा करो, सिविल सर्जन को ही क्यों न दिखाओ, उसे कोई दवा असर न करेगी।

मुंशीजी—बहन, उसे घर से निकाला किसने है? मैंने तो केवल उसकी पढ़ाई के खयाल से उसे वहाँ भेजा था।

रुक्मिणी—तुमने चाहे जिस खयाल से भेजा हो, लेकिन यह बात उसे लग गई। मैं तो अब किसी गिनती में नहीं हूँ, मुझे किसी बात में बोलने का कोई अधिकार नहीं। मालिक तुम, मालकिन तुम्हारी स्त्री। मैं तो केवल तुम्हारी रोटियों पर पड़ी हुई अभागिनी विधवा हूँ। मेरी कौन सुनेगा और कौन परवाह करेगा? लेकिन बिना बोले रहा नहीं जाता। मंसा तभी अच्छा होगा, जब घर आएगा। जब तुम्हारा हृदय वही हो जाएगा, जो पहले था।

यह कहकर रुक्मिणी वहाँ से चली गईं। उनकी ज्योतिहीन, पर अनुभवपूर्ण आँखों के सामने जो चरित्र हो रहे थे, उनका रहस्य वह खूब समझती थीं और उनका सारा क्रोध निरपराधिनी निर्मला ही पर उतरता था। इस समय भी वह कहते-कहते रुक गईं कि जब तक यह लक्ष्मी इस घर में रहेगी, इस घर की दशा बिगड़ती ही जाएगी। उसको प्रगट रूप से न कहने पर भी उसका आशय मुंशीजी से छिपा नहीं रहा। उनके चले जाने पर मुंशीजी ने सिर झुका लिया और सोचने लगे। उन्हें अपने ऊपर इस समय इतना क्रोध आ रहा था कि दीवार से सिर पटककर प्राणों का अंत कर दें। उन्होंने क्यों विवाह किया था? विवाह करने की क्या जरूरत थी? ईश्वर ने उन्हें एक नहीं, तीन-तीन पुत्र दिए थे? उनकी अवस्था भी पचास के लगभग पहुँच गई थी, फिर उन्होंने क्यों विवाह किया? क्या इसी बहाने ईश्वर को उनका सर्वनाश करना मंजूर था? उन्होंने सिर उठाकर एक बार निर्मला की सहास, पर निश्चल मूर्ति देखी और अस्पताल चले गए। निर्मला की सहास छवि ने उनका चित्त शांत कर दिया था। आज कई दिनों के बाद उन्हें शांति मयस्सर हुई थी। प्रेम-पीड़ित हृदय इस दशा में क्या इतना शांत और अविचलित रह सकता है? नहीं, कभी नहीं। हृदय की चोट भाव-कौशल से नहीं छिपाई जा सकती। अपने चित्त की

दुर्बलता पर इस समय उन्हें अत्यंत क्षोभ हुआ। उन्होंने अकारण ही संदेह को हृदय में स्थान देकर इतना अनर्थ किया। मंसाराम की ओर से भी उनका मन निश्शंक हो गया। हाँ उसकी जगह अब एक नई शंका उत्पन्न हो गई। क्या मंसाराम भाँप तो नहीं गया? क्या भाँपकर ही तो घर आने से इनकार नहीं कर रहा है? अगर वह भाँप गया है तो महान् अनर्थ हो जाएगा। उसकी कल्पना ही से उनका मन दहल उठा। उनकी देह की सारी हड्डियाँ मानो इस हाहाकार पर पानी डालने के लिए व्याकुल हो उठीं। उन्होंने कोचवान से घोड़े को तेज चलाने को कहा। आज कई दिनों के बाद उनके हृदय मंडल पर छाया हुआ सघन घन फट गया था और प्रकाश की लहरें अंदर से निकलने के लिए व्यग्र हो रही थीं। उन्होंने बाहर सिर निकाल कर देखा, कोचवान सो तो नहीं रहा है। घोड़े की चाल उन्हें इतनी मंद कभी न मालूम हुई थी।

अस्पताल पहुँचकर वह लपके हुए मंसाराम के पास गए। देखा तो डॉक्टर साहब उसके सामने चिंता में मगन खड़े थे। मुंशीजी के हाथ-पाँव फूल गए। मुँह से शब्द न निकल सका। भरभराई हुई आवाज में बड़ी मुश्किल से बोले—क्या हाल है, डॉक्टर साहब? यह कहते-कहते वह रो पड़े और जब डॉक्टर साहब को उनके प्रश्न का उत्तर देने में एक क्षण का विलंब हुआ, तब तो उनके प्राण नहों में समा गए। उन्होंने पलंग पर बैठकर अचेत बालक को गोद में उठा लिया और बालक की भाँति सिसक-सिसककर रोने लगे। मंसाराम की देह तवे की तरह जल रही थी। मंसाराम ने एक बार आँखें खोलीं। आह, कितनी भयंकर और उसके साथ ही कितनी दूर दृष्टि थी। मुंशीजी ने बालक को कंठ से लगाकर डॉक्टर से पूछा—क्या हाल है, साहब! आप चुप क्यों हैं?

डॉक्टर ने संदिग्ध स्वर से कहा—हाल जो कुछ है, वह आप देख ही रहे हैं। 106 डिग्री का ज्वर है और मैं क्या बताऊँ? अभी ज्वर का प्रकोप बढ़ता ही जाता है। मेरे किए जो कुछ हो सकता है, कर रहा हूँ। ईश्वर मालिक है। जबसे आप गए हैं, मैं एक मिनट के लिए भी यहाँ से नहीं हिला। भोजन तक नहीं कर सका। हालत इतनी नाजुक है कि एक मिनट में क्या हो जाएगा, नहीं कहा जा सकता? यह महाज्वर है, बिल्कुल होश नहीं है। रह-रहकर 'डिलीरियम' का दौरा-सा हो जाता है। क्या घर में इन्हें किसी ने कुछ कहा है! बार-बार, अम्माँजी, तुम कहाँ हो! यही आवाज मुँह से निकली है।

डॉक्टर साहब यह कह ही रहे थे कि सहसा मंसाराम उठकर बैठ गया और धक्के से मुंशीजी को चारपाई के नीचे ढकेलकर उन्मत्त स्वर से बोला—क्यों धमकाते हैं, आप! मार डालिए, मार डालिए, अभी मार डालिए। तलवार नहीं मिलती! रस्सी का फंदा है या वह भी नहीं। मैं अपने गले में लगा लूँगा। हाय अम्माँजी, तुम कहाँ हो! यह कहते-कहते वह फिर अचेत होकर गिर पड़ा।

मुंशीजी एक क्षण तक मंसाराम की शिथिल मुद्रा की ओर व्यथित नेत्रों से ताकते रहे, फिर सहसा उन्होंने डॉक्टर साहब का हाथ पकड़ लिया और अत्यंत दीनतापूर्ण आग्रह से बोले—डॉक्टर साहब, इस लड़के को बचा लीजिए, ईश्वर के लिए बचा लीजिए, नहीं तो मेरा सर्वनाश हो जाएगा। मैं अमीर नहीं हूँ, लेकिन आप जो कुछ कहेंगे, वह हाजिर करूँगा, इसे बचा लीजिए। आप बड़े-से-बड़े डॉक्टर को बुलाइए और उनकी राय लीजिए, मैं सब खर्च दूँगा। इसकी यह दशा अब नहीं देखी जाती। हाय, मेरा होनहार बेटा!

डॉक्टर साहब ने करुण स्वर में कहा—बाबू साहब, मैं आपसे सत्य कह रहा हूँ कि मैं इनके लिए अपनी तरफ से कोई बात उठा नहीं रख रहा हूँ। अब आप दूसरे डॉक्टरों से सलाह लेने को कहते हैं। अभी डॉक्टर लाहिरी, डॉक्टर भाटिया और डॉक्टर माथुर को बुलाता हूँ। विनायक शास्त्री को भी बुलाए लेता हूँ, लेकिन मैं आपको व्यर्थ का आश्वासन नहीं देना चाहता, हालत नाजुक है।

मुंशीजी ने रोते हुए कहा—नहीं, डॉक्टर साहब, यह शब्द मुँह से न निकालिए। हालत इसके दुश्मनों की नाजुक हो। ईश्वर मुझ पर इतना कोप न करेंगे। आप कलकत्ता और बंबई के डॉक्टरों को तार दीजिए, मैं जिंदगी भर आपकी गुलामी करूँगा। यही मेरे कुल का दीपक है। यही मेरे जीवन का आधार है। मेरा हृदय फटा जा रहा है। कोई ऐसी दवा दीजिए, जिससे इसे होश आ जाए। मैं जरा अपने कानों से उसकी बातें सुनूँ, जानूँ कि उसे क्या कष्ट हो रहा है? हाय, मेरा बच्चा!

डॉक्टर—आप जरा दिल को तस्कीन दीजिए। आप बुजुर्ग आदमी हैं, यों हाय-हाय करने और डॉक्टरों की फौज जमा करने से कोई नतीजा न निकलेगा। शांत होकर बैठिए, मैं शहर के लोगों को बुला रहा हूँ, देखिए क्या कहते हैं? आप तो खुद ही बदहवास हुए जाते हैं।

मुंशीजी—अच्छा, डॉक्टर साहब! मैं अब न बोलूँगा, जबान तब तक न खोलूँगा, आप जो चाहे, करें, बच्चा अब आपके हाथ में है। आप ही उसकी रक्षा कर सकते हैं। मैं इतना ही चाहता हूँ कि जरा इसे होश आ जाए, मुझे पहचान ले, मेरी बातें समझने लगे। क्या कोई ऐसी संजीवनी बूटी नहीं? मैं इससे दो-चार बातें कर लेता।

यह कहते-कहते मुंशीजी आवेश में आकर मंसाराम से बोले—बेटा, जरा आँखें खोलो, कैसा जी है? मैं तुम्हारे पास बैठा रो रहा हूँ, मुझे तुमसे कोई शिकायत नहीं है, मेरा दिल तुम्हारी ओर से साफ है।

डॉक्टर—फिर आपने अनर्गल बातें करनी शुरू कीं। अरे साहब, आप बच्चे नहीं हैं बुजुर्ग हैं, जरा धैर्य से काम लीजिए।

मुंशीजी—अच्छा, डॉक्टर साहब, अब न बोलूँगा, खता हुई। आप जो चाहें, कीजिए। मैंने सबकुछ आप पर छोड़ दिया। कोई ऐसा उपाय नहीं, जिससे मैं इसे इतना समझा सकूँ कि मेरा दिल साफ है? आप ही कह दीजिए डॉक्टर साहब, कह दीजिए, तुम्हारा अभागा पिता बैठा रो रहा है। उसका दिल तुम्हारी तरफ से बिल्कुल साफ है। उसे कुछ भ्रम हुआ था। वह अब दूर हो गया। बस, इतना ही कर दीजिए। मैं और कुछ नहीं चाहता। मैं चुपचाप बैठा हूँ। जबान को नहीं खोलता, लेकिन आप इतना जरूर कह दीजिए।

डॉक्टर—ईश्वर के लिए बाबू साहब, जरा सब्र कीजिए, वरना मुझे मजबूर होकर आपसे कहना पड़ेगा कि घर जाइए। मैं जरा दफ्तर में जाकर डॉक्टरों को खत लिख रहा हूँ। आप चुपचाप बैठे रहिएगा।

निर्दयी डॉक्टर! जवान बेटे की यह दशा देखकर कौन पिता है, जो धैर्य से काम लेगा? मुंशीजी बहुत गंभीर स्वभाव के मनुष्य थे। यह भी जानते थे कि इस वक्त हाय-हाय मचाने से कोई नतीजा नहीं, लेकिन फिर भी इस समय शांत बैठना उनके लिए असंभव था। अगर दैव-गति से यह बीमारी होती तो वह शांत हो सकते थे, दूसरों को समझा सकते थे, खुद डॉक्टरों का बुला सकते थे, लेकिन क्या यह जानकर भी धैर्य रख सकते थे कि यह सब आग मेरी ही लगाई हुई है? कोई पिता इतना वज्र-हृदय हो सकता है? उनका रोम-रोम इस समय उन्हें धिक्कार रहा था। उन्होंने सोचा, मुझे यह दुर्भावना उत्पन्न ही क्यों हुई? मैंने क्यों बिना किसी प्रत्यक्ष प्रमाण के ऐसी भीषण कल्पना कर डाली? अच्छा मुझे उस दशा में क्या करना चाहिए था। जो कुछ उन्होंने किया, उसके सिवा वह और क्या करते, इसका वह निश्चय न कर सके। वास्तव में विवाह के बंधन में पड़ना ही अपने पैरों में कुल्हाड़ी मारना था। हाँ, यही सारे उपद्रव की जड़ है।

मगर मैंने यह कोई अनोखी बात नहीं की। सभी स्त्री-पुरुष विवाह करते हैं। उनका जीवन आनंद से कटता है। आनंद की इच्छा से ही तो हम विवाह करते हैं। मुहल्ले में सैकड़ों आदमियों ने दूसरी, तीसरी, चौथी, यहाँ तक कि सातवीं शादियाँ की हैं और मुझसे भी कहीं अधिक अवस्था में। वह जब तक जिए, आराम ही से जिए। यह भी नहीं हुआ कि सभी स्त्री से पहले मर गए हों। दुहाज-तिहाज होने पर भी कितने ही फिर रंडुए हो गए। अगर मेरी-जैसी दशा सबकी होती तो विवाह का नाम ही कौन लेता? मेरे पिताजी ने पचपनवें वर्ष में विवाह किया था और मेरे जन्म के समय उनकी अवस्था साठ से कम न थी। हाँ, इतनी बात जरूर है कि तब और अब में कुछ अंतर हो गया है। पहले स्त्रियाँ पढ़ी-लिखी न होती थीं। पति चाहे कैसा ही हो, उसे पूज्य समझती थीं, यह बात हो कि पुरुष सबकुछ देखकर भी बेहयाई से काम लेता हो, अवश्य यही बात है। जब युवक वृद्धा के साथ प्रसन्न नहीं रह सकता तो युवती क्यों किसी वृद्ध के साथ प्रसन्न

रहने लगी? लेकिन मैं तो कुछ ऐसा बुड्ढा न था। मुझे देखकर कोई चालीस से अधिक नहीं बता सकता। कुछ भी हो, जवानी ढल जाने पर जवान औरत से विवाह करके कुछ-न-कुछ बेहयाई जरूर करनी पड़ती है, इसमें संदेह नहीं। स्त्री स्वभाव से लज्जाशील होती है। कुलटाओं की बात तो दूसरी है, पर साधारणतः स्त्री पुरुष से कहीं ज्यादा संयमशील होती है। जोड़ का पति पाकर वह चाहे पर-पुरुष से हँसी-दिल्लगी कर ले, पर उसका मन शुद्ध रहता है। बेजोड़ विवाह हो जाने से वह चाहे किसी की ओर आँखें उठाकर न देखे, पर उसका चित्त दुःखी रहता है। वह पक्की दीवार है, उसमें सबरी का असर नहीं होता, यह कच्ची दीवार है और उसी वक्त तक खड़ी रहती है, जब तक इसपर सबरी न चलाई जाए।

इन्हीं विचारों में पड़े-पड़े मुंशीजी को एक झपकी आ गई। मने के भावों ने तत्काल स्वप्न का रूप धारण कर लिया। क्या देखते हैं कि उनकी पहली स्त्री मंसाराम के सामने खड़ी कह रही है—'स्वामी, यह तुमने क्या किया? जिस बालक को मैंने अपना रक्त पिला-पिलाकर पाला, उसको तुमने इतनी निर्दयता से मार डाला। ऐसे आदर्श चरित्र बालक पर तुमने इतना घोर कलंक लगा दिया? अब बैठे क्या बिसूरते हो। तुमने उससे हाथ धो लिया। मैं तुम्हारे निर्दय हाथों से छीनकर उसे अपने साथ लिए जाती हूँ। तुम तो इतने शक्की कभी न थे। क्या विवाह करते ही शक को भी गले बाँध लाए? इस कोमल हृदय पर इतना कठोर आघात! इतना भीषण कलंक! इतन बड़ा अपमान सहकर जीनेवाले कोई बेहया होंगे। मेरा बेटा नहीं सह सकता!' यह कहते-कहते उसने बालक को गोद में उठा लिया और चली। मुंशीजी ने रोते हुए उसकी गोद से मंसाराम को छीनने के लिए हाथ बढ़ाया, तो आँखें खुल गईं और डॉक्टर लाहिरी, डॉक्टर भाटिया आदि आधे दर्जन डॉक्टर उनको सामने खड़े दिखाई दिए।

~ 12 ~

तीन दिन गुजर गए और मुंशीजी घर न आए। रुक्मिणी दोनों वक्त अस्पताल जातीं और मंसाराम को देख आती थीं। दोनों लड़के भी जाते थे, पर निर्मला कैसे जाती? उनके पैरों में तो बेड़ियाँ पड़ी हुई थीं। वह मंसाराम की बीमारी का हाल-चाल जानने के लिए व्यग्र रहती थी। यदि रुक्मिणी से कुछ पूछती थीं तो ताने मिलते थे और लड़कों से पूछती तो बेसिर-पैर की बातें करने लगते थे। एक बार खुद जाकर देखने के लिए उसका चित्त व्याकुल हो रहा था। उसे यह भय होता था कि संदेह ने कहीं मुंशीजी के पुत्र-प्रेम को शिथिल न कर दिया हो, कहीं उनकी कृपणता ही तो मंसाराम के अच्छे होने में बाधक नहीं हो रही है? डॉक्टर किसी के सगे नहीं होते, उन्हें तो अपने पैसों से

काम है, मुरदा दोजख में जाए या बहिश्त में। उसके मन में प्रबल इच्छा होती थी कि जाकर अस्पताल के डॉक्टरों को एक हजार की थैली देकर कहे—इन्हें बचा लीजिए, यह थैली आपकी भेंट है, पर उसके पास न तो इतने रुपए ही थे, न इतना साहस ही था। अब भी यदि वहाँ पहुँच सकती तो मंसाराम अच्छा हो जाता। उसकी जैसी सेवा-शुश्रूषा होनी चाहिए, वैसी नहीं हो रही है। नहीं तो क्या तीन दिन तक ज्वर ही न उतरता? यह दैहिक ज्वर नहीं, मानसिक ज्वर है और चित्त के शांत होने ही से इसका प्रकोप उतर सकता है। अगर वह वहाँ रात भर बैठी रह सकती और मुंशीजी जरा भी मन मैला न करते तो कदाचित् मंसाराम को विश्वास हो जाता कि पिताजी का दिल साफ है और फिर अच्छे होने में देर न लगती, लेकिन ऐसा होगा? मुंशीजी उसे वहाँ देखकर प्रसन्नचित्त रह सकेंगे? क्या अब भी उनका दिल साफ नहीं हुआ? यहाँ से जाते समय तो ऐसा ज्ञात हुआ था कि वह अपने प्रमाद पर पछता रहे हैं। ऐसा तो न होगा कि उसके वहाँ जाते ही मुंशीजी का संदेह फिर भड़क उठे और वह बेटे की जान लेकर ही छोड़ें?

इस दुविधा में पड़े-पड़े तीन दिन गुजर गए और न घर में चूल्हा जला, न किसी ने कुछ खाया। लड़कों के लिए बाजार से पूरियाँ ली जाती थीं, रुक्मिणी और निर्मला भूखी ही सो जाती थीं। उन्हें भोजन की इच्छा ही न होती।

चौथे दिन जियाराम स्कूल से लौटा तो अस्पताल होता हुआ घर आया। निर्मला ने पूछा—क्यों भैया, अस्पताल भी गए थे? आज क्या हाल है? तुम्हारे भैया उठे या नहीं?

जियाराम रुआँसा होकर बोला—अम्माजी, आज तो वह कुछ बोलते-चालते ही न थे। चुपचाप चारपाई पर पड़े जोर-जोर से हाथ-पाँव पटक रहे थे।

निर्मला के चेहरे का रंग उड़ गया। घबराकर पूछा—तुम्हारे बाबूजी वहाँ न थे?

जियाराम—थे क्यों नहीं? आज वह बहुत रोते थे।

निर्मला का कलेजा धक्-धक् करने लगा। पूछा—डॉक्टर लोग वहाँ न थे?

जियाराम—डॉक्टर भी खड़े थे और आपस में कुछ सलाह कर रहे थे। सबसे बड़ा सिविल सर्जन अंग्रेजी में कह रहा था कि मरीज की देह में कुछ ताजा खून डालना चाहिए। इसपर बाबूजी ने कहा—मेरी देह से जितना खून चाहें ले लीजिए। सिविल सर्जन ने हँसकर कहा—आपके ब्लड से काम नहीं चलेगा, किसी जवान आदमी का ब्लड चाहिए। आखिर उसने पिचकारी से कोई दवा भैया के बाजू में डाल दी। चार अंगुल से कम के सुई न रही होगी, पर भैया मिनके तक नहीं। मैंने तो मारे डरके आँखें बंद कर लीं।

बड़े-बड़े महान् संकल्प आवेश में ही जन्म लेते हैं। कहाँ तो निर्मला भय से सूखी जाती थी, कहाँ उसके मुँह पर दृढ़ संकल्प की आभा झलक पड़ी। उसने अपनी देह का

ताजा खून देने का निश्चय किया। अगर उसके रक्त से मंसाराम के प्राण बच जाएँ तो वह बड़ी खुशी से उसकी अंतिम बूँद तक दे डालेगी। अब जिसका जो जी चाहे समझे, वह कुछ परवाह न करेगी। उसने जियाराम से कहा—तुम लपककर एक एक्का बुला लो, मैं अस्पताल जाऊँगी।

जियाराम—वहाँ तो इस वक्त बहुत से आदमी होंगे। जरा रात हो जाने दीजिए।

निर्मला—नहीं, तुम अभी एक्का बुला लो।

जियाराम—कहीं बाबूजी बिगड़ें न?

निर्मला—बिगड़ने दो। तुम अभी जाकर सवारी लाओ।

जियाराम—मैं कह दूँगा, अम्माजी ही ने मुझसे सवारी मँगाई थी।

निर्मला—कह देना।

जियाराम तो उधर ताँगा लाने गया। इतनी देर में निर्मला ने सिर में कंघी की, जूड़ा बाँधा, कपड़े बदले, आभूषण पहने, पान खाया और द्वार पर आकर ताँगे की राह देखने लगी।

रुक्मिणी अपने कमरे में बैठी हुई थीं। उसे इस तैयारी से आते देखकर बोलीं—कहाँ जाती हो, बहू?

निर्मला—जरा अस्पताल तक जाती हूँ।

रुक्मिणी—वहाँ जाकर क्या करोगी?

निर्मला—कुछ नहीं, करूँगी क्या? करनेवाले तो भगवान् हैं। देखने को जी चाहता है।

रुक्मिणी—मैं कहती हूँ, मत जाओ।

निर्मला ने विनीत भाव से कहा—अभी चली आऊँगी, दीदीजी। जियाराम कह रहे हैं कि इस वक्त उनकी हालत अच्छी नहीं है। जी नहीं मानता, आप भी चलिए न?

रुक्मिणी—मैं देख आई हूँ। इतना ही समझ लो कि अब बाहरी खून पहुँचाने पर ही जीवन की आशा है। कौन अपना ताजा खून देगा और क्यों देगा? उसमें भी तो प्राणों का भय है।

निर्मला—इसीलिए तो मैं जाती हूँ। मेरे खून से क्या काम न चलेगा?

रुक्मिणी—चलेगा क्यों नहीं, जवान ही का तो खून चाहिए, लेकिन तुम्हारे खून से मंसाराम की जान बचे, इससे यह कहीं अच्छा है कि उसे पानी में बहा दिया जाए।

ताँगा आ गया। निर्मला और जियाराम दोनों जा बैठे। ताँगा चला।

रुक्मिणी द्वार पर खड़ी देर तक रोती रही। आज पहली बार उसे निर्मला पर दया आई। उसका बस होता तो वह निर्मला को बाँध रखती। करुणा और सहानुभूति का

आवेश उसे कहाँ लिए जाता है, वह अप्रकट रूप से देख रही थी। आह! यह दुर्भाग्य की प्रेरणा है। यह सर्वनाश का मार्ग है।

निर्मला अस्पताल पहुँची तो दीपक जल चुके थे। डॉक्टर लोग अपनी राय देकर विदा हो चुके थे। मंसाराम का ज्वर कुछ कम हो गया था। वह टकटकी लगाए हुए द्वार की ओर देख रहा था। उसकी दृष्टि उन्मुक्त आकाश की ओर लगी हुई थी, मानो किसी देवता की प्रतीक्षा कर रहा हो! वह कहाँ है, जिस दशा में है, इसका उसे कुछ ज्ञान न था।

सहसा निर्मला को देखते ही वह चौंककर उठ बैठा। उसकी समाधि टूट गई। उसकी विलुप्त चेतना प्रदीप्त हो गई। उसे अपने स्थिति का, अपनी दशा का ज्ञान हो गया, मानो कोई भूली हुई बात याद हो गई हो। उसने आँखें फाड़कर निर्मला को देखा और मुँह फेर लिया।

एकाएक मुंशीजी तीव्र स्वर से बोले—तुम, यहाँ क्या करने आईं?

निर्मला अवाक् रह गई। वह बतलाए कि क्या करने आई? इतने सीधे से प्रश्न का भी वह क्या कोई जवाब दे सकी? वह क्या करने आई थी? इतना जटिल प्रश्न किसके सामने आया होगा? घर का आदमी बीमार है, उसे देखने आई है, यह बात क्या बिना पूछे मालूम न हो सकती थी? फिर प्रश्न क्यों?

वह हतबुद्धी-सी खड़ी रही, मानो संज्ञाहीन हो गई हो। उसने दोनों लड़कों से मुंशीजी के शोक और संताप की बातें सुनकर यह अनुमान किया था कि अब उसका दिल साफ हो गया है। अब उसे ज्ञात हुआ कि वह भ्रम था। हाँ, वह महाभ्रम था। मगर वह जानती थी आँसुओं की दृष्टि ने भी संदेह की अग्नि शांत नहीं की तो वह कदापि न आती। वह कुढ़-कुढ़ाकर मर जाती, घर से पाँव न निकालती।

मुंशीजी ने फिर वही प्रश्न किया—तुम यहाँ क्यों आईं?

निर्मला ने निश्शंक भाव से उत्तर दिया—आप यहाँ क्या करने आए हैं?

मुंशीजी के नथुने फड़कने लगे। वह झल्लाकर चारपाई से उठे और निर्मला का हाथ पकड़कर बोले—तुम्हारे यहाँ आने की कोई जरूरत नहीं। जब मैं बुलाऊँ, तब आना। समझ गईं?

अरे! यह क्या अनर्थ हुआ! मंसाराम जो चारपाई से हिल भी न सकता था, उठकर खड़ा हो गया और निर्मला के पैरों पर गिरकर रोते हुए बोला—अम्माँजी, इस अभागे के लिए आपको व्यर्थ इतना कष्ट हुआ। मैं आपका स्नेह कभी भी न भूलूँगा। ईश्वर से मेरी यही प्रार्थना है कि मेरा पुनर्जन्म आपके गर्भ से हो, जिससे मैं आपके ऋण से उऋण हो सकूँ। ईश्वर जानता है, मैंने आपको विमाता नहीं समझा। मैं आपको अपनी माता समझता रहा। आपकी उम्र मुझसे बहुत ज्यादा न हो, लेकिन आप, मेरी माता के स्थान पर थीं और

मैंने आपको सदैव इसी दृष्टि से देखा···अब नहीं बोला जाता अम्माँजी, क्षमा कीजिए! यह अंतिम भेंट है।

निर्मला ने अश्रु-प्रवाह को रोकते हुए कहा—तुम ऐसी बातें क्यों करते हो? दो-चार दिन में अच्छे हो जाओगे।

मंसाराम ने क्षीण स्वर में कहा—अब जीने की इच्छा नहीं और न बोलने की शक्ति ही है।

यह कहते-कहते मंसाराम अशक्त होकर वहीं जमीन पर लेट गया। निर्मला ने पति की ओर निर्भय नेत्रों से देखते हुए कहा—डॉक्टर ने क्या सलाह दी?

मुंशीजी—सब-के-सब भंग खा गए हैं। कहते हैं, ताजा खून चाहिए।

निर्मला—ताजा खून मिल जाए तो प्राण-रक्षा हो सकती है?

मुंशीजी ने निर्मला की ओर तीव्र नेत्रों से देखकर कहा—मैं ईश्वर नहीं हूँ और न डॉक्टर ही को ईश्वर समझता हूँ।

निर्मला—ताजा खून तो ऐसी अलभ्य वस्तु नहीं!

मुंशीजी—आकाश के तारे भी तो अलभ्य नही! मुँह के सामने खंदक क्या चीज है?

निर्मला—मैं अपना खून देने को तैयार हूँ। डॉक्टर को बुलाइए।

मुंशीजी ने विस्मित होकर कहा—तुम!

निर्मला—हाँ, क्या मेरे खून से काम न चलेगा?

मुंशीजी—तुम अपना खून दोगी? नहीं, तुम्हारे खून की जरूरत नहीं। इसमें प्राणों का भय है।

निर्मला—मेरे प्राण और किस दिन काम आएँगे?

मुंशीजी ने सजल-नेत्र होकर कहा—नहीं निर्मला, उसका मूल्य अब मेरी निगाहों में बहुत बढ़ गया है। आज तक वह मेरे भोग की वस्तु थी, आज से वह मेरी भक्ति की वस्तु है। मैंने तुम्हारे साथ बड़ा अन्याय किया है, क्षमा करो।

~ 13 ~

जो कुछ होना था, हो गया, किसी की कुछ न चली। डॉक्टर साहब निर्मला की देह से रक्त निकालने की चेष्टा कर ही रहे थे कि मंसाराम अपने उज्ज्वल चरित्र की अंतिम झलक दिखाकर इस भ्रम-लोक से विदा हो गया। कदाचित् इतनी देर तक उसके प्राण निर्मला ही की राह देख रहे थे। उसे निष्कलंक सिद्ध किए बिना वे देह को कैसे त्याग देते? अब उनका उद्देश्य पूरा हो गया। मुंशीजी को निर्मला के निर्दोष होने का

विश्वास हो गया, पर कब? जब हाथ से तीर निकल चुका था, जब मुसाफिर ने रकाब में पाँव डाल लिया था।

पुत्र-शोक में मुंशीजी का जीवन भार-स्वरूप हो गया। उस दिन से फिर उनके ओठों पर हँसी न आई। यह जीवन अब उन्हें व्यर्थ-सा जान पड़ता था। कचहरी जाते, मगर मुकदमों की पैरवी करने के लिए नहीं, केवल दिल बहलाने के लिए घंटे-दो-घंटे में वहाँ से उकताकर चले आते। खाने बैठते तो कौर मुँह में न जाता। निर्मला अच्छी से अच्छी चीज पकाती, पर मुंशीजी दो-चार कौर से अधिक न खा सकते। ऐसा जान पड़ता कि कौर मुँह से निकला आता है! मंसाराम के कमरे की ओर जाते ही उनका हृदय टूक-टूक हो जाता था। जहाँ उनकी आशाओं का दीपक जलता रहता था, वहाँ अब अंधकार छाया हुआ था। उनके दो पुत्र अब भी थे, लेकिन दूध देती हुई गाय मर गई तो बछिया का क्या भरोसा? जब फूलने-फलनेवाला वृक्ष गिर पड़ा, नन्हे-नन्हे पौधों से क्या आशा? यों ता जवान-बूढ़े सभी मरते हैं, लेकिन दुःख इस बात का था कि उन्होंने स्वयं लड़के की जान ली। जिस दम बात याद आ जाती तो ऐसा मालूम होता था कि उनकी छाती फट जाएगी—मानो हृदय बाहर निकल पड़ेगा।

निर्मला को पति से सच्ची सहानुभूति थी। जहाँ तक हो सकता था, वह उनको प्रसन्न रखने की फिक्र रखती थी और भूलकर भी पिछली बातें जबान पर न लाती थी। मुंशीजी उससे मंसाराम की कोई चर्चा करते शरमाते थे। उनकी कभी-कभी ऐसी इच्छा होती कि एक बार निर्मला से अपने मन के सारे भाव खोलकर कह दूँ, लेकिन लज्जा रोक लेती थी। इस भाँति उन्हें सांत्वना भी न मिलती थी, जो अपनी व्यथा कह डालने से, दूसरों को अपने गम में शरीक कर लेने से प्राप्त होती है। मवाद बाहर न निकलकर अंदर-ही-अंदर अपना विष फैलाता जाता था, दिन-दिन देह घुलती जाती थी।

इधर कुछ दिनों से मुंशीजी और उन डॉक्टर साहब में, जिन्होंने मंसाराम की दवा की थी, याराना हो गया था, बेचारे कभी-कभी आकर मुंशीजी को समझाया करते, कभी-कभी अपने साथ हवा खिलाने के लिए खींच ले जाते। उनकी स्त्री भी दो-चार बार निर्मला से मिलने आई थीं। निर्मला भी कई बार उनके घर गई थी, मगर वहाँ से जब लौटती तो कई दिन तक उदास रहती। उस दंपती का सुखमय जीवन देखकर उसे अपनी दशा पर दुःख हुए बिना न रहता था। डॉक्टर साहब को कुल दो सौ रुपए मिलते थे, पर इतने में ही दोनों आनंद से जीवन व्यतीत करते थे। घर में केवल एक महरी थी, गृहस्थी का बहुत सा काम स्त्री को अपने ही हाथों करना पड़ता था, गहने भी उसकी देह पर बहुत कम थे, पर उन दोनों में वह प्रेम था, जो धन की तृण के बराबर परवाह नहीं करता। पुरुष को देखकर स्त्री को चेहरा खिल उठता था। स्त्री को देखकर पुरुष निहाल

हो जाता था। निर्मला के घर में धन इससे कहीं अधिक था, आभूषणों से उनकी देह फटी पड़ती थी, घर का कोई काम उसे अपने हाथ से न करना पड़ता था, पर निर्मला संपन्न होने पर भी अधिक दु:खी थी और सुधा विपन्न होने पर भी सुखी। सुधा के पास कोई ऐसी वस्तु थी, जो निर्मला के पास न थी, जिसके सामने उसे अपना वैभव तुच्छ जान पड़ता था, यहाँ तक कि वह सुधा के घर गहने पहनकर जाते शरमाती थी।

एक दिन निर्मला डॉक्टर साहब के घर आई तो उसे बहुत उदास देखकर सुधा ने पूछा—बहन, आज बहुत उदास हो, वकील साहब की तबीयत तो अच्छी है, न?

निर्मला—क्या कहूँ, सुधा? उनकी दशा दिन-दिन खराब होती जाती है, कुछ कहते नहीं बनता। न जाने ईश्वर को क्या मंजूर है?

सुधा—हमारे बाबूजी तो कहते हैं कि उन्हें कहीं जलवायु बदलने के लिए जाना जरूरी है, नहीं तो कोई भयंकर रोग खड़ा हो जाएगा। कई बार वकील साहब से कह भी चुके हैं, पर वह यही कह दिया करते हैं कि मैं तो बहुत अच्छी तरह हूँ, मुझे कोई शिकायत नहीं। आज तुम कहना।

निर्मला—जब डॉक्टर साहब की नहीं सुनी तो मेरी सुनेंगे?

यह कहते-कहते निर्मला की आँखें डबडबा गईं और जो शंका, इधर महीनों से उसके हृदय को विकल करती रहती थी, मुँह से निकल पड़ी। अब तक उसने उस शंका को छिपाया था, पर अब न छिपा सकी। बोली—बहन मुझे लक्षण कुछ अच्छे नहीं मालूम होते। देखें, भगवान् क्या करते हैं?

सुधा—तुम आज उनसे खूब जोर देकर कहना कि कहीं जलवायु बदलनी चाहिए। दो-चार महीने बाहर रहने से बहुत सी बातें भूल जाएँगी। मैं तो समझती हूँ, शायद मकान बदलने से भी उनका शोक कुछ कम हो जाएगा। तुम कहीं बाहर जा भी न सकोगी। यह कौन सा महीना है?

निर्मला—आठवाँ महीना बीत रहा है। यह चिंता तो मुझे और भी मारे डालती है। मैंने तो इसके लिए ईश्वर से कभी प्रार्थना न की थी। यह बला मेरे सिर न जाने क्यों मढ़ दी? मैं बड़ी अभागिनी हूँ बहन, विवाह के एक महीने पहले पिताजी का देहांत हो गया। उनके मरते ही मेरे सिर शनीचर सवार हुए। जहाँ पहले विवाह की बातचीत पक्की हुई थी, उन लोगों ने आँखें फेर लीं। बेचारी अम्मा को हारकर मेरा विवाह यहाँ करना पड़ा। अब छोटी बहन का विवाह होनेवाला है। देखें, उसकी नाव किस घाट जाती है!

सुधा—जहाँ पहले विवाह की बातचीत हुई थी, उन लोगों ने इनकार क्यों कर दिया?

निर्मला—यह तो वे ही जानें। पिताजी न रहे तो सोने की गठरी कौन देता?

सुधा—यह तो नीचता है। कहाँ के रहनेवाले थे?

निर्मला—लखनऊ के। नाम तो याद नहीं, आबकारी के कोई बड़े अफसर थे।

सुधा ने गंभीर भाव से पूछा—और उनका लड़का क्या करता था?

निर्मला—कुछ नहीं, कहीं पढ़ता था, पर बड़ा होनहार था।

सुधा ने सिर नीचा करके कहा—उसने अपने पिता से कुछ न कहा था? वह तो जवान था, अपने बाप को दबा न सकता था?

निर्मला—अब यह मैं क्या जानूँ बहन? सोने की गठरी किसे प्यारी नहीं होती? जो पंडित मेरे यहाँ से संदेश लेकर गया था, उसने तो कहा था कि लड़का ही इनकार कर रहा है। लड़के की माँ अलबत्ता देवी थी। उसने पुत्र और पति दोनों ही को समझाया, पर उसकी कुछ न चली।

सुधा—मैं तो उस लड़के को पाती तो खूब आड़े हाथों लेती।

निर्मला—मेरे भाग्य में जो लिखा था, वह हो चुका। बेचारी कृष्णा पर न जाने क्या बीतेगी?

संध्या समय निर्मला के जाने के बाद जब डॉक्टर साहब बाहर से आए तो सुधा ने कहा—क्यों जी, तुम उस आदमी को क्या कहोगे, जो एक जगह विवाह ठीक कर लेने के बाद फिर लोभवश किसी दूसरी जगह संबंध कर ले?

डॉक्टर सिन्हा ने स्त्री की ओर कौतूहल से देखकर कहा—ऐसा नहीं करना चाहिए और क्या?

सुधा—यह क्यों नहीं कहते कि यह घोर नीचता है, पहले सिरे का कमीनापन है!

सिन्हा—हाँ, यह कहने में भी मुझे इनकार नहीं।

सुधा—किसका अपराध बड़ा है? वर का या वर के पिता का?

सिन्हा की समझ में अभी तक नहीं आया कि सुधा के इन प्रश्नों का आशय क्या है? विस्मय से बोले—जैसी स्थिति हो, अगर वह पिता के अधीन हो तो पिता का ही अपराध समझो।

सुधा—अधीन होने पर भी क्या जवान आदमी का अपना कोई कर्तव्य नहीं है? अगर उसे अपने लिए नए कोट की जरूरत हो तो वह पिता के विरोध करने पर भी उसे रो-धोकर बनवा लेता है। क्या ऐसे महत्त्व के विषय में वह अपनी आवाज पिता के कानों तक नहीं पहुँचा सकता? यह कहो कि वह और उसका पिता दोनों अपराधी हैं, परंतु वर अधिक। बूढ़ा आदमी सोचता है—मुझे तो सारा खर्च सँभालना पड़ेगा। कन्या पक्ष से जितना ऐंठ सकूँ, उतना ही अच्छा, मगर वर का धर्म है कि यदि वह स्वार्थ के हाथों बिल्कुल बिक नहीं गया है तो अपने आत्मबल का परिचय दे। अगर वह ऐसा नहीं करता

तो मैं कहूँगी कि वह लोभी है और कायर भी। दुर्भाग्यवश ऐसा ही एक प्राणी मेरा पति है और मेरी समझ में नहीं आता कि किन शब्दों में उसका तिरस्कार करूँ!

सिन्हा ने हिचकिचाते हुए कहा—वह...वह...वह...दूसरी बात थी। लेन-देन का कारण नहीं था, बिल्कुल दूसरी बात थी। कन्या के पिता का देहांत हो गया था। ऐसी दशा में हम लोग क्यों करते? यह भी सुनने में आया था कि कन्या में कोई ऐब है। वह बिल्कुल दूसरी बात थी, मगर तुमसे यह कथा किसने कही।

सुधा—कह दो कि वह कन्या कानी थी या कुबड़ी थी या नाइन के पेट की थी या भ्रष्टा थी। इतनी कसर क्यों छोड़ दी? भला सुनूँ तो उस कन्या में क्या ऐब था?

सिन्हा—मैंने देखा तो था नहीं, सुनने में आया था कि उसमें कोई ऐब है।

सुधा—सबसे बड़ा ऐब यही था कि उसके पिता का स्वर्गवास हो गया था और वह कोई लंबी-चौड़ी रकम न दे सकती थी। इतना स्वीकार करते क्यों झेंपते हो? मैं कुछ तुम्हारे कान तो काट न लूँगी! अगर दो-चार फिकरे कहूँ तो इस कान से सुनकर उस कान से उड़ा देना। ज्यादा-चीं-चपड़ करूँ तो छड़ी से काम ले सकते हो, औरत जात डंडे ही से ठीक रहती है। अगर उस कन्या में कोई ऐब था तो मैं कहूँगी, लक्ष्मी भी बे-ऐब नहीं। तुम्हारी तकदीर खोटी थी, बस! और क्या? तुम्हें तो मेरे पल्ले पड़ना था।

सिन्हा—तुमसे किसने कहा कि वह ऐसी थी, वैसी थी? जैसे तुमने किसी से सुनकर मान लिया, वैसे ही हम लोगों ने भी सुनकर मान लिया।

सुधा—मैंने सुनकर नहीं मान लिया। अपनी आँखों देखा। ज्यादा बखान क्या करूँ, मैंने ऐसी सुंदर स्त्री कभी नहीं देखी थी।

सिन्हा ने व्यग्र होकर पूछा—क्या वह यहीं कहीं है? सच बताओ, उसे कहाँ देखा! क्या तुम्हारे घर आई थी?

सुधा—हाँ, मेरे घर में आई थी और एक बार नहीं, कई बार आ चुकी है। मैं भी उसके यहाँ कई बार जा चुकी हूँ। वकील साहब की बीवी वही कन्या है, जिसे आपने ऐबों के कारण त्याग दिया।

सिन्हा—सच!

सुधा—बिल्कुल सच। आज अगर उसे मालूम हो जाए कि आप वही महापुरुष हैं तो शायद फिर इस घर में कदम न रखे। ऐसी सुशीला, घर के कामों में ऐसी निपुण और ऐसी परम सुंदरी स्त्री इस शहर में दो ही चार होंगी। तुम मेरा बखान करते हो। मैं उसकी लौंडी बनने के योग्य भी नहीं हूँ। घर में ईश्वर का दिया हुआ सबकुछ है, मगर जब प्राणी ही मेल का नहीं तो और सब रहकर क्या करेगा? धन्य है उसके धैर्य को कि उस बुड्ढे खूसट वकील के साथ जीवन के दिन काट रही है। मैंने तो कब का जहर खा लिया होता,

मगर मन की व्यथा कहने से ही थोड़े प्रकट होती है। हँसती है, बोलती है, गहने-कपड़े पहनती है, पर रोयाँ-रोयाँ रोया करता है।

सिन्हा—वकील साहब की खूब शिकायत करती होगी?

सुधा—शिकायत क्यों करेगी? क्या वह उसके पति नहीं हैं? संसार में अब उसके लिए जो कुछ हैं, वकील साहब। वह बुड्ढे हों या रोगी, पर हैं तो उसके स्वामी ही। कुलवंती स्त्रियाँ पति की निंदा नहीं करतीं, यह कुलटाओं का काम है। वह उनकी दशा देखकर कुढ़ती हैं, पर मुँह से कुछ नहीं कहतीं।

सिन्हा—इन वकील साहब को क्या सूझी थी, जो इस उम्र में ब्याह करने चले?

सुधा—ऐसे आदमी न हों तो गरीब क्वाँरियों की नाव कौन पार लगाए? तुम और तुम्हारे साथी बिना भारी गठरी लिए बात नहीं करते, तो फिर ये बेचारी किसके घर जाएँ? तुमने यह बड़ा भारी अन्याय किया है और तुम्हें इसका प्रायश्चित्त करना पड़ेगा। ईश्वर उसका सुहाग अमर करे, लेकिन वकील साहब को कहीं कुछ हो गया तो बेचारी का जीवन ही नष्ट हो जाएगा। आज तो वह बहुत रोती थी। तुम लोग सचमुच बड़े निर्दयी हो। मैं तो अपने सोहन का विवाह किसी गरीब लड़की से करूँगी।

डॉक्टर साहब ने यह पिछला वाक्य नहीं सुना। वह घोर चिंता में पड़ गए। उनके मन में यह प्रश्न उठ-उठकर उन्हें विकल करने लगा। कहीं वकील साहब को कुछ हो गया तो? आज उन्हें अपने स्वार्थ का भयंकर स्वरूप दिखाई दिया। वास्तव में यह उन्हीं का अपराध था। अगर उन्होंने पिता से जोर देकर कहा होता कि मैं और कहीं विवाह न करूँगा तो क्या वह उनकी इच्छा के विरुद्ध उनका विवाह कर देते?

सहसा सुधा ने कहा—कहो तो कल निर्मला से तुम्हारी मुलाकात करा दूँ? वह भी जरा तुम्हारी सूरत देख ले। वह कुछ बोलेगी तो नहीं, पर कदाचित् एक दृष्टि से वह तुम्हारा इतना तिरस्कार कर देगी, जिसे तुम कभी न भूल सकोगे। बोलो, कल मिला दूँ? तुम्हारा बहुत संक्षिप्त परिचय भी करा दूँगी।

सिन्हा ने कहा—नहीं सुधा, तुम्हारे हाथ जोड़ता हूँ, कहीं ऐसा गजब न करना! नहीं तो सच कहता हूँ, घर छोड़कर भाग जाऊँगा।

सुधा—जो काँटा बोया है, उसका फल खाते क्यों इतना डरते हो? जिसकी गरदन पर कटार चलाई है, जरा उसे तड़पते भी तो देखो। मेरे दादा जी ने पाँच हजार दिए न! अभी छोटे भाई के विवाह में पाँच-छह हजार और मिल जाएँगे। फिर तो तुम्हारे बराबर धनी संसार में काई दूसरा न होगा। ग्यारह हजार बहुत होते हैं। बाप-रे-बाप! ग्यारह हजार! उठा-उठाकर रखने लगे, तो महीनों लग जाएँ। अगर लड़के उड़ाने लगें तो पीढ़ियों तक चले। कहीं से बात हो रही है या नहीं?

इस परिहास से डॉक्टर साहब इतना झेंपे कि सिर तक न उठा सके। उनका सारा वाक्य-चातुर्य गायब हो गया। नन्हा सा मुँह निकल आया, मानो मार पड़ गई हो। इसी वक्त किसी ने डॉक्टर साहब को बाहर से पुकारा। बेचारे जान लेकर भागे। स्त्री कितनी परिहास कुशल होती है, इसका आज परिचय मिल गया।

रात को डॉक्टर साहब शयन करते हुए सुधा से बोले—निर्मला की तो कोई बहन है न?

सुधा—हाँ, आज उसकी चर्चा तो करती थी। इसकी चिंता अभी से सवार हो रही है। अपने ऊपर तो जो कुछ बीतना था, बीत चुका। बहन की फिक्र में पड़ी हुई थी। माँ के पास तो अब और भी कुछ नहीं रहा। मजबूरन किसी ऐसे ही बूढ़े बाबा के गले वह भी मढ़ दी जाएगी।

सिन्हा—निर्मला तो अपनी माँ की मदद कर सकती है।

सुधा ने तीक्ष्ण स्वर में कहा—तुम भी कभी-कभी बिल्कुल बेसिर-पैर की बातें करने लगते हो। निर्मला बहुत करेगी तो दो-चार सौ रुपए दे देगी और क्या कर सकती है? वकील साहब का यह हाल हो रहा है, उसे अभी पहाड़-सी उम्र काटनी है। फिर कौन जाने उनके घर का क्या हाल है? इधर छह महीने से बेचारे घर बैठे हैं। रुपए आकाश से थोड़े ही बरसते हैं।

दस-बीस हजार होंगे भी तो बैंक में होंगे। कुछ निर्मला के पास तो रखे न होंगे। हमारा दो सौ रुपया महीने का खर्च है तो क्या इनका चार सौ रुपए महीने का भी न होगा?

सुधा को तो नींद आ गई, पर डॉक्टर साहब बहुत देर तक करवट बदलते रहे, फिर कुछ सोचकर उठे और मेज पर बैठकर एक पत्र लिखने लगे।

~ 14 ~

दोनों बातें एक ही साथ हुईं—निर्मला ने कन्या को जन्म दिया। कृष्णा का विवाह निश्चित हुआ और मुंशी तोताराम का मकान नीलाम हो गया। कन्या का जन्म तो साधारण बात थी, यद्यपि निर्मला की दृष्टि में यह उसके जीवन की सबसे महान् घटना थी, लेकिन शेष दोनों घटनाएँ असाधारण थीं। कृष्णा का विवाह—ऐसे संपन्न घराने में क्योंकर ठीक हुआ? उसकी माता के पास तो दहेज के नाम को कौड़ी भी न थी और इधर बूढ़े सिन्हा साहब, जो अब पेंशन लेकर घर आ गए थे, बिरादरी में महालोभी मशहूर थे, वह अपने पुत्र का विवाह ऐसे दरिद्र घराने में करने पर कैसे राजी हुए। किसी को सहसा विश्वास न आता था। इससे भी बड़े आश्चर्य की बात मुंशीजी के मकान का

नीलाम होना था। लोग मुंशीजी को अगर लखपति नहीं तो बड़ा आदमी अवश्य समझते थे। उनका मकान कैसे नीलाम हुआ? बात यह थी कि मुंशीजी ने एक महाजन से कुछ रुपए कर्ज लेकर एक गाँव रेहन रखा था। उन्हें आशा थी कि साल-आध-साल में यह रुपए पाट देंगे, फिर दस-पाँच साल में उस गाँव पर कब्जा कर लेंगे। वह जमींदार असल और सूद के कुल रुपए अदा करने में असमर्थ हो जाएगा। इसी भरोसे पर मुंशीजी ने यह मामला किया था। गाँव बहुत बड़ा था। चार-पाँच सौ रुपए नफा होता था, लेकिन मन की सोची मन ही में रह गई। मुंशीजी दिल को बहुत समझाने पर भी कचहरी न जा सके। पुत्र शोक ने उनमें कोई काम करने की शक्ति ही नहीं छोड़ी। कौन ऐसा हृदय शून्य पिता है, जो पुत्र की गरदन पर तलवार चलाकर चित्त को शांत कर ले?

महाजन के पास जब साल भर तक सूद न पहुँचा और न उसके बार-बार बुलाने पर मुंशीजी उसके पास गए, यहाँ तक कि पिछली बार उन्होंने साफ-साफ कह दिया कि हम किसी के गुलाम नहीं हैं, साहूजी जो चाहे, करें। तब साहूजी को गुस्सा आ गया। उसने नालिश कर दी। मुंशीजी पैरवी करने भी न गए। एकाएक डिग्री हो गई। यहाँ घर में रुपए कहाँ रखे थे? इतने ही दिनों में मुंशीजी की साख भी उठ गई थी। वह रुपए का कोई प्रबंध न कर सके। आखिर मकान नीलाम पर चढ़ गया। निर्मला सौर में थी। यह खबर सुनी तो कलेजा सन्न-सा हो गया। जीवन में कोई सुख न होने पर भी धनाभाव की चिंताओं से मुक्त थी। धन मानव जीवन में अगर सर्वप्रधान वस्तु नहीं तो वह उसके बहुत निकट की वस्तु अवश्य है। अब और अभावों के साथ यह चिंता भी उसके सिर सवार हुई। उसने दाई द्वारा कहला भेजा, मेरे सब गहने बेचकर घर को बचा लीजिए, लेकिन मुंशीजी ने यह प्रस्ताव किसी तरह स्वीकार न किया।

उस दिन से मुंशीजी और भी चिंताग्रस्त रहने लगे। जिस धन का सुख भोगने के लिए उन्होंने विवाह किया था, वह अब अतीत की स्मृति मात्र था। वह मारे ग्लानि के अब निर्मला को अपना मुँह तक न दिखा सकते। उन्हें अब उस अन्याय का अनुमान हो रहा था, जो उन्होंने निर्मला के साथ किया था और कन्या के जन्म ने तो रही-सही कसर भी पूरी कर दी, सर्वनाश ही कर डाला!

बारहवें दिन सौर से निकलकर निर्मला नवजात शिशु को गोद में लिये पति के पास गई। वह इस अभाव में भी इतनी प्रसन्न थी, मानो उसे कोई चिंता नहीं है। बालिका को हृदय से लगाकर वह अपनी सारी चिंताएँ भूल गई थी। शिशु के विकसित और हर्ष प्रदीप्त नेत्रों को देखकर उसका हृदय प्रफुल्लित हो रहा था। मातृत्व के इस उद्गार में उसके सारे क्लेश विलीन हो गए थे। वह शिशु को पति की गोद में देकर निहाल हो जाना चाहती थी, लेकिन मुंशीजी कन्या को देखकर सहम उठे। गोद लेने के लिए उनका हृदय

हुलसा नहीं, पर उन्होंने एक बार उसे करुण नेत्रों से देखा और फिर सिर झुका लिया। शिशु की सूरत मंसाराम से बिल्कुल मिलती थी।

निर्मला ने उसके मन का भाव और ही समझा। उसने शतगुण स्नेह से लड़की को हृदय से लगा लिया, मानो उनसे कह रही है—अगर तुम इसके बोझ से दबे जाते हो तो आज से मैं इसपर तुम्हारा साया भी नहीं पड़ने दूँगी। जिस रतन को मैंने इतनी तपस्या के बाद पाया है, उसका निरादर करते हुए तुम्हारा हृदय फट नहीं जाता? वह उसी क्षण शिशु को गोद से चिपकाते हुए अपने कमरे में चली आई और देर तक रोती रही। उसने पति की इस उदासीनता को समझने की जरा भी चेष्टा न की, नहीं तो शायद वह उन्हें इतना कठोर न समझती। उसके सिर पर उत्तरदायित्व का इतना बड़ा भार कहाँ था, जो उसके पति पर आ पड़ा था? वह सोचने की चेष्टा करती तो क्या इतना भी उसकी समझ में न आता?

मुंशीजी को एक ही क्षण में अपनी भूल मालूम हो गई। माता का हृदय प्रेम में इतना अनुरक्त रहता है कि भविष्य की चिंता और बाधाएँ उसे जरा भी भयभीत नहीं करतीं। उसे अपने अंतःकरण में एक अलौकिक शक्ति का अनुभव होता है, जो बाधाओं को उनके सामने परास्त कर देती है। मुंशीजी दौड़े हुए घर में आए और शिशु को गोद में लेकर बोले—मुझे याद आती है, मंसा भी ऐसा ही था, बिल्कुल ऐसा ही!

निर्मला—दीदीजी भी तो यही कहती हैं।

मुंशीजी—बिल्कुल वही बड़ी-बड़ी आँखें और लाल-लाल ओठ हैं। ईश्वर ने मुझे मेरा मंसाराम इस रूप में दे दिया। वही माथा है, वही मुँह, वही हाथ-पाँव! ईश्वर तुम्हारी लीला अपार है।

सहसा रुक्मिणी भी आ गई। मुंशीजी को देखते ही बोली—देखो बाबू, मंसाराम है कि नहीं? वही आया है। कोई लाख कहे, मैं न मानूँगी। साफ मंसाराम है। साल भर के लगभग हो भी तो गया।

मुंशीजी—बहन, एक-एक अंग तो मिलता है। बस, भगवान् ने मुझे मेरा मंसाराम दे दिया। (शिशु से) क्यों री, तू मंसाराम ही है? छोड़कर जाने का नाम न लेना, नहीं फिर खींच लाऊँगा। कैसे निष्ठुर होकर भागे थे। आखिर पकड़ लाया कि नहीं? बस, कह दिया, अब मुझे छोड़कर जाने का नाम न लेना। देखो बहन, कैसी टुकुर-टुकुर ताक रही है?

उसी क्षण मुंशीजी ने फिर से अभिलाषाओं का भवन बनाना शुरू कर दिया। मोह ने उन्हें फिर संसार की ओर खींचा। मानव जीवन! तू इतना क्षणभंगुर है, पर तेरी कल्पनाएँ कितनी दीर्घालु! वही तोताराम जो संसार से विरक्त हो रहे थे, जो रात-दिन मृत्यु का

आह्वान किया करते थे, तिनके का सहारा पाकर तट पर पहुँचने के लिए पूरी शक्ति से हाथ-पाँव मार रहे हैं।

मगर तिनके का सहारा पाकर कोई तट पर पहुँचा है?

~ 15 ~

निर्मला को यद्यपि अपने घर के झंझटों से अवकाश न था, पर कृष्णा के विवाह का संदेश पाकर वह किसी तरह न रुक सकी। उसकी माता ने बहुत आग्रह करके बुलाया था। सबसे बड़ा आकर्षण यह था कि कृष्णा का विवाह उसी घर में हो रहा था, जहाँ निर्मला का विवाह पहले तय हुआ था। आश्चर्य यही था कि इस बार ये लोग बिना कुछ दहेज लिए कैसे विवाह करने पर तैयार हो गए! निर्मला को कृष्णा के विषय में बड़ी चिंता हो रही थी। समझती थी—मेरी ही तरह वह भी किसी के गले मढ़ दी जाएगी। बहुत चाहती थी कि माता की कुछ सहायता करूँ, जिससे कृष्णा के लिए कोई योग्य वर मिले, लेकिन इधर वकील साहब के घर बैठ जाने और महाजन के नालिश कर देने से उसका हाथ भी तंग था। ऐसी दशा में यह खबर पाकर उसे बड़ी शांति मिली। चलने की तैयारी कर ली। वकील साहब स्टेशन तक पहुँचाने आए। नन्ही बच्ची से उन्हें बहुत प्रेम था। छोड़ते ही न थे, यहाँ तक कि निर्मला के साथ चलने को तैयार हो गए, लेकिन विवाह से एक महीने पहले उनका ससुराल जा बैठना निर्मला को उचित न मालूम हुआ। निर्मला ने अपनी माता से अब तक अपनी विपत्ति कथा न कही थी। जो बात हो गई, उसका रोना रोकर माता को कष्ट देने और रुलाने से क्या फायदा? इसलिए उसकी माता समझती थी, निर्मला बड़े आनंद से है। अब जो निर्मला की सूरत देखी तो मानो उसके हृदय पर धक्का-सा लग गया। लड़कियाँ ससुराल से घुलकर नहीं आतीं, फिर निर्मला जैसी लड़की, जिसको सुख की सभी सामग्रियाँ प्राप्त थीं। उसने कितनी लड़कियों को दूज के चंद्रमा की भाँति ससुराल जाते और पूर्ण चंद्र बनकर आते देखा था। मन में कल्पना कर रही थी, निर्मला का रंग निखर गया होगा, देह भरकर सुडौल हो गई होगी, अंग-प्रत्यंग की शोभा कुछ और ही हो गई होगी। अब जो देखा तो वह आधी भी न रही थी। न यौवन की चंचलता थी, न वह विहसित छवि, जो हृदय को मोह लेती है। वह कमनीयता, सुकुमारता, जो विलासमय जीवन से आ जाती है, यहाँ नाम को न थी। मुख पीला, चेष्टा गिरी हुई तो माता ने पूछा—क्यों री, तुझे वहाँ खाने को न मिलता था? इससे कहीं अच्छी तो तू यहीं थी। वहाँ तुझे क्या तकलीफ थी?

कृष्णा ने हँसकर कहा—वहाँ मालकिन थीं कि नहीं। मालकिन दुनिया भर की चिंताएँ रहती हैं, भोजन कब करें?

निर्मला—नहीं अम्माँ, वहाँ का पानी मुझे रास नहीं आया। तबीयत भारी रहती है।

माता—वकील साहब न्योते में आएँगे न? तब पूछूँगी कि आपने फूल-सी लड़की ले जाकर उसकी यह गत बना डाली। अच्छा, अब यह बता कि तूने यहाँ रुपए क्यों भेजे थे? मैंने तो तुमसे कभी न माँगे थे। लाख गई-गुजरी हूँ, लेकिन बेटी का धन खाने की नीयत नहीं।

निर्मला ने चकित होकर पूछा—किसने रुपए भेजे थे। अम्माँ, मैंने तो नहीं भेजे।

माता—झूठ न बोल! तूने पाँच सौ रुपए के नोट नहीं भेजे थे?

कृष्णा—भेजे नहीं थे तो क्या आसमान से आ गए? तुम्हारा नाम साफ लिखा था। मोहर भी वहीं की थी।

निर्मला—तुम्हारे चरण छूकर कहती हूँ, मैंने रुपए नहीं भेजे। यह कब की बात है?

माता—अरे, दो-ढाई महीने हुए होंगे। अगर तूने नहीं भेजे तो आए कहाँ से?

निर्मला—यह मैं क्या जानूँ? मगर मैंने रुपए नहीं भेजे। हमारे यहाँ तो जब से जवान बेटा मरा है, कचहरी ही नहीं जाते। मेरा हाथ तो आप ही तंग था, रुपए कहाँ से आते?

माता—यह तो बड़े आश्चर्य की बात है। वहाँ और कोई तेरा सगा-संबंधी तो नहीं है? वकील साहब ने तुमसे छिपाकर तो नहीं भेजे?

निर्मला—नहीं अम्माँ, मुझे तो विश्वास नहीं।

माता—इसका पता लगाना चाहिए। मैंने सारे रुपए कृष्णा के गहने-कपड़े में खर्च कर डाले। यही बड़ी मुश्किल हुई।

दोनों लड़कों में किसी विषय पर विवाद उठ खड़ा हुआ और कृष्णा उधर फैसला करने चली गई तो निर्मला ने माता से कहा—इस विवाह की बात सुनकर मुझे बड़ा आश्चर्य हुआ। यह कैसे हुआ अम्मा?

माता—यहाँ जो सुनता है, दाँतों उँगली दबाता है। जिन लोगों ने पक्की की कराई बात फेर दी और केवल थोड़े से रुपए के लोभ से, वे अब बिना कुछ लिए कैसे विवाह करने पर तैयार हो गए, समझ में नहीं आता। उन्होंने खुद ही पत्र भेजा। मैंने साफ लिख दिया कि मेरे पास देने-लेने को कुछ नहीं है, कुश-कन्या ही से आपकी सेवा कर सकती हूँ।

निर्मला—इसका कुछ जवाब नहीं दिया?

माता—शास्त्रीजी पत्र लेकर गए थे। वह तो यही कहते थे कि अब मुंशीजी कुछ लेने के इच्छुक नहीं हैं। अपनी पहली वादा-खिलाफ पर कुछ लज्जित भी हैं। मुंशीजी से तो इतनी उदारता की आशा न थी, मगर सुनती हूँ उनके बड़े पुत्र बहुत सज्जन आदमी हैं। उन्होंने कह सुनकर बाप को राजी किया है।

निर्मला—पहले तो वह महाशय भी थैली चाहते थे न?

माता—हाँ, मगर अब तो शास्त्रीजी कहते थे कि दहेज के नाम से चिढ़ते हैं। सुना है यहाँ विवाह न करने पर पछताते भी थे। रुपए के लिए बात छोड़ी थी और रुपए खूब पाए, स्त्री पसंद नहीं।

निर्मला के मन में उस पुरुष को देखने की प्रबल उत्कंठा हुई, जो उसकी अवहेलना करके अब उसकी बहन का उद्धार करना चाहता है। प्रायश्चित्त सही, लेकिन कितने ऐसे प्राणी हैं, जो इस तरह प्रायश्चित्त करने को तैयार हैं? उनसे बातें करने के लिए, नम्र शब्दों से उनका तिरस्कार करने के लिए, अपनी अनुपम छवि दिखाकर उन्हें और भी जलाने के लिए निर्मला का हृदय अधीर हो उठा। रात को दोनों बहनें एक ही कमरे में सोईं। मुहल्ले में किन-किन लड़कियों का विवाह हो गया, कौन-कौन लड़कोरी हुईं, किस-किस का विवाह धूम-धाम से हुआ। किस-किस के पति इच्छानुकूल मिले, कौन कितने और कैसे गहने चढ़ावे में लाया, इन्हीं विषयों में दोनों में बड़ी देर तक बातें होती रहीं। कृष्णा बार-बार चाहती थी कि बहन के घर का कुछ हाल पूछूँ, मगर निर्मला उसे पूछने का अवसर न देती थी। जानती थी कि यह जो बातें पूछेगी, उसके बताने में मुझे संकोच होगा। आखिर एक बार कृष्णा पूछ ही बैठी—जीजाजी भी आएँगे न?

निर्मला—आने को कहा तो है।

कृष्णा—अब तो तुमसे प्रसन्न रहते हैं न या अब भी वही हाल है? मैं तो सुना करती थी दुहाजू पति स्त्री को प्राणों से भी प्रिय समझते हैं, वहाँ बिल्कुल उलटी बात देखी। आखिर किस बात पर बिगड़ते रहते हैं?

निर्मला—अब मैं किसी के मन की बात क्या जानूँ?

कृष्णा—मैं तो समझती हूँ, तुम्हारी रुखाई से वह चिढ़ते होंगे। तुम तो यहीं से जली हुई गई थी। वहाँ भी उन्हें कुछ कहा होगा।

निर्मला—यह बात नहीं है, कृष्णा। मैं सौगंध खाकर कहती हूँ, जो मेरे मन में उनकी ओर से जरा भी मैल हो। मुझसे जहाँ तक हो सकता है, उनकी सेवा करती हूँ। अगर उनकी जगह कोई देवता भी होता तो भी मैं इससे ज्यादा और कुछ न कर सकती। उन्हें भी मुझसे प्रेम है। बराबर मेरा मुख देखते रहते हैं, लेकिन जो बात उनके और मेरे काबू के बाहर है, उसके लिए वह क्या कर सकते हैं और मैं क्या कर सकती हूँ? न वह जवान हो सकते हैं, न मैं बुढ़िया हो सकती हूँ। जवान बनने के लिए वह न जाने कितने रस और भस्म खाते रहते हैं। मैं बुढ़िया बनने के लिए दूध-घी सब छोड़े बैठी हूँ। सोचती हूँ, मेरे दुबलेपन ही से अवस्था का भेद कुछ कम हो जाए, लेकिन न उन्हें पौष्टिक पदार्थों से कुछ लाभ होता है, न मुझे उपवासों से। जब से मंसाराम का देहांत हो गया है, तब से उनकी दशा और खराब हो गई है।

कृष्णा—मंसाराम को तुम भी बहुत प्यार करती थीं?

निर्मला—वह लड़का ही ऐसा था कि जो देखता था, प्यार करता था। ऐसी बड़ी-बड़ी डोरेदार आँखें मैंने किसी की नहीं देखीं। कमल की भाँति मुख हरदम खिला रहता था। ऐसा साहसी कि अगर अवसर आ पड़ता तो आग में फाँद जाता। कृष्णा, मैं तुमसे कहती हूँ, जब वह मेरे पास आकर बैठ जाता तो मैं अपने को भूल जाती थी। जी चाहता था, वह हरदम सामने बैठा रहे और मैं देखा करूँ। मेरे मन में पाप का लेश भी न था। अगर एक क्षण के लिए भी मैंने उसकी ओर किसी और भाव से देखा हो तो मेरी आँखें फूट जाएँ, पर न जाने क्यों उसे अपने पास देखकर मेरा हृदय फूला न समाता था, इसीलिए मैंने पढ़ने का स्वाँग रचा, नहीं तो वह घर में आता ही न था। यह मैं जानती हूँ कि अगर उसके मन में पाप होता तो मैं उसके लिए सबकुछ कर सकती थी।

कृष्णा—अरे बहन, चुप रहो, कैसी बातें मुँह से निकालती हो?

निर्मला—हाँ, यह बात सुनने में बुरी मालूम होती है और है भी बुरी, लेकिन मनुष्य की प्रकृति को तो कोई बदल नहीं सकता। तू ही बता—एक पचास वर्ष के मर्द से तेरा विवाह हो जाए तो तू क्या करेगी?

कृष्णा—बहन, मैं तो जहर खाकर सो रहूँ। मुझसे तो उसका मुँह भी न देखते बने।

निर्मला—तो बस यही समझ ले। उस लड़के ने कभी मेरी ओर आँख उठाकर नहीं देखा, लेकिन बुड्ढे तो शक्की होते ही हैं। तुम्हारे जीजा उस लड़के के दुश्मन हो गए और आखिर उसकी जान लेकर ही छोड़ी। जिस दिन उसे मालूम हो गया कि पिताजी के मन में मेरी ओर से संदेह है, उसी दिन से उसे ज्वर चढ़ा, जो जान लेकर ही उतरा। हाय! उस अंतिम समय का दृश्य आँखों से नहीं उतरता। मैं अस्पताल गई थी, वह ज्वर में बेहोश पड़ा था, उठने की शक्ति न थी, लेकिन ज्यों ही मेरी आवाज सुनी, चौंककर उठ बैठा और 'माता-माता' कहकर मेरे पैरों पर गिर पड़ा। (रोकर) कृष्णा, उस समय ऐसा जी चाहता था; अपने प्राण निकाल कर उसे दे दूँ। मेरे पैरों पर ही वह मूर्च्छित हो गया और फिर आँखें न खोलीं। डॉक्टर ने उसकी देह में ताजा खून डालने का प्रस्ताव किया था। यही सुनकर मैं दौड़ी गई थी, लेकिन जब तक डॉक्टर लोग वह प्रक्रिया आरंभ करें, उसके प्राण निकल गए।

कृष्णा—ताजा रक्त पड़ जाने से उसकी जान बच जाती?

निर्मला—कौन जानता है? लेकिन मैं तो अपने रुधिर की अंतिम बूँद तक देने का तैयार थी। उस दशा में भी उसका मुखमंडल दीपक की भाँति चमकता था। अगर वह मुझे देखते ही दौड़कर मेरे पैरों पर न गिर पड़ता, पहले कुछ रक्त देह में पहुँच जाता, तो शायद बच जाता।

कृष्णा—तो तुमने उन्हें उसी वक्त लिटा क्यों न दिया?

निर्मला—अरे पगली, तू अभी तक बात न समझी। वह मेरे पैरों पर गिरकर और माता-पुत्र का संबंध दिखाकर अपने बाप के दिल से वह संदेह निकाल देना चाहता था। केवल इसीलिए वह उठा था। मेरा क्लेश मिटाने के लिए उसने प्राण दिए और उसकी वह इच्छा पूरी हो गई। तुम्हारे जीजाजी उसी दिन से सीधे हो गए। अब तो उनकी दशा पर मुझे दया आती है। पुत्र-शोक उनके प्राण लेकर छोड़ेगा। मुझ पर संदेह करके मेरे साथ जो अन्याय किया है, अब उसका पश्चाताप कर रहे हैं। अबकी उनकी सूरत देखकर तू डर जाएगी। बूढ़े बाबा हो गए हैं, कमर भी कुछ झुक चली है।

कृष्णा—बुड्ढे लोग इतनी शक्की क्यों होते हैं, बहन?

निर्मला—यह जाकर बुड्ढों से पूछो।

कृष्णा—मैं समझती हूँ, उनके दिल में हरदम एक चोर-सा बैठा रहता होगा कि इस युवती को प्रसन्न नहीं रख सकता, इसलिए जरा-जरा सी बात पर उन्हें शक होने लगता है।

निर्मला—जानती तो है, फिर मुझसे क्यों पूछती है?

कृष्णा—इसीलिए बेचारा स्त्री से दबता भी होगा। देखनेवाले समझते होंगे कि यह बहुत प्रेम करता है।

निर्मला—तूने इतने ही दिनों में इतनी बातें कहाँ सीख लीं? इन बातों को जाने दे। बता, तुझे अपना वर पसंद है? उसकी तसवीर तो देखी होगी?

कृष्णा—हाँ, आई तो थी, लाऊँ देखोगी?

एक क्षण में कृष्णा ने तसवीर लाकर निर्मला के हाथ में रख दी।

निर्मला ने मुसकराकर कहा—तू बड़ी भाग्यवान है।

कृष्णा—अम्माँजी ने भी बहुत पसंद किया।

निर्मला—तुझे पसंद है कि नहीं, सो कह, दूसरों की बात न चला।

कृष्णा—(लजाती हुई) शक्ल-सूरत तो बुरी नहीं है। स्वभाव का हाल ईश्वर जाने। शास्त्रीजी तो कहते थे, ऐसे सुशील और चरित्रवान युवक कम होंगे।

निर्मला—यहाँ से तेरी तसवीर भी गई थी?

कृष्णा—गई तो थी, शास्त्रीजी ही तो ले गए थे।

निर्मला—उन्हें पसंद आई?

कृष्णा—अब किसी के मन की बात मैं क्या जानूँ? शास्त्रीजी कहते थे, बहुत खुश हुए थे।

निर्मला—अच्छा, बता, तुझे क्या उपहार दूँ? अभी से बता दे, जिससे बनवा रखूँ।

कृष्णा—जो तुम्हारा जी चाहे, देना। उन्हें पुस्तकों से बहुत प्रेम है। अच्छी-अच्छी पुस्तकें मँगवा देना।

निर्मला—उनके लिए नहीं पूछती तेरे लिए पूछती हूँ।

कृष्णा—अपने ही लिए तो मैं कह रही हूँ।

निर्मला—(तसवीर की तरफ देखती हुई) कपड़े सब खद्दर के मालूम होते हैं।

कृष्णा—हाँ, खद्दर के बड़े प्रेमी हैं। सुनती हूँ कि पीठ पर खद्दर लाद कर देहातों में बेचने जाया करते हैं। व्याख्यान देने में भी चतुर हैं।

निर्मला—तब तो तुझे भी खद्दर पहनना पड़ेगा। तुझे तो मोटे कपड़ो से चिढ़ है।

कृष्णा—जब उन्हें मोटे कपड़े अच्छे लगते हैं तो मुझे क्यों चिढ़ होगी, मैंने तो चरखा चलाना सीख लिया है।

निर्मला—सच! सूत निकाल लेती है?

कृष्णा—हाँ बहन, थोड़ा-थोड़ा निकाल लेती हूँ। जब वह खद्दर के इतने प्रेमी हैं, जो चरखा भी जरूर चलाते होंगे। मैं न चला सकूँगी तो मुझे कितना लज्जित होना पड़ेगा।

इस तरह बात करते-करते दोनों बहनें सोईं। कोई दो बजे रात को बच्ची रोई तो निर्मला की नींद खुली। देखा तो कृष्णा की चारपाई खाली पड़ी थी। निर्मला को आश्चर्य हुआ कि इतनी रात गए कृष्णा कहाँ चली गई। शायद पानी-वानी पीने गई हो, मगर पानी तो सिरहाने रखा हुआ है, फिर कहाँ गई है? उसे दो-तीन बार उसका नाम लेकर आवाज दी, पर कृष्णा का पता न था। तब तो निर्मला घबरा उठी। उसके मन में भाँति-भाँति की शंकाएँ होने लगीं। सहसा उसे खयाल आया कि शायद अपने कमरे में न चली गई हो। बच्ची सो गई तो वह उठकर कृष्णा के कमरे के द्वार पर आई। उसका अनुमान ठीक था, कृष्णा अपने कमरे में थी। सारा घर सो रहा था और वह बैठी चरखा चला रही थी। इतनी तन्मयता से शायद उसने थिएटर भी न देखा होगा। निर्मला दंग रह गई। अंदर जाकर बोली—यह क्या कर रही है रे! यह चरखा चलाने का समय है?

कृष्णा चौंककर उठ बैठी और संकोच से सिर झुकाकर बोली—तुम्हारी नींद कैसे खुल गई? पानी-वानी तो मैंने रख दिया था।

निर्मला—मैं कहती हूँ, दिन को तुझे समय नहीं मिलता, जो पिछली रात को चरखा लेकर बैठी है?

कृष्णा—दिन को फुरसत ही नहीं मिलती?

निर्मला—(सूत देखकर) सूत तो बहुत महीन है।

कृष्णा—कहाँ बहन, यह सूत तो मोटा है। मैं बारीक सूत कातकर उनके लिए साफा बनाना चाहती हूँ। यही मेरा उपहार होगा।

निर्मला—बात तो तूने खूब सोची है। इससे अधिक मूल्यवान वस्तु उनकी दृष्टि में और क्या होगी? अच्छा, उठ इस वक्त, कल कातना! कहीं बीमार पड़ जाएगी तो सब धरा रह जाएगा।

कृष्णा—नहीं मेरी बहन, तुम चलकर सोओ, मैं अभी आती हूँ।

निर्मला ने अधिक आग्रह न किया, लेटने चली गई, मगर किसी तरह नींद न आई। कृष्णा की उत्सुकता और यह उमंग देखकर उसका हृदय किसी अलक्षित आकांक्षा से आंदोलित हो उठा। ओह! इस समय इसका हृदय कितना प्रफुल्लित हो रहा है। अनुराग ने इसे कितना उन्मत्त कर रखा है। तब उसे अपने विवाह की याद आई। जिस दिन तिलक गया था, उसी दिन से उसकी सारी चंचलता, सारी सजीवता विदा हो गई थी। अपनी कोठरी में बैठी वह अपनी किस्मत को रोती थी और ईश्वर से विनय करती थी कि प्राण निकल जाएँ। अपराधी जैसे दंड की प्रतीक्षा करता है, उसी भाँति वह विवाह की प्रतीक्षा करती थी, उस विवाह की, जिसमें उसके जीवन की सारी अभिलाषाएँ विलीन हो जाएँगी, जब मंडप के नीचे बने हुए हवन-कुंड में उसकी आशाएँ जलकर भस्म हो जाएँगी।

~ 16 ~

महीना कटते देर न लगी। विवाह का शुभ मुहूर्त आ पहुँचा। मेहमानों से घर भर गया। मुंशी तोताराम एक दिन पहले आ गए और उनके साथ निर्मला की सहेली भी आई। निर्मला ने बहुत आग्रह न किया था, वह खुद आने को उत्सुक थी। निर्मला की सबसे बड़ी उत्कंठा यही थी कि वर के बड़े भाई के दर्शन करूँगी और हो सका तो उसकी सद्बुद्धि पर धन्यवाद दूँगी।

सुधा ने हँस कर कहा—तुम उनसे बोल सकोगी?

निर्मला—क्यों, बोलने में क्या हानि है? अब तो दूसरा ही संबंध हो गया और मैं न बोल सकूँगी तो तुम तो हो ही।

सुधा—न भाई, मुझसे यह न होगा। मैं पराए मर्द से नहीं बोल सकती। न जाने कैसे आदमी हों।

निर्मला—आदमी तो बुरे नहीं हैं और फिर उनसे कुछ विवाह तो करना नहीं, जरा सा बोलने में क्या हानि है? डॉक्टर साहब यहाँ होते तो मैं तुम्हें आज्ञा दिला देती।

सुधा—जो लोग हृदय के उदार होते हैं, क्या चरित्र के भी अच्छे होते हैं? पराई स्त्री को घूरने में तो किसी मर्द को संकोच नहीं होता।

निर्मला—अच्छा न बोलना, मैं ही बातें कर लूँगी। घूर लेंगे जितना उनसे घूरते बनेगा। बस, अब तो राजी हुई।

इतने में कृष्णा आकर बैठ गई। निर्मला ने मुसकराकर कहा—सच बता कृष्णा, तेरा मन इस वक्त क्यों उचाट हो रहा है?

कृष्णा—जीजाजी बुला रहे हैं, पहले जाकर सुन आओ। पीछे गप्पें लड़ाना। बहुत बिगड़ रहे हैं।

निर्मला—क्या है, तूने कुछ पूछा नहीं?

कृष्णा—कुछ बीमार-से मालूम होते हैं। बहुत दुबले हो गए हैं।

निर्मला—तो जरा बैठकर उनका मन बहला देती। यहाँ दौड़ी क्यों चली आई? यह कहो, ईश्वर ने कृपा की, नहीं तो ऐसा ही पुरुष तुझे भी मिलता। जरा बैठकर बातें करो। बुड्ढे की बातें बड़ी लच्छेदार करते हैं। जवान इतने डींगियल नहीं होते।

कृष्णा—नहीं बहन, तुम जाओ, मुझसे तो वहाँ बैठा नहीं जाता।

निर्मला चली गई तो सुधा ने कृष्णा से कहा—अब तो बारात आ गई होगी। द्वार-पूजा क्यों नही होती?

कृष्णा—क्या जाने बहन, शास्त्रीजी सामान इकट्ठा कर रहे हैं?

सुधा—सुना है, दूल्हे की भावज बड़े कड़े स्वभाव की स्त्री है।

कृष्णा—कैसे मालूम?

सुधा—मैंने सुना है, इसीलिए चेताए देती हूँ। चार बातें गम खाकर रहना होगा।

कृष्णा—मेरी झगड़ने की आदत नहीं। जब मेरी तरफ से कोई शिकायत ही न पाएँगी तो क्या अनायास ही बिगड़ेंगी!

सुधा—हाँ, सुना तो ऐसा ही है। झूठ-मूठ लड़ा करती है।

कृष्णा—मैं तो सौ बात की एक बात जानती हूँ। नम्रता पत्थर को भी मोम कर देती है।

सहसा शोर मचा—बारात आ रही है। दोनों रमणियाँ खिड़की के सामने आ बैठीं। एक क्षण में निर्मला भी आ पहुँची।

वर के बड़े भाई को देखने की उसे बड़ी उत्सुकता हो रही थी।

सुधा ने कहा—कैसे पता चलेगा कि बड़े भाई कौन हैं?

निर्मला—शास्त्रीजी से पूछूँ तो मालूम हो। हाथी पर तो कृष्णा के ससुर महाशय हैं। अच्छा डॉक्टर साहब यहाँ कैसे आ पहुँचे! वह घोड़े पर क्या हैं, देखती नहीं हो?

सुधा—हाँ, हैं तो वही।

निर्मला—उन लोगों से मित्रता होगी। कोई संबंध तो नहीं है।

सुधा—अब भेंट हो तो पूछूँ, मुझे तो कुछ नहीं मालूम।

निर्मला—पालकी में जो महाशय बैठे हुए हैं, वह तो दूल्हा के भाई जैसे नहीं दीखते।

सुधा—बिल्कुल नहीं। मालूम होता है, सारी देह में पेट-ही-पेट है।

निर्मला—दूसरे हाथी पर कौन बैठा है, समझ में नहीं आता।

सुधा—कोई हो, दूल्हा का भाई नहीं हो सकता। उसकी उम्र नहीं देखती हो, चालीस के ऊपर होगी।

निर्मला—शास्त्रीजी तो इस वक्त द्वार-पूजा की फिक्र में हैं, नहीं तो उनसे पूछती।

संयोग से नाई आ गया। संदूकों की कुंजियाँ निर्मला के पास थीं। इस वक्त द्वारचार के लिए कुछ रुपए की जरूरत थी, माता ने भेजा था। यह नाई भी पंडित मोटेरामजी के साथ तिलक लेकर गया था।

निर्मला ने कहा—क्या अभी रुपए चाहिए?

नाई—हाँ बहनजी, चलकर दे दीजिए।

निर्मला—अच्छा चलती हूँ। पहले यह बता, तू दूल्हा के बड़े भाई को पहचानता है?

नाई—पहचानता काहे नहीं, वह क्या सामने हैं।

निर्मला—कहाँ, मैं तो नहीं देखती?

नाई—अरे वह क्या घोड़े पर सवार हैं। वही तो हैं।

निर्मला ने चकित होकर कहा—क्या कहता है, घोड़े पर दूल्हा के भाई हैं! पहचानता है या अटकल से कह रहा है?

नाई—अरे बहनजी, क्या इतना भूल जाऊँगा, अभी तो जलपान का सामान दिए चला आता हूँ।

निर्मला—अरे, यह तो डॉक्टर साहब हैं। मेरे पड़ोस में रहते हैं।

नाई—हाँ-हाँ, वही तो डॉक्टर साहब हैं।

निर्मला ने सुधा की ओर देखकर कहा—सुनती हो बहन, इसकी बातें? सुधा ने हँसी रोककर कहा—झूठ बोलता है।

नाई—अच्छा साहब, झूठ ही सही। अब बड़ों के मुँह कौन लगे! अभी शास्त्रीजी से पूछवा दूँगा, तब तो मानिएगा?

नाई के आने में देर हुई। मोटेराम खुद आँगन में आकर शोर मचाने लगे। इस घर की मर्यादा रखना ईश्वर ही के हाथ है। नाई घंटे भर से आया हुआ है और अभी तक रुपए नहीं मिले।

निर्मला—जरा यहाँ चले आइएगा शास्त्रीजी, कितने रुपए की दरकरार है, निकाल दूँ?

शास्त्रीजी भुनभुनाते और जोर-जारे से हाँफते हुए ऊपर आए और एक लंबी साँस

लेकर बोले—क्या है? यह बातों का समय नहीं है, जल्दी से रुपए निकाल दो।

निर्मला—लीजिए, निकाल तो रही हूँ। अब क्या मुँह के बल गिर पड़ूँ? पहले यह बताइए कि दूल्हा के बड़े भाई कौन हैं?

शास्त्रीजी—राम-राम, इतनी-सी बात के लिए मुझे आकाश पर लटका दिया। नाई क्या न पहचानता था?

निर्मला—नाई तो कहता है कि वह जो घोड़े पर सवार हैं, वही हैं।

शास्त्रीजी—तो फिर किसे बता दें? वही तो हैं ही।

नाई—घड़ी भर से कह रहा हूँ, पर बहनजी मानती ही नहीं।

निर्मला ने सुधा की ओर स्नेह, ममता, विनोद, कृत्रिम तिरस्कार की दृष्टि से देखकर कहा—अच्छा, तो तुम्हीं अब तक मेरे साथ यह त्रिया-चरित्र खेल रही थी! मैं जानती तो तुम्हें यहाँ बुलाती ही नहीं। ओफ्फोह! बड़ा गहरा पेट है तुम्हारा! तुम महीनों से मेरे साथ शरारत करती चली आती हो और कभी भूल से भी इस विषय का एक शब्द तुम्हारे मुँह से नहीं निकला। मैं तो दो-चार ही दिन में उबल पड़ती।

सुधा—तुम्हें मालूम हो जाता तो तुम मेरे यहाँ आती ही क्यों?

निर्मला—गजब-रे-गजब, मैं डॉक्टर साहब से कई बार बातें कर चुकी हूँ। तुम्हारे ऊपर यह सारा पाप पड़ेगा। देखा कृष्णा, तूने अपनी जेठानी की शरारत! यह ऐसी मायाविनी है, इनसे डरती रहना।

कृष्णा—मैं तो ऐसी देवी के चरण धो-धोकर माथे चढ़ाऊँगी। धन्य-भाग कि इनके दर्शन हुए।

निर्मला—अब समझ गई। रुपए भी तुम्हीं ने भिजवाए होंगे। अब सिर हिलाया तो सच कहती हूँ, मार बैठूँगी।

सुधा—अपने घर बुलाकर के मेहमान का अपमान नहीं किया जाता।

निर्मला—देखो तो अभी कैसी-कैसी खबरें लेती हूँ। मैंने तुम्हारा मान रखने को जरा सा लिख दिया था और तुम सचमुच आ पहुँची। भला वहाँ वाले क्या कहते होंगे?

सुधा—सबसे कहकर आई हूँ।

निर्मला—अब तुम्हारे पास कभी न आऊँगी। इतना तो इशारा कर देतीं कि डॉक्टर साहब से परदा रखना।

सुधा—उनके देख लेने ही से कौन बुराई हो गई? न देखते तो अपनी किस्मत को रोते कैसे? जानते कैसे कि लोभ में पड़कर कैसी चीज खो दी? अब तो तुम्हें देखकर लालाजी हाथ मलकर रह जाते हैं। मुँह से तो कुछ नहीं कहते, पर मन में अपनी भूल पर पछताते हैं।

निर्मला—अब तुम्हारे घर कभी न आऊँगी।

सुधा—अब पिंड नहीं छूट सकता। मैंने कौन तुम्हारे घर की राह नहीं देखी है।

द्वार-पूजा समाप्त हो चुकी थी। मेहमान लोग बैठ जलपान कर रहे थे। मुंशीजी की बगल में ही डॉक्टर सिन्हा बैठे हुए थे। निर्मला ने कोठे पर चिक की आड़ से उन्हें देखा और कलेजा थामकर रह गई। एक आरोग्य, यौवन और प्रतिभा का देवता था, पर दूसरा···इस विषय में कुछ न कहना ही उचित है।

निर्मला ने डॉक्टर साहब को सैकड़ों ही बार देखा था, पर आज उसके हृदय में जो विचार उठे, वे कभी न उठे थे। बार-बार यह जी चाहता था कि बुलाकर खूब फटकारूँ, ऐसे-ऐसे ताने मारूँ कि वह भी याद करें, रुला-रुलाकर छोड़ूँ, मगर रहम करके रह जाती थी। बारात जनवासे चली गई थी। भोजन की तैयारी हो रही थी। निर्मला भोजन के थाल चुनने में व्यस्त थी। सहसा महरी ने आकर कहा—बिट्टी, तुम्हें सुधा रानी बुला रही हैं। तुम्हारे कमरे में बैठी हैं।

निर्मला ने थाल छोड़ दिए और घबराई हुई सुधा के पास आई, मगर अंदर कदम रखते ही ठिठक गई, डॉक्टर सिन्हा खड़े थे।

सुधा ने मुसकराकर कहा—लो बहन, बुला दिया। अब जितना चाहो, फटकारो। मैं दरवाजा रोके खड़ी हूँ, भाग नहीं सकते।

डॉक्टर साहब ने गंभीर भाव से कहा—भागता कौन है? यहाँ तो सिर झुकाए खड़ा हूँ।

निर्मला ने हाथ जोड़कर कहा—इसी तरह सदा कृपा-दृष्टि रखिएगा, भूल न जाइएगा। यह मेरी विनय है।

~ 17 ~

कृष्णा के विवाह के बाद सुधा चली गई, लेकिन निर्मला मैके ही में रह गई। वकील साहब बार-बार लिखते थे, पर वह न जाती थी। वहाँ जाने को उसका जी न चाहता था। वहाँ कोई ऐसी चीज न थी, जो उसे खींच ले जाए। यहाँ माता की सेवा और छोटे भाइयों की देखभाल में उसका समय बड़े आनंद से कट जाता था। वकील साहब खुद आते तो शायद वह जाने पर राजी हो जाती, लेकिन इस विवाह में, मुहल्ले की लड़कियों ने उनकी वह दुर्गत की थी कि बेचारे आने का नाम ही न लेते थे। सुधा ने भी कई बार पत्र लिखा, पर निर्मला ने उससे भी हीले-हवाले किए। आखिर एक दिन सुधा ने नौकर को साथ लिया और स्वयं आ धमकी।

जब दोनों गले मिल चुकीं तो सुधा ने कहा—तुम्हें तो वहाँ जाते मानो डर लगता है।

निर्मला—हाँ बहन, डर तो लगता है। ब्याह की गई तीन साल में आई, अब की तो वहाँ उम्र ही खतम हो जाएगी, फिर कौन बुलाता है और कौन आता है?

सुधा—आने को क्या हुआ, जब जी चाहे, चली आना। वहाँ वकील साहब बहुत बेचैन हो रहे हैं।

निर्मला—बहुत बेचैन, रात को शायद नींद न आती हो।

सुधा—बहन, तुम्हारा कलेजा पत्थर का है। उनकी दशा देखकर तरस आता है। कहते थे, घर में कोई पूछने वाला नहीं, न कोई लड़का, न बाला, किससे जी बहलाएँ? जब से दूसरे मकान में उठ आए हैं, बहुत दुःखी रहते हैं।

निर्मला—लड़के तो ईश्वर के दिए दो-दो हैं।

सुधा—उन दोनों की तो बड़ी शिकायत करते थे। जियाराम तो अब बात ही नहीं सुनता। तुर्की-बतुर्की जवाब देता है। रहा छोटा, वह भी उसी के कहने में है। बेचारे बड़े लड़के की याद करके रोया करते हैं।

निर्मला—जियाराम तो शरीर न था, वह बदमाशी कब से सीख गया? मेरी तो कोई बात न टालता था, इशारे पर काम करता था।

सुधा—क्या जाने बहन, सुना, कहता है, आप ही ने भैया को जहर देकर मार डाला, आप हत्यारे हैं। कई बार तुमसे विवाह करने के लिए ताने दे चुका है। ऐसी-ऐसी बातें कहता है कि वकील साहब रो पड़ते हैं। अरे और तो क्या कहूँ, एक दिन पत्थर उठाकर मारने दौड़ा था।

निर्मला ने गंभीर चिंता में पड़कर कहा—यह लड़का तो बड़ा शैतान निकला। उसे यह किसने कहा कि उसके भाई को उन्होंने जहर दे दिया है?

सुधा—वह तुम्हीं से ठीक होगा।

निर्मला को यह नई चिंता पैदा हुई। अगर जिया का यही रंग है, अपने बाप से लड़ने पर तैयार रहता है तो मुझसे क्यों दबने लगा? वह रात को बड़ी देर तक इसी फिक्र में डूबी रही। मंसाराम की आज उसे बहुत याद आई। उसके साथ जिंदगी आराम से कट जाती। इस लड़के का जब अपने पिता के सामने ही यह हाल है तो उनके पीछे उसके साथ कैसे निर्वाह होगा! घर हाथ से निकल ही गया। कुछ-न-कुछ कर्ज अभी सिर पर होगा ही, आमदनी का यह हाल। ईश्वर ही बेड़ा पार लगाएँगे। आज पहली बार निर्मला को बच्चों की फिक्र पैदा हुई। इस बेचारी का न जाने क्या हाल होगा? ईश्वर ने यह विपत्ति सिर डाल दी। मुझे तो इसकी जरूरत न थी। जन्म ही लेना था तो किसी भाग्यवान के घर जन्म लेती। बच्ची उसकी छाती से लिपटी हुई सो रही थी। माता ने उसको और भी चिपटा लिया, मानो कोई उसके हाथ से उसे छीने लिए जाता है।

निर्मला के पास ही सुधा की चारपाई भी थी। निर्मला तो चिंता सागर में गोता लगा रही थी और सुधा मीठी नींद का आनंद उठा रही थी। क्या उसे अपने बालक की फिक्र सताती है? मृत्यु तो बूढ़े और जवान का भेद नहीं करती, फिर सुधा को कोई चिंता क्यों नहीं सताती? उसे तो कभी भविष्य की चिंता से उदास नहीं देखा।

सहसा सुधा की नींद खुल गई। उसने निर्मला को अभी तक जागते देखा तो बोली—अरे अभी तुम सोई नहीं?

निर्मला—नींद ही नहीं आती।

सुधा—आँखें बंद कर लो, आप ही नींद आ जाएगी। मैं तो चारपाई पर आते ही मर-सी जाती हूँ। वह जागते भी हैं तो खबर नहीं होती। न जाने मुझे क्यों इतनी नींद आती है। शायद कोई रोग है।

निर्मला—हाँ, बड़ा भारी रोग है। इसे राज-रोग कहते हैं। डॉक्टर साहब से कहो—दवा शुरू कर दें।

सुधा—तो आखिर जागकर क्या सोचूँ? कभी-कभी मैके की याद आ जाती है तो उस दिन जरा देर में आँख लगती है।

निर्मला—डॉक्टर साहब की याद नहीं आती?

सुधा—कभी नहीं, उनकी याद क्यों आए? जानती हूँ कि टेनिस खेलकर आए होंगे, खाना खाया होगा और आराम से लेटे होंगे।

निर्मला—लो, सोहन भी जाग गया। जब तुम जाग गईं तो भला यह क्यों सोने लगा?

सुधा—हाँ बहन, इसकी अजीब आदत है। मेरे साथ सोता और मेरे ही साथ जागता है। उस जन्म का कोई तपस्वी है। देखो, इसके माथे पर तिलक का कैसा निशान है। बाँहों पर भी ऐसे ही निशान हैं। जरूर कोई तपस्वी है।

निर्मला—तपस्वी लोग तो चंदन-तिलक नहीं लगाते। उस जन्म का कोई धूर्त पुजारी होगा। क्यों रे, तू कहाँ का पुजारी था बता?

सुधा—इसका ब्याह मैं बच्ची से करूँगी।

निर्मला—चलो बहन, गाली देती हो। बहन से भी भाई का ब्याह होता है?

सुधा—मैं तो करूँगी, चाहे कोई कुछ कहे। ऐसी सुंदर बहू और कहाँ पाऊँगी? जरा देखो तो बहन, इसकी देह कुछ गरम है या मुझे ही मालूम होती है।

निर्मला ने सोहन का माथा छूकर कहा—नहीं-नहीं, देह गरम है। यह ज्वर कब आ गया! दूध तो पी रहा है न?

सुधा—अभी सोया था, तब तो देह ठंडी थी। शायद सर्दी लग गई, उढ़ाकर सुलाए

देती हूँ। सबेरे तक ठीक हो जाएगा।

सबेरा हुआ तो सोहन की दशा और भी खराब हो गई। उसकी नाक बहने लगी और बुखार और भी तेज हो गया। आँखें चढ़ गईं और सिर झुक गया। न वह हाथ-पैर हिलाता था, न हँसता-बोलता था, बस, चुपचाप पड़ा था। ऐसा मालूम होता था कि उसे इस वक्त किसी का बोलना अच्छा नहीं लगता। कुछ-कुछ खाँसी भी आने लगी। अब तो सुधा घबराई। निर्मला की भी राय हुई कि डॉक्टर साहब को बुलाया जाए, लेकिन उसकी बूढ़ी माता ने कहा—डॉक्टर-हकीम साहब का यहाँ कुछ काम नहीं। साफ तो देख रही हूँ कि बच्चे को नजर लग गई है। भला डॉक्टर आकर क्या करेंगे?

सुधा—अम्माजी, भला यहाँ नजर कौन लगा देगा? अभी तक तो बाहर कहीं गया भी नहीं।

माता—नजर कोई लगाता नहीं बेटी, किसी-किसी आदमी की दीठ बुरी होती है, आप-ही-आप लग जाती है। कभी-कभी माँ-बाप तक की नजर लग जाती है। जब से आया है, एक बार भी नहीं रोया। चोंचले बच्चों को यही गति होती है। मैं इसे हुमकते देखकर डरी थी कि कुछ-न-कुछ अनिष्ट होनेवाला है। आँखें नहीं देखती हो, कितनी चढ़ गई हैं। यही नजर की सबसे बड़ी पहचान है।

बुढ़िया महरी और पड़ोस की पंडिताइन ने इस कथन का अनुमोदन कर दिया। बस महँगू ने आकर बच्चे का मुँह देखा और हँसकर बोला—मालकिन, यह दीठ है और कुछ नहीं। जरा पतली-पतली तीलियाँ मँगवा दीजिए। भगवान् ने चाहा तो संझा तक बच्चा हँसने लगेगा।

सरकंडे के पाँच टुकड़े लाए गए। महँगू ने उन्हें बराबर करके एक डोरे से बाँध दिया और कुछ बुदबुदाकर उसी पोले हाथों से पाँच बार सोहन का सिर सहलाया। अब जो देखा तो पाँचों तीलियाँ छोटी-बड़ी हो गई थीं। सब स्त्रियों यह कौतुक देखकर दंग रह गईं। अब नजर में किसे संदेह हो सकता था। महँगू ने फिर बच्चे को तीलियों से सहलाना शुरू किया। अब की तीलियाँ बराबर हो गईं। केवल थोड़ा सा अंतर रह गया। यह सब इस बात का प्रमाण था कि नजर का असर अब थोड़ा सा और रह गया है। महँगू सबको दिलासा देकर शाम को फिर आने का वायदा करके चला गया। बालक की दशा दिन को और खराब हो गई। खाँसी का जोर हो गया। शाम के समय महँगू ने आकर फिर तीलियों का तमाशा किया। इस वक्त पाँचों तीलियों बराबर निकलीं। स्त्रियाँ निश्चिंत हो गईं, लेकिन सोहन को सारी रात खाँसते गुजरी। यहाँ तक कि कई बार उसकी आँखें उलट गईं। सुधा और निर्मला दोनों ने बैठकर सबेरा किया। खैर, रात कुशल से कट गई। अब वृद्धा माताजी नया रंग लाईं। महँगू नजर न उतार सका, इसलिए अब किसी मौलवी

से फूँक डलवाना जरूरी हो गया। सुधा फिर भी अपने पति को सूचना न दे सकी। मेहरी सोहन को एक चादर से लपेट कर एक मसजिद में ले गई और फूँक डलवा लाई। शाम को भी फूँक छोड़ी, पर सोहन ने सिर न उठाया। रात आ गई, सुधा ने मन में निश्चय किया कि रात कुशल से बीतेगी तो प्रात:काल पति को तार दूँगी।

लेकिन रात कुशल से न बीतने पाई। आधी रात जाते-जाते बच्चा हाथ से निकल गया। सुधा की जीवन-संपत्ति देखते-देखते उसके हाथों से छिन गई।

वही जिसके विवाह का दो दिन पहले विनोद हो रहा था, आज सारे घर को रुला रहा है। जिसकी भोली-भाली सूरत देखकर माता की छाती फूल उठती थी, उसी को देखकर आज माता की छाती फटी जाती है। सारा घर सुधा को समझाता था, पर उसके आँसू न थमते थे, सब्र न होता था। सबसे बड़ा दु:ख इस बात का था कि पति को कौन मुँह दिखलाऊँगी! उन्हें खबर तक न दी।

रात ही को तार दे दिया गया और दूसरे दिन डॉक्टर सिन्हा नौ बजते-बजते मोटर पर आ पहुँचे। सुधा ने उनके आने की खबर पाई तो और भी फूट-फूटकर रोने लगी। बालक की जल-क्रिया हुई। डॉक्टर साहब कई बार अंदर आए, किंतु सुधा उनके पास न गई। उनके सामने कैसे जाए? कौन मुँह दिखाए? उसने अपनी नादानी से उनके जीवन का रत्न छीनकर दरिया में डाल दिया। अब उनके पास जाते उसकी छाती के टुकड़े-टुकड़े हुए जाते थे। बालक को उसकी गोद में देखकर पति की आँखें चमक उठती थीं। बालक हुमककर पिता की गोद में चला जाता था। माता फिर बुलाती तो पिता की छाती से चिपट जाता था और लाख चुमराने-दुलारने पर भी बाप को गोद न छोड़ता था। तब माँ कहती थी—बड़ा मतलबी है। आज वह किसे गोद में लेकर पति के पास जाएगी? उसकी सूनी गोद देखकर कहीं वह चिल्लाकर रो न पड़े। पति के सम्मुख जाने की अपेक्षा उसे मर जाना कहीं आसान जान पड़ता था। वह एक क्षण के लिए भी निर्मला को न छोड़ती थी कि कहीं पति से सामना न हो जाए।

निर्मला ने कहा—बहन, जो होना था, वह हो चुका, अब उनसे कब तक भागती फिरोगी। रात ही को चले जाएँगे। अम्मा कहती थीं।

सुधा ने सजल नेत्रों से ताकते हुए कहा—कौन मुँह लेकर उनके पास जाऊँ? मुझे डर लग रहा है कि उनके सामने जाते ही मेरे पैर न थर्राने लगे और मैं गिर पड़ूँ।

निर्मला—चलो, मैं तुम्हारे साथ चलती हूँ। तुम्हें सँभाले रहूँगी।

सुधा—मुझे छोड़कर भाग तो न जाओगी?

निर्मला—नहीं-नहीं, भागूँगी नहीं।

सुधा—मेरा कलेजा तो अभी से उमड़ा आता है। मैं इतना घोर वज्रपात होने पर भी

बैठी हूँ, मुझे यही आश्चर्य हो रहा है। सोहन को वह बहुत प्यार करते थे बहन। न जाने उनके चित्त की क्या दशा होगी। मैं उन्हें ढाढ़स क्या दूँगी, आप ही रोती रहूँगी। क्या रात ही को चले जाएँगे?

निर्मला—हाँ, अम्माजी तो कहती थी छुट्टी नहीं ली है।

दोनो सहेलियाँ मर्दाने कमरे की ओर चलीं, लेकिन कमरे के द्वार पर पहुँचकर सुधा ने निर्मला को विदा कर दिया। अकेली कमरे में दाखिल हुई।

डॉक्टर साहब घबरा रहे थे कि न जाने सुधा की क्या दशा हो रही है। भाँति-भाँति की शंकाएँ मन में आ रही थीं। जाने को तैयार बैठे थे, लेकिन जी न चाहता था। जीवन शून्य-सा मालूम होता था। मन-ही-मन कुढ़ रहे थे, अगर ईश्वर को इतनी जल्दी यह पदार्थ देकर छीन लेना था तो दिया ही क्यों था? उन्होंने तो कभी संतान के लिए ईश्वर से प्रार्थना न की थी। वह आजन्म नि:संतान रह सकते थे, पर संतान पाकर उससे वंचित हो जाना उन्हें असह्य जान पड़ता था। क्या सचमुच मनुष्य ईश्वर का खिलौना है? यही मानव जीवन का महत्त्व है? यह केवल बालकों का घरौंदा है, जिसके बनने का न कोई हेतु है न बिगड़ने का? फिर बालकों को भी तो अपने घरौंदे से अपनी कागज की नावों से, अपनी लकड़ी के घोड़ों से ममता होती है। अच्छे खिलौने को वह जान के पीछे छिपाकर रखते हैं। अगर ईश्वर बालक ही है तो वह विचित्र बालक है।

किंतु बुद्धि तो ईश्वर का यह रूप स्वीकार नहीं करती। अनंत सृष्टि का कर्ता उद्दंड बालक नहीं हो सकता है। हम उसे उन सारे गुणों से विभूषित करते हैं, जो हमारी बुद्धि की पहुँच से बाहर हैं। खिलाड़ीपन तो उन महान् गुणों में नहीं! क्या हँसते-खेलते बालकों का प्राण हर लेना खेल है? क्या ईश्वर ऐसा पैशाचिक खेल खेलता है?

सहसा सुधा दबे-पाँव कमरे में दाखिल हुई। डॉक्टर साहब उठ खड़े हुए और उसके समीप आकर बोले—तुम कहाँ थी, सुधा? मैं तुम्हारी राह देख रहा था।

सुधा की आँखों में कमरा तैरता हुआ जान पड़ा। पति की गरदन में हाथ डालकर उसने उनकी छाती पर सिर रख दिया और रोने लगी, लेकिन इस अश्रु-प्रवाह में उसे असीम धैर्य और सांत्वना का अनुभव हो रहा था। पति के वक्ष-स्थल से लिपटी हुई वह अपने हृदय में एक विचित्र स्फूर्ति और बल का संचार होते हुए पाती थी, मानो पवन से थरथराता हुआ दीपक आँचल की आड़ में आ गया हो।

डॉक्टर साहब ने रमणी के अश्रु-सिंचित कपोलों को दोनों हाथों में लेकर कहा—सुधा, तुम इतना छोटा दिल क्यों करती हो? सोहन अपने जीवन में जो कुछ करने आया था, वह कर चुका था, फिर वह क्यों बैठा रहता? जैसे कोई वृक्ष जल और प्रकाश से बढ़ता है, लेकिन पवन के प्रबल झोंकों ही से सुदृढ़ होता है, उसी भाँति प्रणय भी दु:ख

के आघातों ही से विकास पाता है। खुशी के साथ हँसनेवाले बहुतेरे मिल जाते हैं, रंज में जो साथ रोए, वह हमारा सच्चा मित्र है। जिन प्रेमियों को साथ रोना नहीं नसीब हुआ, वे मुहब्बत के मजे क्या जानें? सोहन की मृत्यु ने आज हमारे द्वैत को बिल्कुल मिटा दिया। आज ही हमने एक-दूसरे का सच्चा स्वरूप देखा।

सुधा ने सिसकते हुए कहा—मैं नजर के धोखे में थी। हाय! तुम उसका मुँह भी न देखने पाए। न जाने इन दिनों उसे इतनी समझ कहाँ से आ गई थी। जब मुझे रोते देखता तो अपने कष्ट भूलकर मुसकरा देता। तीसरे ही दिन मेरे लाड़ले की आँख बंद हो गई। कुछ दवा-दर्पन भी न करने पाई।

यह कहते-कहते सुधा के आँसू फिर उमड़ आए। डॉक्टर सिन्हा ने उसे सीने से लगाकर करुणा से काँपती हुई आवाज में कहा—प्रिये, आज तक कोई ऐसा बालक या वृद्ध न मरा होगा, जिससे घरवालों की दवा-दर्पन की लालसा पूरी हो गई।

सुधा—निर्मला ने मेरी बड़ी मदद की। मैं तो एकाध झपकी ले भी लेती थी, पर उसकी आँखें नहीं झपकीं। रात-रात लिए बैठी या टहलती रहती थी। उसके अहसान कभी न भूलूँगी। क्या तुम आज ही जा रहे हो?

डॉक्टर—हाँ, छुट्टी लेने का मौका न था। सिविल सर्जन शिकार खेलने गया हुआ था।

सुधा—यह सब हमेशा शिकार ही खेला करते हैं?

डॉक्टर—राजाओं को और काम ही क्या है?

सुधा—मैं तो आज न जाने दूँगी।

डॉक्टर—जी तो मेरा भी नहीं चाहता।

सुधा—तो मत जाओ, तार दे दो। मैं भी तुम्हारे साथ चलूँगी। निर्मला को भी लेती चलूँगी।

सुधा वहाँ से लौटी तो उसके हृदय का बोझ हलका हो गया था। पति की प्रेमपूर्ण कोमल वाणी ने उसके सारे शोक और संताप का हरण कर लिया था। प्रेम में असीम विश्वास है, असीम धैर्य है और असीम बल है।

~ 18 ~

जब हमारे ऊपर कोई बड़ी विपत्ति आ पड़ती है तो उससे हमें केवल दुःख ही नहीं होता, हमें दूसरों के ताने भी सहने पड़ते हैं। जनता को हमारे ऊपर टिप्पणियों करने का वह सुअवसर मिल जाता है, जिसके लिए वह हमेशा बेचैन रहती है। मंसाराम क्या मरा, मानो समाज को उनपर आवाजें कसने का बहाना मिल गया। भीतर की बातें कौन

जाने, प्रत्यक्ष बात यह थी कि यह सब सौतेली माँ की करतूत है, चारों तरफ यही चर्चा थी। ईश्वर न करे लड़कों को सौतेली माँ से पाला पड़े। जिसे अपना बना-बनाया घर उजाड़ना हो, अपने प्यारे बच्चों की गरदन पर छुरी फेरनी हो, वह बच्चों के रहते हुए अपना दूसरा ब्याह करे। ऐसा कभी नहीं देखा कि सौत के आने पर घर तबाह न हो गया हो, वही बाप जो बच्चों पर जान देता था, सौत के आते ही उन्हीं बच्चों का दुश्मन हो जाता है, उसकी मति ही बदल जाती है। ऐसी देवी ने जन्म ही नहीं लिया, जिसने सौत के बच्चों को अपना समझा हो।

मुश्किल यह थी कि लोग टिप्पणियों पर संतुष्ट न होते थे। कुछ ऐसे सज्जन भी थे, जिन्हें अब जियाराम और सियाराम से विशेष स्नेह हो गया था। वे दोनों बालकों से बड़ी सहानुभूति प्रकट करते, यहाँ तक कि दो-एक महिलाएँ तो उसकी माता के शील और स्वभाव को याद कर आँसू बहाने लगती थीं। हाय-हाय! बेचारी क्या जानती थी कि उसके मरते ही लाड़लों की यह दुर्दशा होगी! अब दूध-मक्खन काहे को मिलता होगा!

जियाराम कहता—मिलता क्यों नहीं?

महिला कहती—मिलता है! अरे बेटा, मिलना भी कई तरह का होता है। पानीवाला दूध टके सेर का मँगाकर रख दिया, पियो चाहे न पियो, कौन पूछता है? नहीं तो बेचारी नौकर से दूध दुहवा कर मँगवाती थी। वह तो चेहरा ही कह देता है। दूध की सूरत छिपी नहीं रहती, वह सूरत ही नहीं रही। जिया को अपनी माँ के समय के दूध का स्वाद तो याद था नहीं, जो इस आक्षेप का उत्तर देता और न उस समय की अपनी सूरत ही याद थी, चुप रह जाता। इन शुभाकांक्षाओं का असर भी पड़ना स्वाभाविक था। जियाराम को अपने घरवालों से चिढ़ होती जाती थी। मुंशीजी मकान नीलामी हो जाने के बाद दूसरे घर में उठ आए तो किराए की फिक्र हुई। निर्मला ने मक्खन बंद कर दिया। वह आमदनी ही नहीं रही तो खर्च कैसे रहता। दोनों कहार अलग कर दिए गए। जियाराम को यह कतर-ब्यौंत बुरी लगती थी। जब निर्मला मैके चली गई तो मुंशीजी ने दूध भी बंद कर दिया। नवजात कन्या की चिंता अभी से उनके सिर पर सवार हो गई थी।

सियाराम ने बिगड़कर कहा—दूध बंद रहने से तो आपका महल बन रहा होगा, भोजन भी बंद कर दीजिए!

मुंशीजी—दूध पीने का शौक है तो जाकर दुहा क्यों नहीं लाते? पानी के पैसे तो मुझसे न दिए जाएँगे।

जियाराम—मैं दूध दुहाने जाऊँ, कोई स्कूल का लड़का देख ले तब?

मुंशीजी—तब कुछ नहीं। कह देना अपने लिए दूध लिए जाता हूँ। दूध लाना कोई चोरी नहीं है।

जियाराम—चोरी नहीं है! आप ही को कोई दूध लाते देख ले तो आपको शर्म न आएगी।

मुंशीजी—बिल्कुल नहीं। मैंने तो इन्हीं हाथों से पानी खींचा है, अनाज की गठरियाँ लाया हूँ। मेरे बाप लखपति नहीं थे।

जियाराम—मेरे बाप तो गरीब नहीं, मैं क्यों दूध दुहाने जाऊँ? आखिर आपने कहारों को क्यों जवाब दे दिया?

मुंशीजी—क्या तुम्हें इतना भी नहीं सूझता कि मेरी आमदनी अब पहली सी नहीं रही, इतने नादान तो नहीं हो?

जियाराम—आखिर आपकी आमदनी क्यों कम हो गई?

मुंशीजी—जब तुम्हें अकल ही नहीं है तो क्या समझाऊँ। यहाँ जिंदगी से तंग आ गया हूँ। मुकदमे कौन ले और ले भी तो तैयार कौन करे? वह दिल ही नहीं रहा। अब तो जिंदगी के दिन पूरे कर रहा हूँ। सारे अरमान लल्लू के साथ चले गए।

जियाराम—अपने ही हाथों न।

मुंशीजी ने चीखकर कहा—अरे अहमक! यह ईश्वर की मर्जी थी। अपने हाथों कोई अपना गला काटता है।

जियाराम—ईश्वर तो आपका विवाह करने न आया था।

मुंशीजी अब जब्त न कर सके। लाल-लाल आँखें निकालकर बोले—क्या तुम आज लड़ने के लिए कमर बाँधकर आए हो? आखिर किस बिरते पर? मेरी रोटियाँ तो नहीं चलाते? जब इस काबिल हो जाना, मुझे उपदेश देना। तब मैं सुन लूँगा। अभी तुमको मुझे उपदेश देने का अधिकार नहीं है। कुछ दिनों अदब और तमीज सीखो। तुम मेरे सलाहकार नहीं हो कि मैं जो काम करूँ, उसमें तुमसे सलाह लूँ। मेरी पैदा की हुई दौलत है, उसे जैसे चाहूँ, खर्च कर सकता हूँ। तुमको जबान खोलने का भी हक नहीं है। अगर फिर तुमने मुझसे बेअदबी की तो नतीजा बुरा होगा। जब मंसाराम ऐसा रत्न खोकर मेरे प्राण न निकले तो तुम्हारे बगैर मैं मर न जाऊँगा, समझ गए?

यह कड़ी फटकार पाकर भी जियाराम वहाँ से न टला। निःशंक भाव से बोला—तो आप क्या चाहते हैं कि हमें चाहे कितनी ही तकलीफ हो, मुँह न खोलें? मुझसे तो यह न होगा। भाई साहब को अदब और तमीज का जो इनाम मिला, उसकी मुझे भूख नहीं। मुझमें जहर खाकर प्राण देने की हिम्मत नहीं। ऐसे अदब को दूर से दंडवत करता हूँ।

मुंशीजी—तुम्हें ऐसी बातें करते हुए शर्म नहीं आती?

जियाराम—लड़के अपने बुजुर्गों ही की नकल करते हैं।

मुंशीजी का क्रोध शांत हो गया। जियाराम पर उसका कुछ भी असर न होगा,

इसका उन्हें यकीन हो गया। उठकर टहलने चले गए। आज उन्हें सूचना मिल गई कि इस घर का शीघ्र ही सर्वनाश होनेवाला है।

उस दिन से पिता और पुत्र में किसी-न-किसी बात पर रोज ही एक झपट हो जाती है। मुंशीजी ज्यों-ज्यों तरह देते थे, जियाराम और भी शेर होता जाता था। एक दिन जियाराम ने रुक्मिणी से यहाँ तक कह डाला—बाप हैं, यह समझकर छोड़ देता हूँ, नहीं तो मेरे ऐसे-ऐसे साथी हैं कि चाहूँ तो भरे बाजार में पिटवा दूँ। रुक्मिणी ने मुंशीजी से कह दिया। मुंशीजी ने प्रकट रूप से तो बेपरवाही ही दिखाई, पर उनके मन में शंका समा गई। शाम को सैर करना छोड़ दिया। यह नई चिंता सवार हो गई। इसी भय से निर्मला को भी न लाते थे कि शैतान उसके साथ भी यही बर्ताव करेगा। जियाराम एक बार दबी जबान में कह भी चुका था—देखूँ, अबकी कैसे इस घर में आती है? मुंशीजी भी खूब समझ गए थे कि मैं इसका कुछ भी नहीं कर सकता। कोई बाहर का आदमी होता तो उसे पुलिस और कानून के शिकंजे में कसते। अपने लड़के को क्या करें? सच कहा है—आदमी हारता है तो अपने लड़कों ही से।

एक दिन डॉक्टर सिन्हा ने जियाराम को बुलाकर समझाना शुरू किया। जियाराम उनका अदब करता था। चुपचाप बैठा सुनता रहा। जब डॉक्टर साहब ने अंत में पूछा, आखिर तुम चाहते क्या हो? तो वह बोला—साफ-साफ कह दूँ? बुरा तो न मानिएगा?

सिन्हा—नहीं, जो कुछ तुम्हारे दिल में हो, साफ-साफ कह दो।

जियाराम—तो सुनिए, जब से भैया मरे हैं, मुझे पिताजी की सूरत देखकर क्रोध आता है। मुझे ऐसा मालूम होता है कि इन्हीं ने भैया की हत्या की है और एक दिन मौका पाकर हम दोनों भाइयों की भी हत्या करेंगे। अगर उनकी यह इच्छा न होती तो ब्याह ही क्यों करते?

डॉक्टर साहब ने बड़ी मुश्किल से हँसी रोककर कहा—तुम्हारी हत्या करने के लिए उन्हें ब्याह करने की क्या जरूरत थी, यह बात मेरी समझ में नहीं आई। बिना विवाह किए भी तो वह हत्या कर सकते थे।

जियाराम—कभी नहीं, उस वक्त तो उनका दिल ही कुछ और था, हम लोगों पर जान देते थे, अब मुँह तक नहीं देखना चाहते। उनकी यही इच्छा है कि उन दोनों प्राणियों के सिवा, घर में और कोई न रहे। अब जो लड़के होंगे, उनके रास्ते से हम लोगों का हटा देना चाहते हैं। यही उन दोनों आदमियों की दिली मंशा है। हमें तरह-तरह की तकलीफें देकर भगा देना चाहते हैं, इसीलिए आजकल मुकदमे नहीं लेते। हम दोनों भाई आज मर जाएँ तो फिर देखिए कैसी बहार होती है।

डॉक्टर—अगर तुम्हें भगाना ही होता तो कोई इलजाम लगाकर घर से निकाल न देते?

जियाराम—इसके लिए पहले ही से तैयार बैठा हूँ।

डॉक्टर—सुनूँ, क्या तैयारी की है?

जियाराम—जब मौका आएगा, देख लीजिएगा।

यह कहकर जियाराम चलता हुआ। डॉक्टर सिन्हा ने बहुत पुकारा, पर उसने फिर कर देखा भी नहीं।

कई दिन के बाद डॉक्टर साहब की जियाराम से फिर मुलाकात हो गई। डॉक्टर साहब सिनेमा के प्रेमी थे और जियाराम की तो जान ही सिनेमा में बसती थी। डॉक्टर साहब ने सिनेमा पर आलोचना करके जियाराम को बातों में लगा लिया और अपने घर लाए। भोजन का समय आ गया था, दोनों आदमी साथ ही भोजन करने बैठे। जियाराम को वहाँ भोजन बहुत स्वादिष्ट लगा, बोला—मेरे यहाँ तो जब से महाराज अलग हुआ, खाने का मजा ही जाता रहा। बुआजी पक्का वैष्णवी भोजन बनाती हैं। जबरदस्ती खा लेता हूँ, पर खाने की तरफ ताकने को जी नहीं चाहता।

डॉक्टर—मेरे यहाँ तो जब घर में खाना पकता है तो इसे कहीं स्वादिष्ट होता है। तुम्हारी बुआजी प्याज-लहसुन न छूती होंगी?

जियाराम—हाँ साहब, उबालकर रख देती हैं। लालाजी को इसकी परवाह ही नहीं कि कोई खाता है या नहीं, इसीलिए तो महाराज को अलग किया है। अगर रुपए नहीं हैं तो गहने कहाँ से बनते हैं?

डॉक्टर—यह बात नहीं है जियाराम, उनकी आमदनी सचमुच बहुत कम हो गई है। तुम उन्हें बहुत दिक् करते हो।

जियाराम—(हँसकर) मैं उन्हें दिक् करता हूँ? मुझसे कसम ले लीजिए, जो कभी उनसे बोलता भी हूँ। मुझे बदनाम करने का उन्होंने बीड़ा उठा लिया है। बेसबब, बेवजह पीछे पड़े रहते हैं, यहाँ तक कि मेरे दोस्तों से भी उन्हें चिढ़ है। आप ही सोचिए, दोस्तों के बगैर कोई जिंदा रह सकता है? मैं कोई लुच्चा नहीं हूँ कि लुच्चों की सोहबत रखूँ, मगर आप दोस्तों ही के पीछे मुझे रोज सताया करते हैं। कल तो मैंने साफ कह दिया—मेरे दोस्त घर आएँगे, किसी को अच्छा लगे या बुरा। जनाब, कोई हो, हर वक्त की धौंस नहीं सह सकता।

डॉक्टर—मुझे तो भाई, उनपर बड़ी दया आती है। यह जमाना उनके आराम करने का था। एक तो बुढ़ापा, उस पर जवान बेटे का शोक, स्वास्थ्य भी अच्छा नहीं। ऐसा आदमी क्या कर सकता है? वह जो कुछ थोड़ा-बहुत करते हैं, वही बहुत है। तुम अभी और कुछ नहीं कर सकते तो कम-से-कम अपने आचरण से तो उन्हें प्रसन्न रख सकते हो। बुड्ढों को प्रसन्न करना बहुत कठिन काम नहीं। यकीन मानो, तुम्हारा हँसकर

बोलना ही उन्हें खुश करने को काफी है। इतना पूछने में तुम्हारा क्या खर्च होता है—बाबूजी, आपकी तबीयत कैसी है? वह तुम्हारी यह उद्दंडता देखकर मन-ही-मन कुढ़ते रहते हैं। मैं तुमसे सच कहता हूँ, कई बार रो चुके हैं। उन्होंने मान लो शादी करने में गलती की। इसे वह भी स्वीकार करते हैं, लेकिन तुम अपने कर्तव्य से क्यों मुँह मोड़ते हो? वह तुम्हारे पिता हैं, तुम्हें उनकी सेवा करनी चाहिए। एक बात भी ऐसी मुँह से न निकालनी चाहिए, जिससे उनका दिल दुःखे। उन्हें यह खयाल करने का मौका ही क्यों दो कि सब मेरी कमाई खानेवाले हैं, बात पूछने वाला कोई नहीं। मेरी उम्र तुमसे कहीं ज्यादा है जियाराम, पर आज तक मैंने अपने पिताजी की किसी बात का जवाब नहीं दिया। वह आज भी मुझे डाँटते है, सिर झुकाकर सुन लेता हूँ। जानता हूँ, वह जो कुछ कहते हैं, मेरे भले ही को कहते हैं। माता-पिता से बढ़कर हमारा हितैषी और कौन हो सकता है? उसके ऋण से कौन मुक्त हो सकता है?

जियाराम बैठा रोता रहा। अभी उसके सद्भावों का संपूर्णतः लोप न हुआ था। अपनी दुर्जनता उसे साफ नजर आ रही थी। इतनी ग्लानि उसे बहुत दिनों से न आई थी। रोकर डॉक्टर साहब से कहा—मैं बहुत लज्जित हूँ। दूसरों के बहकाने में आ गया। अब आप मेरी जरा भी शिकायत न सुनेंगे। आप पिताजी से मेरे अपराध क्षमा करा दीजिए। मैं सचमुच बड़ा अभागा हूँ। उन्हें मैंने बहुत सताया। उनसे कहिए—मेरे अपराध क्षमा कर दें, नहीं मैं मुँह में कालिख लगाकर कहीं निकल जाऊँगा, डूब मरूँगा।

डॉक्टर साहब अपनी उपदेश-कुशलता पर फूले न समाए। जियाराम को गले लगाकर विदा किया।

जियाराम घर पहुँचा तो ग्यारह बज गए थे। मुंशीजी भोजन करके अभी बाहर आए थे। उसे देखते ही बोले—जानते हो कै बजे हैं? बारह का वक्त है।

जियाराम ने बड़ी नम्रता से कहा—डॉक्टर सिन्हा मिल गए। उनके साथ उनके घर तक चला गया। उन्होंने खाने के लिए जिद की, मजबूरन खाना पड़ा। इसी से देर हो गई।

मुंशीज—डॉक्टर सिन्हा से दुःखड़े रोने गए होंगे या और कोई काम था।

जियाराम की नम्रता का चौथा भाग उड़ गया, बोला—दुःखड़े रोने की मेरी आदत नहीं है।

मुंशीजी—जरा भी नहीं, तुम्हारे मुँह में तो जबान ही नहीं। मुझसे जो लोग तुम्हारी बातें करते हैं, वह गढ़ा करते होंगे?

जियाराम—और दिनों की मैं नहीं कहता, लेकिन आज डॉक्टर सिन्हा के यहाँ मैंने कोई बात ऐसी नहीं की, जो इस वक्त आपके सामने न कर सकूँ।

मुंशीजी—बड़ी खुशी की बात है। बेहद खुशी हुई। आज से गुरुदीक्षा ले ली है क्या?

जियाराम की नम्रता का एक चतुर्थांश और गायब हो गया। सिर उठाकर बोला—आदमी बिना गुरुदीक्षा लिए हुए भी अपनी बुराइयों पर लज्जित हो सकता है। अपना सुधार करने के लिए गुरुमंत्र कोई जरूरी चीज नहीं।

मुंशीजी—अब तो लुच्चे न जमा होंगे?

जियाराम—आप किसी को लुच्चा क्यों कहते हैं, जब तक ऐसा कहने के लिए आपके पास कोई प्रमाण नहीं?

मुंशीजी—तुम्हारे दोस्त सब लुच्चे-लफँगे हैं। एक भी भला आदमी नहीं। मैं तुमसे कई बार कह चुका कि उन्हें यहाँ मत जमा किया करो, पर तुमने सुना नहीं। आज मैं आखिर बार कहे देता हूँ कि अगर तुमने उन शोहदों को जमा किया तो मुझे पुलिस की सहायता लेनी पड़ेगी।

जियाराम की नम्रता का एक चतुर्थांश और गायब हो गया। फड़ककर बोला—अच्छी बात है, पुलिस की सहायता लीजिए। देखें क्या करती है? मेरे दोस्तों में आधे से ज्यादा पुलिस के अफसरों ही के बेटे हैं। जब आप ही मेरा सुधार करने पर तुले हुए हैं तो मैं व्यर्थ क्यों कष्ट उठाऊँ?

यह कहता हुआ जियाराम अपने कमरे में चला गया और एक क्षण के बाद हारमोनियम के मीठे स्वरों की आवाज बाहर आने लगी।

सहृदयता का जलाया हुआ दीपक निर्दय व्यंग्य के एक झोंके से बुझ गया। अड़ा हुआ घोड़ा चुमकारने से जोर मारने लगा था, पर हंटर पड़ते ही फिर अड़ गया और गाड़ी को पीछे ढकेलने लगा।

~ 19 ~

अबकी सुधा के साथ निर्मला को भी आना पड़ा। वह तो मैके में कुछ दिन और रहना चाहती थी, लेकिन शोकातुर सुधा अकेले कैसे रही! उसको आखिर आना ही पड़ा। रुक्मिणी ने भूँगी से कहा—देखती है, बहू मैके से कैसा निखरकर आई है!

भूँगी ने कहा—दीदी, माँ के हाथ की रोटियाँ लड़कियों को बहुत अच्छी लगती हैं।

रुक्मिणी—ठीक कहती है भूँगी, खिलाना तो बस माँ ही जानती है।

निर्मला को ऐसा मालूम हुआ कि घर का कोई आदमी उसके आने से खुश नहीं। मुंशीजी ने खुशी तो बहुत दिखाई, पर हृदयगत चिंता को न छिपा सके। बच्ची का नाम सुधा ने आशा रख दिया था। वह आशा की मूर्ति-सी थी भी। देखकर सारी चिंता भाग जाती थी। मुंशीजी ने उसे गोद में लेना चाहा तो रोने लगी। दौड़कर माँ से लिपट गई। मानो पिता को पहचानती ही नहीं। मुंशीजी ने मिठाइयों से उसे परचाना चाहा। घर में

कोई नौकर तो था नहीं, जाकर सियाराम से दो आने की मिठाइयाँ लाने को कहा।

जियाराम भी बैठा हुआ था। बोल उठा—हम लोगों के लिए तो कभी मिठाइयाँ नहीं आतीं।

मुंशीजी ने झुँझलाकर कहा—तुम लोग बच्चे नहीं हो।

जियाराम—और क्या बूढ़े हैं? मिठाइयाँ मँगवाकर रख दीजिए तो मालूम हो कि बच्चे हैं या बूढ़े। निकालिए चार आना और आशा के बदौलत हमारे नसीब भी जागें।

मुंशीजी—मेरे पास इस वक्त पैसे नहीं है। जाओ सिया, जल्द जाना।

जियाराम—सिया नहीं जाएगा। किसी का गुलाम नहीं है। आशा अपने बाप की बेटी है तो वह भी अपने बाप का बेटा है।

मुंशीजी—क्या फजूल की बातें करते हो। नन्ही सी बच्ची की बराबरी करते तुम्हें शर्म नहीं आती? जाओ सियाराम, ये पैसे लो।

जियाराम—मत जाना सिया! तुम किसी के नौकर नहीं हो।

सिया बड़ी दुविधा में पड़ गया। किसका कहना माने? अंत में उसने जियाराम का कहना मानने का निश्चय किया। बाप ज्यादा-से-ज्यादा घुड़क देंगे, जिया तो मारेगा, फिर वह किसके पास फरियाद लेकर जाएगा। बोला—मैं न जाऊँगा।

मुंशीजी ने धमकाकर कहा—अच्छा, तो मेरे पास फिर कोई चीज माँगने मत आना।

मुंशीजी खुद बाजार चले गए और एक रुपए की मिठाई लेकर लौटे। दो आने की मिठाई माँगते हुए उन्हें शर्म आई। हलवाई उन्हें पहचानता था। दिल में क्या कहेगा?

मिठाई लिए हुए मुंशीजी अंदर चले गए। सियाराम ने मिठाई का बड़ा सा दोना देखा तो बाप का कहना न मानने का उसे दुःख हुआ। अब वह किस मुँह से मिठाई लेने अंदर जाएगा। बड़ी भूल हुई। वह मन-ही-मन जियाराम की चोट और मिठाई की मिठास में तुलना करने लगा।

सहसा भूँगी ने दो तश्तरियाँ दोनों के सामने लाकर रख दीं। जियाराम ने बिगड़कर कहा—इसे उठा ले जा!

भूँगी—काहे को बिगड़त हो बाबू, क्या मिठाई अच्छी नहीं लगती?

जियाराम—मिठाई आशा के लिए आई है, हमारे लिए नहीं आई? ले जा, नहीं तो सड़क पर फेंक दूँगा। हम तो पैसे-पैसे के लिए रटते रहते हैं और यहाँ रुपए की मिठाई आती है।

भूँगी—तुम ले लो सिया बाबू, ये न लेंगे, न सही।

सियाराम ने डरते-डरते हाथ बढ़ाया था कि जियाराम ने डाँटकर कहा—मत छूना मिठाई, नहीं तो हाथ तोड़कर रख दूँगा। लालची कहीं का!

सियाराम यह घुड़की सुनकर सहम उठा। मिठाई खाने की हिम्मत न पड़ी। निर्मला ने यह कथा सुनी तो दोनों लड़कों को मनाने चली। मुंशीजी ने कड़ी कसम रख दी।

निर्मला—आप समझते नहीं हैं। यह सारा गुस्सा मुझ पर है।

मुंशीजी—गुस्ताख हो गया है। इस खयाल से कोई सख्ती नहीं करता कि लोग कहेंगे, बिना माँ के बच्चों को सताते हैं, नहीं तो सारी शरारत घड़ी भर में निकाल दूँ।

निर्मला—इसी बदनामी का तो मुझे डर है।

मुंशीजी—अब न डरूँगा, जिसके जी में जो आए, कहे।

निर्मला—पहले तो ऐसे न थे।

मुंशीजी—अजी, कहता है कि आपके लड़के मौजूद थे, आपने शादी क्यों की! यह कहते भी इसे संकोच नहीं होता कि आप लोगों ने मंसाराम को विष दे दिया। लड़का नहीं है, शत्रु है।

जियाराम द्वार पर छिपकर खड़ा था। स्त्री-पुरुष में मिठाई के विषय में क्या बातें होती हैं, यही सुनने वह आया था। मुंशीजी का अंतिम वाक्य सुनकर उससे न रहा गया। बोल उठा—शत्रु न होता तो आप उसके पीछे क्यों पड़ते? आप जो इस वक्त कर रहे हैं, वह मैं बहुत पहले समझे बैठा हूँ। भैया न समझे थे, धोखा खा गए। हमारे साथ आपकी दाल न गलेगी। सारा जमाना कह रहा है कि भाई साहब को जहर दिया गया है। मैं कहता हूँ तो आपको क्यों गुस्सा आता है?

निर्मला तो सन्नाटे में आ गई। मालूम हुआ, किसी ने उसकी देह पर अंगारे डाल दिए। मुंशीजी ने डाँटकर जियाराम को चुप कराना चाहा। जियाराम निःशंक खड़ा ईंट का जवाब पत्थर से देता रहा; यहाँ तक कि निर्मला को भी उस पर क्रोध आ गया। यह कल का छोकरा, किसी काम का, न काज का, यो खड़ा टर्रा रहा है, जैसे घर भर का पालन-पोषण यही करता हो। त्योंरियाँ चढ़ाकर बोली—बस, अब बहुत हुआ जियाराम, मालूम हो गया, तुम बड़े लायक हो, बाहर जाकर बैठो।

मुंशीजी अब तक तो कुछ दब-दबकर बोलते रहे, निर्मला की शह पाई तो दिल बढ़ गया। दाँत पीसकर लपके और इसके पहले कि निर्मला उनके हाथ पकड़ सके, एक थप्पड़ चला ही दिया। थप्पड़ निर्मला के मुँह पर पड़ा, वही सामने पड़ी। माथा चकरा गया। मुंशीजी के सूखे हाथों में इतनी शक्ति है, इसका वह अनुमान न कर सकती थी। सिर पकड़कर बैठ गई। मुंशीजी का क्रोध और भी भड़क उठा, फिर घूँसा चलाया, पर अबकी जियाराम ने उनका हाथ पकड़ लिया और पीछे ढकेलकर बोला—दूर से बातें कीजिए, क्यों नाहक अपनी बेइज्जती करवाते हैं? अम्माँजी का लिहाज कर रहा हूँ, नहीं तो दिखा देता।

यह कहता हुआ वह बाहर चला गया। मुंशीजी संज्ञा-शून्य-से खड़े रहे। इस वक्त अगर जियाराम पर दैवी वज्र गिर पड़ता तो शायद उन्हें हार्दिक आनंद होता। जिस पुत्र को कभी गोद में लेकर निहाल हो जाते थे, उसी के प्रति आज भाँति-भाँति की दुष्कल्पनाएँ मन में आ रही थीं।

रुक्मिणी अब तक तो अपनी कोठरी में थी। अब आकर बोली—बेटा अपने बराबर का हो जाए तो उस पर हाथ न छोड़ना चाहिए।

मुंशीजी ने ओठ चबाकर कहा—मैं इसे घर से निकालकर छोड़ूँगा। भीख माँगे या चोरी करे, मुझसे कोई मतलब नहीं।

रुक्मिणी—नाक किसकी कटेगी?

मुंशीजी—इसकी चिंता नहीं।

निर्मला—मैं जानती कि मेरे आने से यह तूफान खड़ा हो जाएगा तो भूलकर भी न आती। अब भी भला है, मुझे भेज दीजिए। इस घर में मुझसे न रहा जाएगा।

रुक्मिणी—तुम्हारा बहुत लिहाज करता है बहू, नहीं तो आज अनर्थ ही हो जाता।

निर्मला—अब और क्या अनर्थ होगा दीदीजी? मैं तो फूँक-फूँककर पाँव रखती हूँ, फिर भी अपयश लग ही जाता है। अभी घर में पाँव रखते देर नहीं हुई और यह हाल हो गया। ईश्वर ही कुशल करे।

रात को भोजन करने कोई न उठा, अकेले मुंशीजी ने खाया। निर्मला को आज नई चिंता हो गई—जीवन कैसे पार लगेगा? अपना ही पेट होता तो विशेष चिंता न थी। अब तो एक नई विपत्ति गले पड़ गई थी। वह सोच रही थी—मेरी बच्ची के भाग्य में क्या लिखा है राम?

~ 20 ~

चिंता में नींद कब आती है? निर्मला चारपाई पर करवटें बदल रही थी। कितना चाहती थी कि नींद आ जाए, पर नींद ने न आने की कसम-सी खा ली थी। चिराग बुझा दिया था, खिड़की के दरवाजे खोल दिए थे, टिक-टिक करनेवाली घड़ी भी दूसरे कमरे में रख आई थी, पर नींद का नाम था। जितनी बातें सोचनी थीं, सब सोच चुकी, चिंताओं का भी अंत हो गया, पर पलकें न झपकीं। तब उसने फिर लैंप जलाया और एक पुस्तक पढ़ने लगी। दो-चार ही पृष्ठ पढ़े होंगे कि झपकी आ गई। किताब खुली रह गई।

सहसा जियाराम ने कमरे में कदम रखा। उसके पाँव थर-थर काँप रहे थे। उसने कमरे में ऊपर-नीचे देखा। निर्मला सोई हुई थी, उसके सिरहाने ताक पर, एक छोटा-सा

पीतल का संदूकचा रखा हुआ था। जियाराम दबे पाँव गया, धीरे से संदूकचा उतारा और बड़ी तेजी से कमरे के बाहर निकला। उसी वक्त निर्मला की आँखें खुल गईं। चौंककर उठ खड़ी हुई। द्वार पर आकर देखा। कलेजा धक् से हो गया। क्या यह जियाराम है? मेरे कमरे में क्या करने आया था। कहीं मुझे धोखा तो नहीं हुआ? शायद दीदीजी के कमरे से आया हो। यहाँ उसका काम ही क्या था? शायद मुझसे कुछ कहने आया हो, लेकिन इस वक्त क्या कहने आया होगा? इसकी नीयत क्या है? उसका दिल काँप उठा।

मुंशीजी ऊपर छत पर सो रहे थे। मुँडेर न होने के कारण निर्मला ऊपर न सो सकती थी। उसने सोचा चलकर उन्हें जगाऊँ, पर जाने की हिम्मत न पड़ी। शक्की आदमी है, न जाने क्या समझ बैठें और क्या करने पर तैयार हो जाएँ? आकर फिर पुस्तक पढ़ने लगी। सबेरे पूछने पर आप ही मालूम हो जाएगा। कौन जाने मुझे धोखा ही हुआ हो। नींद में कभी-कभी धोखा हो जाता है, लेकिन सबेरे पूछने का निश्चय कर भी उसे फिर नींद नहीं आई।

सबेरे वह जलपान लेकर स्वयं जियाराम के पास गई तो वह उसे देखकर चौंक पड़ा। रोज तो भूँगी आती थी, आज यह क्यों आ रही है? निर्मला की ओर ताकने की उसकी हिम्मत न पड़ी।

निर्मला ने उसकी ओर विश्वासपूर्ण नेत्रों से देखकर पूछा—रात को तुम मेरे कमरे में गए थे?

जियाराम ने विस्मय दिखाकर कहा—मैं? भला मैं रात को क्या करने जाता? क्या कोई गया था?

निर्मला ने इस भाव से कहा, मानो उसे उसकी बात का पूरा विश्वास हो गया। हाँ, मुझे ऐसा मालूम हुआ कि कोई मेरे कमरे से निकला। मैंने उसका मुँह तो न देखा, पर उसकी पीठ देखकर अनुमान किया कि शायद तुम किसी काम से आए हो। इसका पता कैसे चले कौन था? कोई था जरूर इसमें कोई संदेह नहीं।

जियाराम अपने को निरपराध सिद्ध करने की चेष्टा कर कहने लगा—मैं तो रात को थिएटर देखने चला गया था। वहाँ सें लौटा तो एक मित्र के घर लेट रहा। थोड़ी देर हुई लौटा हूँ। मेरे साथ और भी कई मित्र थे। जिससे जी चाहे, पूछ लें। हाँ, भाई मैं बहुत डरता हूँ। ऐसा न हो, कोई चीज गायब हो गई तो मेरा नाम लगे। चोर को तो कोई पकड़ नहीं सकता, मेरे मत्थे जाएगी। बाबूजी को आप जानती हैं। मुझे मारने दौड़ेंगे।

निर्मला—तुम्हारा नाम क्यों लगेगा? अगर तुम्हीं होते तो भी तुम्हें कोई चोरी नहीं लगा सकता। चोरी दूसरे की चीज की जाती है, अपनी चीज की चोरी कोई नहीं करता।

अभी तक निर्मला की निगाह अपने संदूकचे पर न पड़ी थी। भोजन बनाने लगी।

जब वकील साहब कचहरी चले गए तो वह सुधा से मिलने चली। इधर कई दिनों से मुलाकात न हुई थी, फिर रातवाली घटना पर विचार विमर्श भी करना था। भूँगी से कहा—कमरे में से गहनों का बक्सा उठा ला।

भूँगी ने लौटकर कहा—वहाँ तो कहीं संदूक नहीं हैं। कहाँ रखा था? निर्मला ने चिढ़कर कहा—एक बार में तो तेरा काम ही कभी नहीं होता। वहाँ छोड़कर और जाएगा कहाँ। आलमारी में देखा था?

भूँगी—नहीं बहूजी, आलमारी में तो नहीं देखा, झूठ क्यों बोलूँ?

निर्मला मुसकरा पड़ी। बोली—जा देख, जल्दी आ। एक क्षण में भूँगी फिर खाली हाथ लौट आई। आलमारी में भी तो नहीं है। अब जहाँ बताओ, वहाँ देखूँ।

निर्मला झुँझलाकर यह कहती हुई उठ खड़ी हुई। तुझे ईश्वर ने आँखें ही न जाने किसलिए दीं! देख, उसी कमरे में से लाती हूँ कि नहीं।

भूँगी भी पीछे-पीछे कमरे में गई। निर्मला ने ताक पर निगाह डाली, आलमारी खोलकर देखी। चारपाई के नीचे झाँककार देखा, फिर कपड़ों का बड़ा संदूक खोलकर देखा। बक्से का कहीं पता नहीं। आश्चर्य हुआ, आखिर बक्सा गया कहाँ?

सहसा रातवाली घटना बिजली की भाँति उसकी आँखों के सामने चमक गई। कलेजा उछल पड़ा। अब तक निश्चिंत होकर खोज रही थी। अब ताप-सा चढ़ आया। बड़ी उतावली से चारों ओर खोजने लगी। कहीं पता नहीं। जहाँ खोजना चाहिए था, वहाँ भी खोजा और जहाँ नहीं खोजना चाहिए था, वहाँ भी खोजा। इतना बड़ा संदूकचा बिछावन के नीचे कैसे छिप जाता? पर बिछावन भी झाड़कर देखा। क्षण-क्षण मुख की कांति मलिन होती जाती थी। प्राण नहों में समाते जाते थे। अंत में निराश होकर उसने छाती पर एक घूँसा मारा और रोने लगी।

गहने ही स्त्री की संपत्ति होते हैं। पति की और किसी संपत्ति पर उसका अधिकार नहीं होता। इन्हीं का उसे बल और गौरव होता है। निर्मला के पास पाँच-छह हजार के गहने थे। जब उन्हें पहनकर वह निकलती थी तो उतनी देर के लिए उल्लास से उसका हृदय खिला रहता था। एक-एक गहना मानो विपत्ति और बाधा से बचाने के लिए एक-एक रक्षास्त्र था। अभी रात ही उसने सोचा था, जियाराम की लौंडी बनकर वह न रहेगी। ईश्वर न करे कि वह किसी के सामने हाथ फैलाए। इसी खेवे से वह अपनी नाव को भी पार लगा देगी और अपनी बच्ची को भी किसी-न-किसी घाट पहुँचा देगी। उसे किस बात की चिंता है! उन्हें तो कोई उससे न छीन लेगा। आज ये मेरे सिंगार हैं, कल को मेरे आधार हो जाएँगे। इस विचार से उसके हृदय को कितनी सांत्वना मिली थी! वह संपत्ति आज उसके हाथ से निकल गई। अब वह निराधार थी। संसार में उसे कोई अवलंब,

कोई सहारा न था। उसकी आशाओं का आधार जड़ से कट गया, वह फूट-फूटकर रोने लगी। ईश्वर! तुमसे इतना भी न देखा गया? मुझ दुखिया को तुमने यों ही अपंग बना दिया था, अब आँखें भी फोड़ दीं। अब वह किसके सामने हाथ फैलाएगी, किसके द्वार पर भीख माँगेगी। पसीने से उसकी देह भीग गई, रोते-रोते आँखें सूज गईं। निर्मला सिर नीचा किए जा रही थी। रुक्मिणी उसे धीरज दिला रही थीं, लेकिन उसके आँसू न रुकते थे, शोक की ज्वाला कम न होती थी।

तीन बजे जियाराम स्कूल से लौटा। निर्मला उसके आने की खबर पाकर विक्षिप्त की भाँति उठी और उसके कमरे के द्वार पर आकर बोली—भैया, दिल्लगी की हो तो दे दो। दुखिया को सताकर क्या पाओगे?

जियाराम एक क्षण के लिए कातर हो उठा। चोर-कला में उसका यह पहला ही प्रयास था। वह कठोरता, जिससे हिंसा में मनोरंजन होता है, अभी तक उसे प्राप्त न हुई थी। यदि उसके पास संदूकचा होता और फिर इतना मौका मिलता कि उसे ताक पर रख आवे तो कदाचित् वह उस मौके को न छोड़ता, लेकिन संदूक उसके हाथ से निकल चुका था। यारों ने उसे सर्राफे में पहुँचा दिया था और औने-पौने बेच भी डाला था। चोरों की झूठ के सिवा और कौन रक्षा कर सकता है। बोला—भला अम्माँजी, मैं आपसे ऐसी दिल्लगी करूँगा? आप अभी तक मुझ पर शक करती जा रही हैं। मैं कह चुका कि मैं रात को घर पर न था, लेकिन आपको यकीन ही नहीं आता। बड़े दुःख की बात है कि मुझे आप इतना नीच समझती हैं।

निर्मला ने आँसू पोंछते हुए कहा—मैं तुम्हारे ऊपर शक नहीं करती भैया, तुम्हें चोरी नहीं लगाती। मैंने समझा, शायद दिल्लगी की हो।

जियाराम पर वह चोरी का संदेह कैसे कर सकती थी? दुनिया यही तो कहेगी कि लड़के की माँ मर गई है तो उस पर चोरी का इलजाम लगाया जा रहा है। मेरे मुँह पर ही तो कालिख लगेगी!

जियाराम ने आश्वासन देते हुए कहा—चलिए, मैं देखूँ, आखिर ले कौन गया? चोर आया किस रास्ते से?

भूँगी—भैया, तुम चोरों के आने को कहते हो। चूहे के बिल से तो निकल ही आते हैं, यहाँ तो चारों ओर ही खिड़कियाँ हैं।

जियाराम—खूब अच्छी तरह तलाश कर लिया है?

निर्मला—सारा घर तो छान मारा, अब कहाँ खोजने को कहते हो?

जियाराम—आप लोग सो भी तो जाती हैं मुर्दों से बाजी लगाकर।

चार बजे मुंशीजी घर आए तो निर्मला की दशा देखकर पूछा—कैसी तबीयत है?

कहीं दर्द तो नहीं है? कह कहकर उन्होंने आशा को गोद में उठा लिया।

निर्मला कोई जवाब न दे सकी, फिर रोने लगी।

भूँगी ने कहा—ऐसा कभी नहीं हुआ था। मेरी सारी उम्र इसी घर में कट गई। आज तक एक पैसे की चोरी नहीं हुई। दुनिया यही कहेगी कि भूँगी का काम है, अब तो भगवान् ही पत-पानी रखें।

मुंशीजी अचकन के बटन खोल रहे थे, फिर बटन बंद करते हुए बोले—क्या हुआ? कोई चीज चोरी हो गई?

भूँगी—बहूजी के सारे गहने उठ गए।

मुंशीजी—रखे कहाँ थे?

निर्मला ने सिसकियाँ लेते हुए रात की सारी घटना बयान कर दी, पर जियाराम की सूरत के आदमी के अपने कमरे से निकलने की बात न कही। मुंशीजी ने ठंडी साँस भरकर कहा—ईश्वर भी बड़ा अन्यायी है, जो मरे उन्हीं को मारता है। मालूम होता है, अदिन आ गए हैं, मगर चोर आया तो किधर से? कहीं सेंध नहीं पड़ी और किसी तरफ से आने का रास्ता नहीं। मैंने तो कोई ऐसा पाप नहीं किया, जिसकी मुझे यह सजा मिल रही है। बार-बार कहता रहा, गहने का संदूकचा ताक पर मत रखो, मगर कौन सुनता है।

निर्मला—मैं क्या जानती थी कि यह गजब टूट पड़ेगा!

मुंशीजी—इतना तो जानती थी कि सब दिन बराबर नहीं जाते। आज बनवाने जाऊँ तो दस हजार से कम न लगेंगे। आजकल अपनी जो दशा है, वह तुमसे छिपी नहीं, खर्च भर का मुश्किल से मिलता है, गहने कहाँ से बनेंगे। जाता हूँ, पुलिस में इत्तिला कर आता हूँ, पर मिलने की उम्मीद न समझो।

निर्मला ने आपत्ति के भाव से कहा—जब जानते हैं कि पुलिस में इत्तिला करने से कुछ न होगा तो क्यों जा रहे हैं?

मुंशीजी—दिल नहीं मानता और क्या? इतना बड़ा नुकसान उठाकर चुपचाप तो नहीं बैठा जाता।

निर्मला—मिलनेवाले होते तो जाते ही क्यों? तकदीर में न थे तो कैसे रहते?

मुंशीजी—तकदीर में होंगे तो मिल जाएँगे, नहीं तो गए तो हैं ही।

मुंशीजी कमरे से निकले। निर्मला ने उनका हाथ पकड़कर कहा—मैं कहती हूँ, मत जाओ, कहीं ऐसा न हो, लेने के देने पड़ जाएँ।

मुंशीजी ने हाथ छुड़ाकर कहा—तुम भी बच्चों की-सी जिद्द कर रही हो। दस हजार का नुकसान ऐसा नहीं है, जिसे मैं यों ही उठा लूँ। मैं रो नहीं रहा हूँ, पर मेरे हृदय पर जो बीत रही है, वह मैं ही जानता हूँ। यह चोट मेरे कलेजे पर लगी है। मुंशीजी और

कुछ न कह सके। गला फँस गया। वह तेजी से कमरे से निकल आए और थाने पर जा पहुँचे। थानेदार उनका बहुत लिहाज करता था। उसे एक बार रिश्वत के मुकदमे से बरी करा चुके थे। उनके साथ ही तफ्तीश करने आ पहुँचा। नाम था अलायार खाँ।

शाम हो गई थी। थानेदार ने मकान के अगवाड़े-पिछवाड़े घूम-घूमकर देखा। अंदर जाकर निर्मला के कमरे को गौर से देखा। ऊपर की मुँडेर की जाँच की। मुहल्लें के दो-चार आदमियों से चुपके-चुपके कुछ बातें कीं और तब मुंशीजी से बोले—जनाब, खुदा की कसम, यह किसी बाहर के आदमी का काम नहीं। खुदा की कसम, अगर कोई बाहर का आदमी निकले तो आज से थानेदारी करना छोड़ दूँ। आपके घर में कोई मुलाजिम ऐसा तो नहीं है, जिस पर आपको शुबहा हो।

मुंशीजी—घर में तो आजकल सिर्फ एक महरी है।

थानेदार—अजी, वह पगली है। यह किसी बड़े शातिर का काम है, खुदा की कसम।

मुंशीजी—तो घर में और कौन है? मेरे दोनों लड़के हैं, स्त्री है और बहन है। इनमें से किस पर शक करूँ?

थानेदार—खुदा की कसम, घर ही के किसी आदमी का काम है। चाहे, वह कोई हो, इंशाअल्लाह, दो-चार दिन में मैं आपको इसकी खबर दूँगा। यह तो नहीं कह सकता कि माल भी सब मिल जाएगा, पर खुदा की कसम, चोर जरूर पकड़ दिखाऊँगा।

थानेदार चला गया तो मुंशीजी ने आकर निर्मला से उसकी बातें कहीं। निर्मला सहम उठी—आप थानेदार से कह दीजिए, तफ्तीश न करें, आपके पैरों पड़ती हूँ।

मुंशीजी—आखिर क्यों?

निर्मला—अब क्या बताऊँ? वह कह रहा है कि घर ही के किसी का काम है।

मुंशीजी—उसे बकने दो।

जियाराम अपने कमरे में बैठा हुआ भगवान् को याद कर रहा था। उसके मुँह पर हवाइयाँ उड़ रही थीं। सुन चुका था कि पुलिसवाले चेहरे से भाँप जाते हैं। बाउर निकलने की हिम्मत न पड़ती थी। दोनों आदमियों में क्या बातें हो रही हैं, यह जानने के लिए छटपटा रहा था। ज्योंही थानेदार चला गया और भूँगी किसी काम से बाहर निकली, जियाराम ने पूछा—थानेदार क्या कर रहा था भूँगी?

भूँगी ने पास आकर कहा—दाढ़ीजार कहता था, घर ही के किसी आदमी का काम है, बाहर को कोई नहीं है।

जियाराम—बाबूजी ने कुछ नहीं कहा?

भूँगी—कुछ तो नहीं कहा, खड़े 'हूँ-हूँ' करते रहे। घर में एक भूँगी ही गैर है न!

और तो सब अपने ही हैं।

जियाराम—मैं भी तो गैर हूँ, तू ही क्यों?

भूँगी—तुम गैर काहे हो भैया?

जियाराम—बाबूजी ने थानेदार से कहा नहीं, घर में किसी पर उनका शुबहा नहीं है।

भूँगी—कुछ तो कहते नहीं सुना। बेचारे थानेदार ने भले ही कहा—भूँगी तो पगली है, वह क्या चोरी करेगी। बाबूजी तो मुझे फँसाए ही देते थे।

जियाराम—तब तो तू भी निकल गई। अकेला मैं ही रह गया। तू ही बता, तूने मुझे उस दिन घर में देखा था?

भूँगी—नहीं भैया, तुम तो ठेठर देखने गए थे।

जियाराम—गवाही देगी न?

भूँगी—यह क्या कहते हो भैया? बहूजी तफ्तीश बंद कर देंगी।

जियाराम—सच?

भूँगी—हाँ भैया, बार-बार कहती हैं कि तफ्तीश न कराओ। गहने गए, जाने दो, पर बाबूजी मानते ही नहीं।

पाँच-छह दिन तक जियाराम ने पेट भर भोजन नहीं किया। कभी दो-चार कौर खा लेता, कभी कह देता, भूख नहीं है। उसके चेहरे का रंग उड़ा रहता था। रातें जागते कटतीं, प्रतिक्षण थानेदार की शंका बनी रहती थी। यदि वह जानता कि मामला इतना तूल खींचेगा तो कभी ऐसा काम न करता। उसने तो समझा था— किसी चोर पर शुबहा होगा। मेरी तरफ किसी का ध्यान भी न जाएगा, पर अब भांडा फूटता हुआ मालूम होता था। अभागा थानेदार जिस ढंग से छान-बीन कर रहा था, उससे जियाराम को बड़ी शंका हो रही थी।

सातवें दिन संध्या समय घर लौटा तो बहुत चिंतित था। आज तक उसे बचने की कुछ-न-कुछ आशा थी। माल अभी तक कहीं बरामद न हुआ था, पर आज उसे माल के बरामद होने की खबर मिल गई थी। इसी दम थानेदार कांस्टेबिल लिए आता होगा। बचने को कोई उपाय नहीं। थानेदार को रिश्वत देने से संभव है मुकदमे को दबा दे, रुपए हाथ में थे, पर क्या बात छिपी रहेगी? अभी माल बरामद नहीं हुआ, फिर भी सारे शहर में अफवाह थी कि बेटे ने ही माल उड़ाया है। माल मिल जाने पर तो गली-गली बात फैल जाएगी। फिर वह किसी को मुँह न दिखा सकेगा।

मुंशीजी कचहरी से लौटे तो बहुत घबराए हुए थे। सिर थामकर चारपाई पर बैठ गए।

निर्मला ने कहा—कपड़े क्यों नहीं उतारते? आज तो और दिनों से देर हो गई है।

मुंशीजी—क्या कपड़े ऊतारूँ? तुमने कुछ सुना?

निर्मला—क्या बात है? मैंने तो कुछ नहीं सुना?

मुंशीजी—माल बरामद हो गया। अब जिया का बचना मुश्किल है।

निर्मला को आश्चर्य नहीं हुआ। उसके चेहरे से ऐसा जान पड़ा, मानो उसे यह बात मालूम थी। बोली—मैं तो पहले ही कह रही थी कि थाने में इत्तला मत कीजिए।

मुंशीजी—तुम्हें जिया पर शक था?

निर्मला—शक क्यों नहीं था, मैंने उन्हें अपने कमरे से निकलते देखा था।

मुंशीजी—फिर तुमने मुझसे क्यों न कह दिया?

निर्मला—यह बात मेरे कहने की न थी। आपके दिल में जरूर खयाल आता कि यह ईर्ष्यावश आक्षेप लगा रही है। कहिए, यह खयाल होता या नहीं? झूठ न बोलिएगा।

मुंशीजी—संभव है, मैं इनकार नहीं कर सकता। फिर भी उस दशा में तुम्हें मुझसे कह देना चाहिए था। रिपोर्ट की नौबत न आती। तुमने अपनी नेकनामी की तो फिक्र की, पर यह न सोचा कि परिणाम क्या होगा? मैं अभी थाने में चला आता हूँ। अलायार खाँ आता ही होगा!

निर्मला ने हताश होकर पूछा—फिर अब?

मुंशीजी ने आकाश की ओर ताकते हुए कहा—फिर जैसी भगवान् की इच्छा। हजार-दो हजार रुपए रिश्वत देने के लिए होते तो शायद मामला दब जाता, पर मेरी हालत तो तुम जानती हो। तकदीर खोटी है और कुछ नहीं। पाप तो मैंने किया है, दंड कौन भोगेगा? एक लड़का था, उसकी वह दशा हुई, दूसरे की यह दशा हो रही है। नालायक था, गुस्ताख था, कामचोर था, पर था तो अपना ही लड़का, कभी-न-कभी चेत ही जाता। यह चोट अब न सही जाएगी।

निर्मला—अगर कुछ दे-दिलाकर जान बच सके तो मैं रुपए का प्रबंध कर दूँ।

मुंशीजी—कर सकती हो? कितने रुपए दे सकती हो?

निर्मला—कितना दरकार होगा?

मुंशीजी—एक हजार से कम पर तो शायद बातचीत न हो सके। मैंने एक मुकदमे में उससे एक हजार लिए थे। वह कसर आज निकालेगा।

निर्मला—हो जाएगा। अभी थाने जाइए।

मुंशीजी को थाने में बड़ी देर लगी। एकांत में बातचीत करने का बहुत देर में मौका मिला। अलायार खाँ पुराना घाघ था। बड़ी मुश्किल से अंटी पर चढ़ा। पाँच सौ रुपए लेकर भी अहसान का बोझा सिर पर लाद ही दिया। काम हो गया। लौटकर निर्मला से

बोला—लो भाई, बाजी मार ली, रुपए तुमने दिए, पर काम मेरी जबान ही ने किया। बड़ी-बड़ी मुश्किलों से राजी हो गया। यह भी याद रहेगी। जियाराम भोजन कर चुका है?

निर्मला—कहाँ, वह तो अभी घूमकर लौटे ही नहीं।

मुंशीजी—बारह तो बज रहे होंगे।

निर्मला—कई दफे जा-जाकर देख आई। कमरे में अँधेरा पड़ा हुआ है।

मुंशीजी—और सियाराम?

निर्मला—वह तो खा-पीकर सोए हैं।

मुंशीजी—उससे पूछा नहीं, जिया कहाँ गया?

निर्मला—वह तो कहते हैं, मुझसे कुछ कहकर नहीं गए।

मुंशीजी को कुछ शंका हुई। सियाराम को जगाकर पूछा—तुमसे जियाराम ने कुछ कहा नहीं, कब तक लौटेगा? गया कहाँ है?

सियाराम ने सिर खुजलाते और आँखें मलते हुए कहा—मुझसे कुछ नहीं कहा।

मुंशीजी—कपड़े सब पहनकर गया है?

सियाराम—जी नहीं, कुर्ता और धोती।

मुंशीजी—जाते वक्त खुश था?

सियाराम—खुश तो नहीं मालूम होते थे। कई बार अंदर आने का इरादा किया, पर देहरी से ही लौट गए। कई मिनट तक सायबान में खड़े रहे। चलने लगे, तो आँखें पोंछ रहे थे। इधर कई दिन से अकसर रोया करते थे।

मुंशीजी ने ऐसी ठंडी साँस ली, मानो जीवन में अब कुछ नहीं रहा और निर्मला से बोले—तुमने किया तो अपनी समझ में भले ही के लिए, पर कोई शत्रु भी मुझ पर इससे कठोर आघात न कर सकता था। जियाराम की माता होती तो क्या वह यह संकोच करती? कदापि नहीं।

निर्मला बोली—जरा डॉक्टर साहब के यहाँ क्यों नहीं चले जाते? शायद वहाँ बैठे हों। कई लड़के रोज आते हैं, उनसे पूछिए, शायद कुछ पता लग जाए। फूँक-फूँककर चलने पर भी अपयश लग ही गया।

मुंशीजी ने मानो खुली हुई खिड़की से कहा—हाँ, जाता हूँ और क्या करूँगा।

मुंशीजी बाहर आए तो देखा, डॉक्टर सिन्हा खड़े हैं। चौंककर पूछा—क्या आप देर से खड़े हैं?

डॉक्टर—जी नहीं, अभी आया हूँ। आप इस वक्त कहाँ जा रहे हैं? साढ़े बारह हो गए हैं।

मुंशीजी—आप ही की तरफ आ रहा था। जियाराम अभी तक घूमकर नहीं आया। आपकी तरफ तो नहीं गया था?

डॉक्टर सिन्हा ने मुंशीजी के दोनों हाथ पकड़ लिए और इतना कह पाए थे, 'भाई साहब, अब धैर्य से काम…' कि मुंशीजी गोली खाए हुए मनुष्य की भाँति जमीन पर गिर पड़े।

~ 21 ~

रुक्मिणी ने निर्मला से त्योरियाँ बदलकर कहा—क्या नंगे पाँव ही मदरसे जाएगा?

निर्मला ने बच्ची के बाल गूँथते हुए कहा—मैं क्या करूँ? मेरे पास रुपए नहीं हैं।

रुक्मिणी—गहने बनवाने को रुपए जुड़ते हैं, लड़के के जूतों के लिए रुपयों में आग लग जाती है। दो तो चले ही गए, क्या तीसरे को भी रुला-रुलाकर मार डालने का इरादा है?

निर्मला ने एक साँस खींचकर कहा—जिसको जीना है, जिएगा, जिसको मरना है, मरेगा। मैं किसी को मारने-जिलाने नहीं जाती।

आजकल एक-न-एक बात पर निर्मला और रुक्मिणी में रोज ही झड़प हो जाती थी। जब से गहने चोरी गए हैं, निर्मला का स्वभाव बिल्कुल बदल गया है। वह एक-एक कौड़ी दाँत से पकड़ने लगी है। सियाराम रोते-रोते चाहे जान दे दे, मगर उसे मिठाई के लिए पैसे नहीं मिलते और यह बरताव कुछ सियाराम ही के साथ नहीं है, निर्मला स्वयं अपनी जरूरतों को टालती रहती है। धोती जब तक फटकर तार-तार न हो जाए, नई धोती नहीं आती। महीनों सिर का तेल नहीं मँगाया जाता। पान खाने का उसे शौक था, कई-कई दिन तक पानदान खाली पड़ा रहता है, यहाँ तक कि बच्ची के लिए दूध भी नहीं आता। नन्हे से शिशु का भविष्य विराट् रूप धारण करके उसके विचार-क्षेत्र पर मँडराता रहता।

मुंशीजी ने अपने को संपूर्णतया निर्मला के हाथों में सौंप दिया है। उसके किसी काम में दखल नहीं देते। न जाने क्यों उससे कुछ दबे रहते हैं। वह अब बिना नागा कचहरी जाते हैं। इतनी मेहनत उन्होंने जवानी में भी न की थी। आँखें खराब हो गई हैं, डॉक्टर सिन्हा ने रात को लिखने-पढ़ने की मुमानियत कर दी है, पाचनशक्ति पहले ही दुर्बल थी, अब और भी खराब हो गई है, दमे की शिकायत भी पैदा हो चली है, पर बेचारे सबेरे से आधी-आधी रात तक काम करते हैं। काम करने को जी चाहे या न चाहे, तबीयत अच्छी हो या न हो, काम करना ही पड़ता है। निर्मला को उनपर जरा भी दया नहीं आती। वही भविष्य की भीषण चिंता उसके आंतरिक सद्भावों का सर्वनाश कर

रही है। किसी भिक्षुक की आवाज सुनकर झल्ला पड़ती है। वह एक कौड़ी भी खर्च करना नहीं चाहती।

एक दिन निर्मला ने सियाराम को घी लाने के लिए बाजार भेजा। भूँगी पर उनका विश्वास न था, उससे अब कोई सौदा न मँगाती थी। सियाराम में काट-कपट की आदत न थी। औने-पौने करना न जानता था। प्राय: बाजार का सारा काम उसी को करना पड़ता। निर्मला एक-एक चीज को तोलती, जरा भी कोई चीज तोल में कम पड़ती तो उसे लौटा देती। सियाराम का बहुत सा समय इसी लौट-फेरी में बीत जाता था। बाजार वाले उसे जल्दी कोई सौदा न देते। आज भी वही नौबत आई। सियाराम अपने विचार से बहुत अच्छा घी, कई दुकान से देखकर लाया, लेकिन निर्मला ने उसे सूँघते ही कहा—घी खराब है, लौटा आओ।

सियाराम ने झुँझलाकर कहा—इससे अच्छा घी बाजार में नहीं है, मैं सारी दुकानें देखकर लाया हूँ?

निर्मला—तो मैं झूठ कहती हूँ?

सियाराम—यह मैं नहीं कहता, लेकिन बनिया अब घी वापिस न लेगा। उसने मुझसे कहा था, जिस तरह देखना चाहो, यहीं देखो, माल तुम्हारे सामने है। बोहिनी-बट्टे के वक्त में सौदा वापस न लूँगा। मैंने सूँघकर, चखकर लिया। अब किस मुँह से लौटाने जाऊँ?

निर्मला ने दाँत पीसकर कहा—घी में साफ चरबी मिली हुई है और तुम कहते हो, घी अच्छा है। मैं इसे रसोई में न ले जाऊँगी, तुम्हारा जी चाहे लौटा दो, चाहे खा जाओ।

घी की हाँड़ी वहीं छोड़कर निर्मला घर में चली गई। सियाराम क्रोध और क्षोभ से कातर हो उठा। वह कौन मुँह लेकर लौटाने जाए? बनिया साफ कह देगा—मैं नहीं लौटाता। तब वह क्या करेगा? आस-पास के दस-पाँच बनिए और सड़क पर चलने वाले आदमी खड़े हो जाएँगे। उन सबों के सामने उसे लज्जित होना पड़ेगा। बाजार में यों ही कोई बनिया उसे जल्दी सौदा नहीं देता, वह किसी दुकान पर खड़ा होने नहीं पाता। चारों ओर से उसी पर लताड़ पड़ेगी। उसने मन-ही-मन झुँझलाकर कहा—पड़ा रहे घी, मैं लौटाने न जाऊँगा।

मातृ-हीन बालक के समान दु:खी, दीन-प्राणी संसार में दूसरा नहीं होता और सारे दु:ख भूल जाते हैं। बालक को माता याद आई, अम्माँ होती तो क्या आज मुझे यह सब सहना पड़ता? भैया चले गए, मैं ही अकेला यह विपत्ति सहने के लिए क्यों बचा रहा? सियाराम की आँखों में आँसू की झड़ी लग गई। उसके शोक कातर कंठ से एक गहरे नि:श्वास के साथ मिले हुए ये शब्द निकल आए—अम्माँ! तुम मुझे भूल क्यों गईं, क्यों नहीं बुला लेतीं?

सहसा निर्मला फिर कमरे की तरफ आई। उसने समझा था, सियाराम चला गया होगा। उसे बैठा देखा तो गुस्से से बोली—तुम अभी तक बैठे ही हो? आखिर खाना कब बनेगा?

सियाराम ने आँखें पोंछ डालीं। बोला—मुझे स्कूल जाने में देर हो जाएगी।

निर्मला—एक दिन देर हो जाएगी तो कौन हरज है? यह भी तो घर ही का काम है?

सियाराम—रोज तो यही धंधा लगा रहता है। कभी वक्त पर स्कूल नहीं पहुँचता। घर पर भी पढ़ने का वक्त नहीं मिलता। कोई सौदा दो-चार बार लौटाए बिना नहीं जाता। डाँट तो मुझ पर पड़ती है, शर्मिंदा तो मुझे होना पड़ता है, आपको क्या?

निर्मला—हाँ, मुझे क्या? मैं तो तुम्हारी दुश्मन ठहरी! अपना होता, तब तो उसे दुःख होता। मैं तो ईश्वर से मनाया करती हूँ कि तुम पढ़-लिख न सको। मुझमें सारी बुराइयाँ-ही-बुराइयाँ हैं, तुम्हारा कोई कसूर नहीं। विमाता का नाम ही बुरा होता है। अपनी माँ विष भी खिलाए तो अमृत है, मैं अमृत भी पिलाऊँ तो विष हो जाएगा। तुम लोगों के कारण मैं मिट्टी में मिल गई। रोते-रोते उम्र काटी जाती है, मालूम ही न हुआ कि भगवान् ने किसलिए जन्म दिया था और तुम्हारी समझ में मैं विहार कर रही हूँ। तुम्हें सताने में मुझे बड़ा मजा आता है। भगवान् भी नहीं पूछते कि सारी विपत्ति का अंत हो जाता।

यह कहते-कहते निर्मला की आँखें भर आईं। अंदर चली गई। सियाराम उसको रोते देखकर सहम उठा। ग्लानि तो नहीं आई, पर शंका हुई कि न जाने कौन सा दंड मिले। चुपके से हाँड़ी उठा ली और घी लौटाने चला, इस तरह जैसे कोई कुत्ता किसी नए गाँव में जाता है। उसे देखकर साधारण बुद्धि का मनुष्य भी अनुमान कर सकता था कि वह अनाथ है।

सियाराम ज्यों-ज्यों आगे बढ़ता था, आनेवाले संग्राम के भय से उसकी हृदय-गति बढ़ती जाती थी। उसने निश्चय किया—बनिए ने घी न लौटाया तो वह घी वहीं छोड़कर चला आएगा। झख मारकर बनिया आप ही बुलाएगा। बनिए को डाँटने के लिए भी उसने शब्द सोच लिए। वह कहेगा—क्यों साहूजी, आँखों में धूल झोंकते हो? दिखाते हो चोखा माल और और देते हो रद्दी माल? पर यह निश्चय करने पर भी उसके पैर आगे बहुत धीरे-धीरे उठते थे। वह यह न चाहता था, बनिया उसे आता हुआ देखे। वह अकस्मात् ही उसके सामने पहुँच जाना चाहता था, इसलिए वह चक्कर काटकर दूसरी गली से बनिए की दूकान पर गया।

बनिए ने उसे देखते ही कहा—हमने कह दिया था कि हम सौदा वापस न लेंगे।

बोलो, कहा था कि नहीं।

सियाराम ने बिगड़कर कहा—तुमने वह घी कहाँ दिया, जो दिखाया था? दिखाया एक माल, दिया दूसरा माल, लौटाओगे कैसे नहीं? क्या कुछ राहजनी है?

साह—इससे चोखा घी बाजार में निकल आए तो जरीबाना दूँ। उठा लो हाँड़ी और दो-चार दुकान देख आओ।

सियाराम—हमें इतनी फुर्सत नहीं है। अपना घी लौटा लो।

साह—घी न लौटेगा।

बनिए की दुकान पर एक जटाधारी साधु बैठा हुआ यह तमाशा देख रहा था। उठकर सियाराम के पास आया और हाँड़ी का घी सूँघकर बोला—बच्चा, घी तो बहुत अच्छा मालूम होता है।

साह ने शह पाकर कहा—बाबाजी, हम लोग तो आप ही इनको घटिया माल नहीं देते। खराब माल क्या जाने-सुने ग्राहकों को दिया जाता है?

साधु—घी ले जाव बच्चा, बहुत अच्छा है।

सियाराम रो पड़ा। घी को बुरा सिद्ध करने के लिए उसके पास अब क्या प्रमाण था? बोला—वही तो कहती हैं, घी अच्छा नहीं है, लौटा आओ। मैं तो कहता था कि घी अच्छा है।

साधु—कौन कहता है?

साह—इसकी अम्माँ कहती होंगी। कोई सौदा उनके मन ही नहीं भाता।

बेचारे लड़के को बार-बार दौड़ाया करती हैं। सौतेली माँ है न! अपनी माँ हो तो कुछ खयाल भी करे।

साधु ने सियाराम को सदय नेत्रों से देखा, मानो उसे त्राण देने के लिए उनका हृदय विकल हो रहा है। तब करुण स्वर से बोले—तुम्हारी माता का स्वर्गवास हुए कितने दिन हुए बच्चा?

सियाराम—छठा साल है।

साधु—तो तुम उस वक्त बहुत ही छोटे रहे होगे। भगवान् तुम्हारी लीला कितनी विचित्र है। इस दुधमुँहे बालक को तुमने मातृ-प्रेम से वंचित कर दिया। बड़ा अनर्थ करते हो भगवान्! छह साल का बालक और राक्षसी विमाता के पाले पड़े! धन्य हो दयानिधि! साहजी, बालक पर दया करो, घी लौटा लो, नहीं तो इसकी माता इसे घर में रहने न देगी। भगवान् की इच्छा से तुम्हारा घी जल्द बिक जाएगा। मेरा आशीर्वाद तुम्हारे साथ रहेगा।

साहजी ने रुपए वापस न किए। आखिर लड़के को फिर घी लेने आना ही पड़ेगा। न जाने दिन में कितनी बार चक्कर लगाना पड़े और किस जालिए से पाला पड़े। उसकी

दुकान में जो घी सबसे अच्छा था, वह सियाराम को दे दिया। सियाराम दिल में सोच रहा था, बाबाजी कितने दयालु हैं? इन्होंने सिफारिश न की होती तो साहजी क्यों अच्छा घी देते?

सियाराम घी लेकर चला तो बाबाजी भी उसके साथ हो लिए। रास्ते में मीठी-मीठी बातें करने लगे।

'बच्चा, मेरी माता भी मुझे तीन साल का छोड़कर परलोक सिधारी थीं। तभी से मातृ-विहीन बालकों को देखता हूँ तो मेरा हृदय फटने लगता है।'

सियाराम ने पूछा—आपके पिताजी ने भी तो दूसरा विवाह कर लिया था?

साधु—हाँ, बच्चा, नहीं तो आज साधु क्यों होता? पहले तो पिताजी विवाह न करते थे। मुझे बहुत प्यार करते थे, फिर न जाने क्यों मन बदल गया, विवाह कर लिया। साधु हूँ, कटु वचन मुँह से नहीं निकालना चाहिए, पर मेरी विमाता जितनी ही सुंदर थीं, उतनी ही कठोर थीं। मुझे दिन-दिन-भर खाने को न देतीं, रोता तो मारतीं। पिताजी की आँखें भी फिर गईं। उन्हें मेरी सूरत से घृणा होने लगी। मेरा रोना सुनकर मुझे पीटने लगते। अंत में मैं एक दिन घर से निकल खड़ा हुआ।

सियाराम के मन में भी घर से निकल भागने का विचार कई बार हुआ था। इस समय भी उसके मन में यही विचार उठ रहा था। बड़ी उत्सुकता से बोला—घर से निकलकर आप कहाँ गए?

बाबाजी ने हँसकर कहा—उसी दिन मेरे सारे कष्टों का अंत हो गया, जिस दिन घर के मोह-बंधन से छूटा और भय मन से निकला, उसी दिन मानो मेरा उद्धार हो गया। दिन भर मैं एक पुल के नीचे बैठा रहा। संध्या समय मुझे एक महात्मा मिल गए। उनका नाम स्वामी परमानंदजी था। वे बाल-ब्रह्मचारी थे। मुझ पर उन्होंने दया की और अपने साथ रख लिया। उनके साथ मैं देश-देशांतरों में घूमने लगा। वह बड़े अच्छे योगी थे। मुझे भी उन्होंने योग-विद्या सिखाई। अब तो मेरे को इतना अभ्यास हो गया है कि जब इच्छा होती है, माताजी के दर्शन कर लेता हूँ, उनसे बात कर लेता हूँ।

सियाराम ने विस्फारित नेत्रों से देखकर पूछा—आपकी माता का तो देहांत हो चुका था?

साधु—तो क्या हुआ बच्चा, योग-विद्या में वह शक्ति है कि जिस मृत-आत्मा को चाहे, बुला ले।

सियाराम—मैं योग-विद्या सीख लूँ तो मुझे भी माताजी के दर्शन होंगे?

साधु—अवश्य, अभ्यास से सबकुछ हो सकता है। हाँ, योग्य गुरु चाहिए। योग से बड़ी-बड़ी सिद्धियाँ प्राप्त हो सकती हैं। जितना धन चाहो, पल-मात्र में मँगा सकते हो।

कैसी ही बीमारी हो, उसकी औषधि बता सकते हो।

सियाराम—आपका स्थान कहाँ है?

साधु—बच्चा, मेरा स्थान कहीं नहीं है। देश-देशांतरों से रमता फिरता हूँ। अच्छा बच्चा अब तुम जाओ, मैं जरा स्नान-ध्यान करने जाऊँगा।

सियाराम—चलिए मैं भी उसी तरफ चलता हूँ। आपके दर्शन से जी नहीं भरा।

साधु—नहीं बच्चा, तुम्हें पाठशाला जाने की देरी हो रही है।

सियाराम—फिर आपके दर्शन कब होंगे?

साधु—कभी आ जाऊँगा बच्चा, तुम्हारा घर कहाँ है?

सियाराम प्रसन्न होकर बोला—चलिएगा मेरे घर? बहुत नज़दीक है। आपकी बड़ी कृपा होगी।

सियाराम कदम बढ़ाकर आगे-आगे चलने लगा। इतना प्रसन्न था, मानो सोने की गठरी लिए जाता हो। घर के सामने पहुँचकर बोला—आइए, बैठिए कुछ देर।

साधु—नहीं बच्चा, बैठूँगा नहीं। फिर कल-परसों किसी समय आ जाऊँगा। यही तुम्हारा घर है?

सियाराम—कल किस वक्त आइएगा?

साधु—निश्चय नहीं कह सकता। किसी समय आ जाऊँगा।

साधु आगे बढ़े तो थोड़ी ही दूर पर उन्हें एक दूसरा साधु मिला। उसका नाम था हरिहरानंद।

परमानंद से पूछा—कहाँ-कहाँ की सैर की? कोई शिकार फँसा?

हरिहरानंद—इधर चारों तरफ घूम आया, कोई शिकार न मिला। एकाध मिला भी तो मेरी हँसी उड़ाने लगा।

परमानंद—मुझे तो एक मिलता हुआ जान पड़ता है! फँस जाए तो जानूँ।

हरिहरानंद—तुम यों ही कहा करते हो। जो आता है, दो-एक दिन के बाद निकल भागता है।

परमानंद—अबकी न भागेगा, देख लेना। इसकी माँ मर गई है। बाप ने दूसरा विवाह कर लिया है। माँ भी सताया करती है। घर से ऊबा हुआ है।

हरिहरानंद—खूब अच्छी तरह। यही तरकीब सबसे अच्छी है। पहले इसका पता लगा लेना चाहिए कि मुहल्ले में किन-किन घरों में विमाताएँ हैं? उन्हीं घरों में फंदा डालना चाहिए।

22

निर्मला ने बिगड़कर कहा—इतनी देर कहाँ लगाई?

सियाराम ने ढिठाई से कहा—रास्ते में एक जगह सो गया था।

निर्मला—यह तो मैं नहीं कहती, पर जानते हो कै बज गए हैं? दस कभी के बज गए। बाजार कुछ दूर भी तो नहीं है।

सियाराम—कुछ दूर नहीं। दरवाजे ही पर तो है।

निर्मला—सीधे से क्यों नहीं बोलते? ऐसा बिगड़ रहे हो, जैसे मेरा ही कोई काम करने गए हो?

सियाराम—तो आप व्यर्थ की बकवास क्यों करती हैं? लिया सौदा लौटाना क्या आसान काम है? बनिए से घंटों हुज्जत करनी पड़ी, यह तो कहो, एक बाबाजी ने कह-सुनकर फेरवा दिया, नहीं तो किसी तरह न फेरता। रास्ते में कहीं एक मिनट भी न रुका, सीधा चला आता हूँ।

निर्मला—घी के लिए गए-गए तो तुम ग्यारह बजे लौटे हो, लकड़ी के लिए जाओगे, तो साँझ ही कर दोगे। तुम्हारे बाबूजी बिना खाए ही चले गए। तुम्हें इतनी देर लगानी था तो पहले ही क्यों न कह दिया? जाते हो लकड़ी के लिए।

सियाराम अब अपने को सँभाल न सका। झल्लाकर बोला—लकड़ी किसी और से मँगाइए। मुझे स्कूल जाने को देर हो रही है।

निर्मला—खाना न खाओगे?

सियाराम—न खाऊँगा।

निर्मला—मैं खाना बनाने को तैयार हूँ। हाँ, लकड़ी लाने नहीं जा सकती।

सियाराम—भूँगी को क्यों नहीं भेजती?

निर्मला—भूँगी का लाया सौदा तुमने कभी देखा नहीं है?

सियाराम—तो मैं इस वक्त न जाऊँगा।

निर्मला—मुझे दोष न देना।

सियाराम कई दिनों से स्कूल नहीं गया था। बाजार-हाट के मारे उसे किताबें देखने का समय ही न मिलता था। स्कूल जाकर झिड़कियाँ खाना, बेंच पर खड़े होने या ऊँची टोपी देने के सिवा और क्या मिलता? वह घर से किताबें लेकर चलता, पर शहर के बाहर जाकर किसी वृक्ष की छाँह में बैठा रहता या पलटनों की कवायद देखता। तीन बजे घर से लौट आता। आज भी वह घर से चला, लेकिन बैठने में उसका जी न लगा, उस पर आँतें अलग जल रही थीं। हाँ! अब उसे रोटियों के भी लाले पड़ गए। दस बजे क्या खाना न बन सकता था? माना कि बाबूजी चले गए थे। क्या मेरे लिए घर में दो-चार पैसे

भी न थे? अम्माँ होतीं तो इस तरह बिना कुछ खाए-पिए आने देतीं? मेरा अब कोई नहीं रहा।

सियाराम का मन बाबाजी के दर्शन के लिए व्याकुल हो उठा। उसने सोचा कि इस वक्त वह कहाँ मिलेंगे? कहाँ चलकर देखूँ? उनकी मनोहर वाणी, उनकी उत्साहप्रद सांत्वना, उसके मन को खींचने लगी। उसने आतुर होकर कहा—मैं उनके साथ ही क्यों न चला गया? घर पर मेरे लिए क्या रखा था?

वह आज यहाँ से चला तो घर न जाकर सीधा घी वाले साहजी की दुकान पर गया। शायद बाबाजी से वहाँ मुलाकात हो जाए, पर वहाँ बाबाजी न थे। बड़ी देर तक खड़ा-खड़ा लौट आया।

घर आकर बैठा ही था कि निर्मला ने आकर कहा—आज देर कहाँ लगाई? सबेरे खाना नहीं बना, क्या इस वक्त भी उपवास होगा? जाकर बाजार से कोई तरकारी लाओ।

सियाराम ने झल्लाकर कहा—दिन भर का भूखा चला आता हूँ, कुछ पानी पीने तक को लाई नहीं, ऊपर से बाजार जाने का हुक्म दे दिया। मैं नहीं जाता बाजार, किसी का नौकर नहीं हूँ। आखिर रोटियाँ ही तो खिलाती हो या और कुछ? ऐसी रोटियाँ जहाँ मेहनत करूँगा, वहीं मिल जाएँगी। जब मजूरी ही करनी है तो आपकी न करूँगा, जाइए मेरे लिए खाना मत बनाइएगा।

निर्मला अवाक् रह गई। लड़के को आज क्या हो गया? और दिन तो चुपके से जाकर काम कर लाता था, आज क्यों त्योरियाँ बदल रहा है? अब भी उसको यह न सूझी कि सियाराम को दो-चार पैसे कुछ खाने के दे दे। उसका स्वभाव इतना कृपण हो गया था, बोली—घर का काम करना तो मजूरी नहीं कहलाती। इसी तरह मैं भी कह दूँ कि मैं खाना नहीं पकाती, तुम्हारे बाबूजी कह दें कि कचहरी नहीं जाता तो क्या हो, बताओ? नहीं जाना चाहते तो मत जाओ, भूँगी से मँगा लूँगी। मैं क्या जानती थी कि तुम्हें बाजार जाना बुरा लगता है, नहीं तो बला से धेले की चीज पैसे में आती, तुम्हें न भेजती। लो, आज से कान पकड़ती हूँ।

सियाराम दिल में कुछ लज्जित तो हुआ, पर बाजार न गया। उसका ध्यान बाबाजी की ओर लगा हुआ था। अपने सारे दुःखों का अंत और जीवन की सारी आशाएँ उसे अब बाबाजी के आशीर्वाद में मालूम होती थीं। उन्हीं की शरण जाकर उसका यह आधारहीन जीवन सार्थक होगा। सूर्यास्त के समय वह अधीर हो गया। सारा बाजार छान मारा, लेकिन बाबाजी का कहीं पता न मिला। दिन भर का भूखा-प्यासा, वह अबोध बालक दुःखते हुए दिल को हाथों से दबाए, आशा और भय की मूर्ति बना, दुकानों, गलियों और मंदिरों में उस आश्रम को खोजता फिरता था, जिसके बिना उसे अपना जीवन दुस्सह हो

रहा था। एक बार मंदिर के सामने उसे कोई साधु खड़ा दिखाई दिया। उसने समझा वही है। हर्षोल्लास से वह फूल उठा। दौड़ा और साधु के पास खड़ा हो गया, पर यह कोई और ही महात्मा थे। निराश हो कर आगे बढ़ गया।

धीरे-धीरे सड़कों पर सन्नाटा छा गया। घरों के द्वार बंद होने लगे। सड़क की पटरियों पर और गलियों में बंसखटे या बोरे बिछा-बिछाकर भारत की प्रजा सुख-निद्रा में मगन होने लगी, लेकिन सियाराम घर न लौटा। उस घर से उसका दिल फट गया था, जहाँ किसी को उससे प्रेम न था, जहाँ वह किसी पराश्रित की भाँति पड़ा हुआ था, केवल इसीलिए कि उसे और कहीं शरण न थी। इस वक्त भी उसके घर न जाने की किसे चिंता होगी? बाबूजी भोजन करके लेटे होंगे, अम्माजी भी आराम करने जा रही होंगी। किसी ने मेरे कमरे की ओर झाँककर देखा भी न होगा। हाँ, बुआजी घबरा रही होंगी, वह अभी तक मेरी राह देखती होंगी। जब तक मैं न जाऊँगा, भोजन न करेंगी।

रुक्मिणी की याद आते ही सियाराम घर की ओर चल दिया। वह अगर और कुछ न कर सकती थी तो कम-से-कम उसे गोद में चिमटाकर रोती थी? उसके बाहर से आने पर हाथ-मुँह धोने के लिए पानी तो रख देती थीं। संसार में सभी बालक दूध की कुल्लियाँ नहीं करते, सभी सोने के कौर नहीं खाते। कितनों को पेट भर भोजन भी नहीं मिलता, पर घर से विरक्त वही होते हैं, जो मातृ-स्नेह से वंचित हैं।

सियाराम घर की ओर चला ही कि सहसा बाबा परमानंद एक गली से आते दिखाई दिए।

सियाराम ने जाकर उनका हाथ पकड़ लिया। परमानंद ने चौंककर पूछा—बच्चा, तुम यहाँ कहाँ?

सियाराम ने बात बनाकर कहा—एक दोस्त से मिलने आया था। आपका स्थान यहाँ से कितनी दूर है?

परमानंद—हम लोग तो आज यहाँ से जा रहे हैं बच्चा, हरिद्वार की यात्रा है।

सियाराम ने हतोत्साहित होकर कहा—क्या आज ही चले जाइएगा?

परमानंद—हाँ बच्चा, अब लौटकर आऊँगा तो दर्शन दूँगा?

सियाराम ने कातर कंठ से कहा—मैं भी आपके साथ चलूँगा।

परमानंद—मेरे साथ! तुम्हारे घर के लोग जाने देंगे?

सियाराम—घर के लोगों को मेरी क्या परवाह है? इसके आगे सियाराम और कुछ न कह सका। उसके अश्रु-पूरित नेत्रों ने उसकी करुण-गाथा उससे कहीं विस्तार के साथ सुना दी, जितनी उसकी वाणी कर सकती थी।

परमानंद ने बालक को कंठ से लगाकर कहा—अच्छा बच्चा, तेरी इच्छा हो तो

चल। साधु-संतों की संगति का आनंद उठा। भगवान् की इच्छा होगी तो तेरी इच्छा पूरी होगी।

दाने पर मँडराता हुआ पक्षी अंत में दाने पर गिर पड़ा। उसके जीवन का अंत पिंजरे में होगा या व्याध की छुरी के तले—यह कौन जानता है?

23

मुंशीजी पाँच बजे कचहरी से लौटे और अंदर आकर चारपाई पर गिर पड़े। बुढ़ापे की देह, उस पर आज सारे दिन भोजन न मिला। मुँह सूख गया। निर्मला समझ गई, आज दिन खाली गया। निर्मला ने पूछा—आज कुछ न मिला।

मुंशीजी—सारा दिन दौड़ते गुजरा, पर हाथ कुछ न लगा।

निर्मला—फौजदारी वाले मामले में क्या हुआ?

मुंशीजी—मेरे मुवक्किल को सजा हो गई।

निर्मला—पंडित वाले मुकदमे में?

मुंशीजी—पंडित पर डिग्री हो गई।

निर्मला—आप तो कहते थे, दावा खारिज हो जाएगा।

मुंशीजी—कहता तो था और अब भी कहता हूँ कि दावा खारिज हो जाना चाहिए था, मगर उतना सिर मगजन कौन करे?

निर्मला—और सीरवाले दावे में?

मुंशीजी—उसमें भी हार हो गई।

निर्मला—तो आज आप किसी अभागे का मुँह देखकर उठे थे।

मुंशीजी से अब काम बिल्कुल न हो सकता था। एक तो उनके पास मुकदमे आते ही न थे और जो आते भी थे, वह बिगड़ जाते थे। मगर अपनी असफलताओं को वह निर्मला से छिपाते रहते थे। जिस दिन कुछ हाथ न लगता, उस दिन किसी से दो-चार रुपए उधार लाकर निर्मला को देते। प्राय: सभी मित्रों से कुछ-न-कुछ ले चुके थे। आज वह डौल भी न लगा।

निर्मला ने चिंतापूर्ण स्वर में कहा—आमदनी का यह हाल है तो ईश्वर ही मालिक है। उस पर बेटे का यह हाल है कि बाजार जाना मुश्किल है। भूँगी ही से सब काम कराने को जी चाहता है। घी लेकर ग्यारह बजे लौटा। कितना कहकर हार गई कि लकड़ी लेते आओ, पर सुना ही नहीं।

मुंशीजी—तो खाना नहीं पकाया?

निर्मला—ऐसी ही बातों से तो आप मुकदमे हारते हैं। ईंधन के बिना किसी ने खाना

बनाया है कि मैं ही बना लेती?

मुंशीजी—तो बिना कुछ खाए ही चला गया।

निर्मला—घर में और क्या रखा था, जो खिला देती?

मुंशीजी ने डरते-डरते कहा—कुछ पैसे-वैसे न दे दिए?

निर्मला ने भौंहे सिकोड़कर कहा—घर में पैसे फलते हैं न?

मुंशीजी ने कुछ जवाब न दिया। जरा देर तक तो प्रतीक्षा करते रहे कि शायद जलपान के लिए कुछ मिलेगा, लेकिन जब निर्मला ने पानी तक न मँगवाया तो बेचारे निराश होकर चले गए। सियाराम के कष्ट का अनुमान करके उनका चित्त चंचल हो उठा। एक बार भूँगी ही से लकड़ी मँगा ली जाती तो ऐसा क्या नुकसान हो जाता? ऐसी किफायत भी किस काम की कि घर के आदमी भूखे रह जाएँ। अपना संदूकचा खोलकर टटोलने लगे कि शायद दो-चार आने पैसे मिल जाएँ। उसके अंदर के सारे कागज निकाल डाले। एक-एक खाना देखा, नीचे हाथ डालकर देखा, पर कुछ न मिला। अगर निर्मला के संदूक में पैसे न फलते थे तो इस संदूकचे में शायद इसके फूल भी न लगते हों, लेकिन संयोग ही कहिए कि कागजों को झाड़ते हुए एक चवन्नी गिर पड़ी। मारे हर्ष के मुंशीजी उछल पड़े। बड़ी-बड़ी रकमें इसके पहले कमा चुके थे, पर यह चवन्नी पाकर इस समय उन्हें जितना आह्लाद हुआ, उनका पहले कभी न हुआ था। चवन्नी हाथ में लिए हुए सियाराम के कमरे के सामने आकर पुकारा। कोई जवाब न मिला। तब कमरे में जाकर देखा। सियाराम का कहीं पता नहीं—क्या अभी स्कूल से नहीं लौटा? मन में यह प्रश्न उठते ही मुंशीजी ने अंदर जाकर भूँगी से पूछा। मालूम हुआ स्कूल से लौट आए।

मुंशीजी ने पूछा—कुछ पानी पिया है?

भूँगी ने कुछ जवाब न दिया। नाक सिकोड़कर मुँह फेरे हुए चली गई।

मुंशीजी अहिस्ता-आहिस्ता आकर अपने कमरे में बैठ गए। आज पहली बार उन्हें निर्मला पर क्रोध आया, लेकिन एक ही क्षण में क्रोध का आघात अपने ऊपर होने लगा। उस अँधेरे कमरे में फर्श पर लेटे हुए वह अपने पुत्र की ओर से इतना उदासीन हो जाने पर धिक्कारने लगे। दिन भर के थके थे। थोड़ी ही देर में उन्हें नींद आ गई।

भूँगी ने आकर पुकारा—बाबूजी, रसोई तैयार है।

मुंशीजी चौंककर उठ बैठे। कमरे में लैंप जल रहा था पूछा—कै बज गए भूँगी? मुझे तो नींद आ गई थी।

भूँगी ने कहा—कोतवाली के घंटे में नौ बज गए हैं, और हम नाहीं जानित।

मुंशीजी—सिया बाबू आए?

भूँगी—आए होंगे, तो घर ही में न होंगे।

मुंशीजी ने झल्लाकर पूछा—मैं पूछता हूँ, आए कि नहीं? और तू न जाने क्या-क्या जवाब देती है? आए कि नहीं?

भूँगी—मैंने तो नहीं देखा, झूठ कैसे कह दूँ।

मुंशीजी फिर लेट गए और बोले—उनको आ जाने दे, तब चलता हूँ।

आध घंटे तक द्वार की ओर आँख लगाए मुंशीजी लेटे रहे, तब वह उठकर बाहर आए और दाहिने हाथ कोई दो फर्लांग तक चले। तब लौटकर द्वार पर आए और पूछा—सिया बाबू आ गए?

अंदर से आवाज आई—अभी नहीं।

मुंशीजी फिर बाईं ओर चले और गली के नुक्कड़ तक गए। सियाराम कहीं दिखाई न दिया। वहाँ से फिर घर आए और द्वार पर खड़े होकर पूछा—सिया बाबू आ गए?

अंदर से जवाब मिला—नहीं।

कोतवाली के घंटे में दस बजने लगे।

मुंशीजी बड़े वेग से कंपनी बाग की तरफ चले। सोचने लगे, शायद वहाँ घूमने गया हो और घास पर लेटे-लेट नींद आ गई हो। बाग में पहुँचकर उन्होंने हरेक बेंच को देखा, चारों तरफ घूमे, बहुत से आदमी घास पर पड़े हुए थे, पर सियाराम का निशान न था। उन्होंने सियाराम का नाम लेकर जोर से पुकारा, पर कहीं से आवाज न आई।

खयाल आया शायद स्कूल में तमाशा हो रहा हो। स्कूल एक मील से कुछ ज्यादा ही था। स्कूल की तरफ चले, पर आधे रास्ते से ही लौट पड़े। बाजार बंद हो गया था। स्कूल में इतनी रात तक तमाशा नहीं हो सकता। अब भी उन्हें आशा हो रही थी कि सियाराम लौट आया होगा। द्वार पर आकर उन्होंने पुकारा—सिया बाबू आए? किवाड़ बंद थे। कोई आवाज न आई। फिर जोर से पुकारा। भूँगी किवाड़ खोलकर बोली—अभी तो नहीं आए। मुंशीजी ने धीरे से भूँगी को अपने पास बुलाया और करुण स्वर में बोले—तू तो घर की सब बातें जानती है, बता आज क्या हुआ था?

भूँगी—बाबूजी, झूठ न बोलूँगी, मालकिन छुड़ा देंगी और क्या? दूसरे का लड़का इस तरह नहीं रखा जाता। जहाँ कोई काम हुआ, बस बाजार भेज दिया। दिन भर बाजार दौड़ते बीतता था। आज लकड़ी लाने न गए तो चूल्हा ही नहीं जला। कहो तो मुँह फुलावें। जब आप ही नहीं देखते तो दूसरा कौन देखेगा? चलिए, भोजन कर लीजिए, बहूजी कब से बैठी हैं।

मुंशीजी—कह दे, इस वक्त नहीं खाएँगे।

मुंशीजी फिर अपने कमरे में चले गए और एक लंबी साँस ली। वेदना से भरे हुए शब्द उनके मुँह से निकल पड़े। ईश्वर, क्या अभी दंड पूरा नहीं हुआ? क्या इस अंधे की

लकड़ी को हाथ से छीन लोगे?

निर्मला ने आकर कहा—आज सियाराम अभी तक नहीं आए। कहती रही कि खाना बनाए देती हूँ, खा लो, मगर न जाने कब उठकर चल दिए! न जाने कहाँ घूम रहे हैं। बात तो सुनते ही नहीं। कब तक उनकी राह देखा करूँ! आप चलकर खा लीजिए, उनके लिए खाना उठाकर रख दूँगी।

मुंशीजी ने निर्मला की ओर कठोर नेत्रों से देखकर कहा—अभी कै बजे होंगे?

निर्मला—क्या जाने, दस बजे होंगे।

मुंशीजी—जी नहीं, बारह बजे हैं।

निर्मला—बारह बज गए? इतनी देर तो कभी न करते थे। तो कब तक उनकी राह देखोगे! दोपहर को भी कुछ नहीं खाया था। ऐसा सैलानी लड़का मैंने नहीं देखा।

मुंशीजी—तुम्हें दिक् करता है, क्यों?

निर्मला—देखिए न, इतनी रात गई और घर की सुध ही नहीं।

मुंशीजी—शायद यह आखिरी शरारत हो।

निर्मला—कैसी बातें मुँह से निकालते हैं? जाएँगे कहाँ? किसी यार-दोस्त के यहाँ पड़ रहे होंगे।

मुंशीजी—शायद ऐसा ही हो। ईश्वर करे, ऐसा ही हो।

निर्मला—सबेरे आवें, तो जरा तंबीह कीजिएगा।

मुंशीजी—खूब अच्छी तरह करूँगा।

निर्मला—चलिए, खा लीजिए, देर बहुत हुई।

मुंशीजी—सबेरे उसकी तंबीह करके खाऊँगा, कहीं न आया तो तुम्हें ऐसा ईमानदार नौकर कहाँ मिलेगा?

निर्मला ने ऐंठकर कहा—तो क्या मैंने भगा दिया?

मुंशीजी—नहीं, यह कौन कहता है? तुम उसे क्यों भगाने लगीं। तुम्हारा तो काम करता था, शामत आ गई होगी।

निर्मला ने और कुछ नहीं कहा। बात बढ़ जाने का भय था। भीतर चली आई। सोने को भी न कहा। जरा देर में भूँगी ने अंदर से किवाड़ भी बंद कर दिए।

क्या मुंशीजी को नींद आ सकती थी? तीन लड़कों में केवल एक बच रहा था। वह भी हाथ से निकल गया तो फिर जीवन में अंधकार के सिवाय और क्या है? कोई नाम लेनेवाला भी नहीं रहेगा। हा! कैसे-कैसे रत्न हाथ से निकल गए? मुंशीजी की आँखों से अश्रुधारा बह रही थी तो कोई आश्चर्य है? उस व्यापक पश्चाताप, उस सघन ग्लानि-तिमिर में आशा की एक हलकी सी रेखा उन्हें सँभाले हुए थी। जिस क्षण वह रेखा लुप्त

हो जाएगी, कौन कह सकता है, उनपर क्या बीतेगी? उनकी उस वेदना की कल्पना कौन कर सकता है?

कई बार मुंशीजी की आँखें झपकीं, लेकिन हर बार सियाराम की आहट के धोखे में चौंक पड़े।

सबेरा होते ही मुंशीजी फिर सियाराम को खोजने निकले। किसी से पूछते शर्म आती थी। किस मुँह से पूछें? उन्हें किसी से सहानुभूति की आशा न थी। प्रकट न कहकर मन में सब यही कहेंगे, जैसा किया, वैसा भोगो! सारे दिन वह स्कूल के मैदानों, बाजारों और बगीचों का चक्कर लगाते रहे, दो दिन निराहार रहने पर भी उन्हें इतनी शक्ति कैसे हुई, यह वही जानें।

रात के बारह बजे मुंशीजी घर लौटे, दरवाजे पर लालटेन जल रही थी। निर्मला द्वार पर खड़ी थी। देखते ही बोली—कहा भी नहीं, न जाने कब चल दिए। कुछ पता चला?

मुंशीजी ने आग्नेय नेत्रों से ताकते हुए कहा—हट जाओ सामने से, नहीं तो बुरा होगा। मैं आपे में नहीं हूँ। यह तुम्हारी करनी है। तुम्हारे ही कारण आज मेरी यह दशा हो रही है। आज से छह साल पहले क्या इस घर की यह दशा थी? तुमने मेरा बना-बनाया घर बिगाड़ दिया, तुमने मेरे लहलहाते बाग को उजाड़ डाला। केवल एक ठूँठ रह गया है। उसका निशान मिटाकर ही तुम्हें संतोष होगा। मैं अपना सर्वनाश करने के लिए तुम्हें घर नहीं लाया था। सुखी जीवन को और भी सुखमय बनाना चाहता था। यह उसी का प्रायश्चित्त है। जो लड़के पान की तरह फेरे जाते थे, उन्हें मेरे जीते-जी तुमने चाकर समझ लिया और मैं आँखों से सबकुछ देखते हुए भी अंधा बना बैठा रहा। जाओ, मेरे लिए थोड़ा सा संखिया भेज दो। बस, यही कसर रह गई है, वह भी पूरी हो जाए।

निर्मला ने रोते हुए कहा—मैं तो अभागिन हूँ ही, आप कहेंगे, तब जानूँगी? न जाने ईश्वर ने मुझे जन्म क्यों दिया था? मगर यह आपने कैसे समझ लिया कि सियाराम आवेंगे ही नहीं?

मुंशीजी ने अपने कमरे की ओर जाते हुए कहा—जलाओ मत, जाकर खुशियाँ मनाओ। तुम्हारी मनोकामना पूरी हो गई।

निर्मला सारी रात रोती रही। इतना कलंक! उसने जियाराम को गहने ले जाते देखने पर भी मुँह खोलने का साहस नहीं किया। क्यों? इसीलिए तो कि लोग समझेंगे कि यह मिथ्या दोषारोपण करके लड़के से वैर साध रही हैं। आज उसके मौन रहने पर उसे अपराधिनी ठहराया जा रहा है। यदि वह जियाराम को उसी क्षण रोक देती और जियाराम लज्जावश कहीं भाग जाता तो क्या उसके सिर अपराध न मढ़ा जाता?

सियाराम ही के साथ उसने कौन सा दुर्व्यवहार किया था। वह कुछ बचत करने के

ही विचार से तो सियाराम से सौदा मँगवाया करती थी। क्या वह बचत करके अपने लिए गहने गढ़वाना चाहती थी? जब आमदनी का यह हाल हो रहा था तो पैसे-पैसे पर निगाह रखने के सिवाय कुछ जमा करने का उसके पास और साधन ही क्या था? जवानों की जिंदगी का तो कोई भरोसा ही नहीं, बूढ़ों की जिंदगी का क्या ठिकाना? बच्ची के विवाह के लिए वह किसके सामने हाथ फैलाती? बच्ची का भार कुछ उसी पर तो नहीं था। वह केवल पति की सुविधा ही के लिए कुछ बटोरने का प्रयत्न कर रही थी। पति ही क्यों? सियाराम ही तो पिता के बाद घर का स्वामी होता। बहन के विवाह करने का भार क्या उसके सिर पर न पड़ता? निर्मला सारी कतर-ब्योंत पति और पुत्र का संकट-मोचन करने ही के लिए कर रही थी। बच्ची का विवाह इस परिस्थिति में संकट के सिवा और क्या था? पर इसके लिए भी उसके भाग्य में अपयश ही बदा था।

दोपहर हो गई, पर आज भी चूल्हा नहीं जला। खाना भी जीवन का काम है, इसकी किसी को सुध ही न थी। मुंशीजी बाहर बेजान-से पड़े थे और निर्मला भीतर थी। बच्ची कभी भीतर जाती, कभी बाहर। कोई उससे बोलने वाला न था। बार-बार सियाराम के कमरे के द्वार पर जाकर खड़ी होती और 'बैया-बैया' पुकारती, पर 'बैया' कोई जवाब न देता था।

संध्या समय मुंशीजी आकर निर्मला से बोले—तुम्हारे पास कुछ रुपए हैं?

निर्मला ने चौंककर पूछा—क्या कीजिएगा।

मुंशीजी—मैं जो पूछता हूँ, उसका जवाब दो।

निर्मला—क्या आपको नहीं मालूम है? देनेवाले तो आप ही हैं।

मुंशीजी—तुम्हारे पास कुछ रुपए हैं या नहीं? अगर हों, तो मुझे दे दो, न हों तो साफ जवाब दो।

निर्मला ने अब भी साफ जवाब न दिया। बोली—होंगे तो घर ही में न होंगे। मैंने कहीं और नहीं भेज दिए।

मुंशीजी बाहर चले गए। वह जानते थे कि निर्मला के पास रुपए हैं, वास्तव में थे भी। निर्मला ने यह भी नहीं कहा कि नहीं है या मैं न दूँगी, उसकी बातों से प्रकट हो गया कि वह देना नहीं चाहती।

नौ बजे रात तो मुंशीजी ने आकर रुक्मिणी से कहा—बहन, मैं जरा बाहर जा रहा हूँ। मेरा बिस्तर भूँगी से बँधवा देना और ट्रंक में कुछ कपड़े रखवाकर बंद कर देना।

रुक्मिणी भोजन बना रही थीं। बोलीं—बहू तो कमरे में है, कह क्यों नहीं देते? कहाँ जाने का इरादा है?

मुंशीजी—मैं तुमसे कहता हूँ, बहू से कहना होता तो तुमसे क्यों कहता? आज तुम

क्यों खाना पका रही हो?

रुक्मिणी—कौन पकावे? बहू के सिर में दर्द हो रहा है। आखिर इस वक्त कहाँ जा रहे हो? सबेरे न चले जाना।

मुंशीजी—इसी तरह टालते-टालते तो आज तीन दिन हो गए। इधर-इधर घूम-घूमाकर देखूँ, शायद कहीं सियाराम का पता मिल जाए। कुछ लोग कहते हैं कि एक साधु के साथ बातें कर रहा था। शायद वह कहीं बहका ले गया हो।

रुक्मिणी—तो लौटोगे कब तक?

मुंशीजी—कह नहीं सकता। हफ्ता भर लग जाए, महीना भर लग जाए। क्या ठिकाना है?

रुक्मिणी—आज कौन दिन है? किसी पंडित से पूछ लिया है कि नहीं?

मुंशीजी भोजन करने बैठे। निर्मला को इस वक्त उनपर बड़ी दया आई। उसका सारा क्रोध शांत हो गया। खुद तो न बोली, बच्ची को जगाकर चुमकारती हुई बोली—देख, तेरे बाबूजी कहाँ जा रहे हैं? पूछ तो?

बच्ची ने द्वार से झाँककर पूछा—बाबू दी, तहाँ दाते हो?

मुंशीजी—बड़ी दूर जाता हूँ बेटी, तुम्हारे भैया को खोजने जाता हूँ। बच्ची ने वहीं से खड़े-खड़े कहा—अम बी तलेंगे।

मुंशीजी—बड़ी दूर जाते हैं. बच्ची, तुम्हारे वास्ते चीजें लाएँगे। यहाँ क्यों नहीं आती?

बच्ची मुसकराकर छिप गई और एक क्षण में फिर किवाड़ से सिर निकालकर बोली—अम बी तलेंगे।

मुंशीजी ने उसी स्वर में कहा—तुमको नहीं ले तलेंगे।

बच्ची—हमको क्यों नई ले तलोगे?

मुंशीजी—तुम तो हमारे पास आती नहीं हो।

लड़की ठुमकती हुई आकर पिता की गोद में बैठ गई। थोड़ी देर के लिए मुंशीजी उसकी बाल-क्रीड़ा में अपनी अंतखेदना भूल गए।

भोजन करके मुंशीजी बाहर चले गए। निर्मला खड़ी ताकती रही। कहना चाहती थी—व्यर्थ जा रहे हो, पर कह न सकती थी। कुछ रुपए निकाल कर देने का विचार करती थी, पर दे न सकती थी।

अंत में न रहा गया, रुक्मिणी से बोली—दीदीजी जरा समझा दीजिए, कहाँ जा रहे हैं! मेरी जबान पकड़ी जाएगी, पर बिना बोले रहा नहीं जाता। बिना ठिकाने कहाँ खोजेंगे? व्यर्थ की हैरानी होगी।

रुक्मिणी ने करुणा-सूचक नेत्रों से देखा और अपने कमरे में चली गईं।

निर्मला बच्ची को गोद में लिए सोच रही थी कि शायद जाने के पहले बच्ची को देखने या मुझसे मिलने के लिए आवें, पर उसकी आशा विफल हो गई? मुंशीजी ने बिस्तर उठाया और ताँगे पर जा बैठे।

उसी वक्त निर्मला का कलेजा मसोसने लगा। उसे ऐसा जान पड़ा कि इनसे भेंट न होगी। वह अधीर होकर द्वार पर आई कि मुंशीजी को रोक ले, पर ताँगा चल चुका था।

24

दिन गुजरने लगे। एक महीना पूरा निकल गया, लेकिन मुंशीजी न लौटे। कोई खत भी न भेजा। निर्मला को अब नित्य यही चिंता बनी रहती कि वह लौटकर न आए तो क्या होगा? उसे इसकी चिंता न होती थी कि उनपर क्या बीत रही होगी, वह कहाँ मारे-मारे फिरते होंगे, स्वास्थ्य कैसा होगा? उसे केवल अपनी और उससे भी बढ़कर बच्ची की चिंता थी। गृहस्थी का निर्वाह कैसे होगा? ईश्वर कैसे बेड़ा पार लगाएँगे? बच्ची का क्या हाल होगा? उसने कतर-ब्योंत करके जो रुपए जमा कर रखे थे, उसमें कुछ-न-कुछ रोज ही कमी होती जाती थी। निर्मला को उसमें से एक-एक पैसा निकालते इतनी अखर होती थी, मानो कोई उसकी देह से रक्त निकाल रहा हो। झुँझलाकर मुंशीजी को कोसती। लड़की किसी चीज के लिए रोती तो उसे अभागिन, कलमुँही कहकर झल्लाती। यही नहीं, रुक्मिणी का घर में रहना उसे ऐसा जान पड़ता था, मानो वह गरदन पर सवार है। जब हृदय जलता है तो वाणी भी अग्निमय हो जाती है। निर्मला बड़ी मधुर-भाषिणी स्त्री थी, पर अब उसकी गणना कर्कशाओं में की जा सकती थी। दिन भर उसके मुख से जली-कटी बातें निकला करती थीं। उसके शब्दों की कोमलता न जाने क्या हो गई! भावों में माधुर्य का कहीं नाम नहीं। भूँगी बहुत दिनों से इस घर में नौकर थी। स्वभाव की सहनशील थी, पर यह आठों पहर की बकबक उससे भी न सही गई। एक दिन उसने भी घर की राह ली, यहाँ तक कि जिस बच्ची को प्राणों से भी अधिक प्यार करती थी, उसकी सूरत से भी घृणा हो गई। बात-बात पर घुड़क पड़ती, कभी-कभी मार बैठती। रुक्मिणी रोई हुई बालिका को गोद में बैठा लेती और चुमकार-दुलार कर चुप करातीं। उस अनाथ के लिए अब यही एक आश्रय रह गया था।

निर्मला को अब अगर कुछ अच्छा लगता था, तो वह सुधा से बात करना था। वह वहाँ जाने का अवसर खोजती रहती थी। बच्ची को अब वह अपने साथ न ले जाना चाहती थी। पहले जब बच्ची को अपने घर सभी चीजें खाने को मिलती थीं, तो वह

वहाँ जाकर हँसती-खेलती थी। अब वहीं जाकर उसे भूख लगती थी। निर्मला उसे घूर-घूरकर देखती, मुट्ठियाँ बाँधकर धमकाती, पर लड़की भूख की रट लगाना न छोड़ती थी। इसलिए निर्मला उसे साथ न ले जाती थी। सुधा के पास बैठकर उसे मालूम होता था कि मैं आदमी हूँ। उतनी देर के लिए वह चिंताओं से मुक्त हो जाती थी। जैसे शराबी शराब के नशे में सारी चिंताएँ भूल जाता है, उसी तरह निर्मला सुधा के घर जाकर सारी बातें भूल जाती थी। जिसने उसे उसके घर पर देखा हो, वह उसे यहाँ देखकर चकित रह जाता। वही कर्कशा, कटु-भाषिणी स्त्री यहाँ आकर हास्यविनोद और माधुर्य की पुतली बन जाती थी। यौवन-काल की स्वाभाविक वृत्तियाँ अपने घर का रास्ता बंद पाकर यहाँ किलोलें करने लगती थीं। यहाँ आते वक्त वह माँग-चोटी, कपड़े-लत्ते से लैस होकर आती और यथासाध्य अपनी विपत्ति कथा को मन ही में रखती थी। वह यहाँ रोने के लिए नहीं, हँसने के लिए आती थी।

पर कदाचित् उसके भाग्य में यह सुख भी नहीं बदा था। निर्मला मामूली तौर से दोपहर को या तीसरे पहर से सुधा के घर जाया करती थी। एक दिन उसका जी इतना ऊबा कि सबेरे ही जा पहुँची। सुधा नदी स्नान करने गई थी, डॉक्टर साहब अस्पताल जाने के लिए कपड़े पहन रहे थे। महरी अपने काम-धंधे में लगी हुई थी। निर्मला अपनी सहेली के कमरे में जाकर निश्चिंत बैठ गई। उसने समझा—सुधा कोई काम कर रही होगी, अभी आती होगी। जब बैठे दो-तीन मिनट गुजर गए तो उसने अलमारी से तसवीरों की एक किताब उतार ली और केश खोल पलंग पर लेटकर चित्र देखने लगी। इसी बीच में डॉक्टर साहब को किसी जरूरत से निर्मला के कमरे में आना पड़ा। अपनी ऐनक ढूँढ़ते फिरते थे। बेधड़क अंदर चले आए। निर्मला द्वार की ओर केश खोले लेटी हुई थी। डॉक्टर साहब को देखते ही चौंककर उठ बैठी और सिर ढकती हुई चारपाई से उतरकर खड़ी हो गई। डॉक्टर साहब ने लौटते हुए चिक के पास खड़े होकर कहा—क्षमा करना निर्मला, मुझे मालूम न था कि यहाँ हो! मेरी ऐनक मेरे कमरे में नहीं मिल रही है, न जाने कहाँ उतार कर रख दी थी। मैंने समझा शायद यहाँ हो।

निर्मला ने चारपाई के सिरहाने आले पर निगाह डाली तो ऐनक की डिबिया दिखाई दी। उसने आगे बढ़कर डिबिया उतार ली और सिर झुकाए, देह समेटे, संकोच से डॉक्टर साहब की ओर हाथ बढ़ाया। डॉक्टर साहब ने निर्मला को दो-एक बार पहले भी देखा था, पर इस समय के-से भाव कभी उनके मन में न आए थे। जिस ज्वाला को वह बरसों से हृदय में दबाए हुए थे, वह आज पवन का झोंका पाकर दहक उठी। उन्होंने ऐनक लेने के लिए हाथ बढ़ाया तो हाथ काँप रहा था। ऐनक लेकर भी वह बाहर न गए, वहीं खोए हुए-से खड़े रहे। निर्मला ने इस एकांत से भयभीत होकर

पूछा—सुधा कहीं गई है क्या?

डॉक्टर साहब ने सिर झुकाए हुए जवाब दिया—हाँ, जरा स्नान करने चली गई हैं।

फिर भी डॉक्टर साहब बाहर न गए। वहीं खड़े रहे। निर्मला ने फिर पूछा—कब तक आएगी?

डॉक्टर साहब ने सिर झुकाए हुए कहा—आती होंगी।

फिर भी वह बाहर नहीं आए। उनके मन में घोर द्वंद्व मचा हुआ था। औचित्य का बंधन नहीं, भीरुता का कच्चा धागा उनकी जबान को रोके हुए था। निर्मला ने फिर कहा—कहीं घूमने-घामने लगी होंगी। मैं भी इस वक्त जाती हूँ।

भीरुता का कच्चा धागा भी टूट गया। नदी के कगार पर पहुँच कर भागती हुई सेना में अद्‌भुत शक्ति आ जाती है। डॉक्टर साहब ने सिर उठाकर निर्मला को देखा और अनुराग में डूबे हुए स्वर में बोले—नहीं, निर्मला, अब आती ही होंगी। अभी न जाओ। रोज सुधा की खातिर से बैठती हो, आज मेरी खातिर से बैठो। बताओ, कब तक इस आग में जला करूँ? सत्य कहता हूँ निर्मला···।

निर्मला ने कुछ और नहीं सुना। उसे ऐसा जान पड़ा मानो सारी पृथ्वी चक्कर खा रही है। मानो उसके प्राणों पर सहस्रों वज्रों का आघात हो रहा है। उसने जल्दी से अलगनी पर लटकी हुई चादर उतार ली और बिना मुँह से एक शब्द निकाले कमरे से निकल गई। डॉक्टर साहब खिसियाए हुए-से रोना मुँह बनाए खड़े रहे! उसको रोकने की या कुछ कहने की हिम्मत न पड़ी।

निर्मला ज्योंही द्वार पर पहुँची उसने सुधा को ताँगे से उतरते देखा। सुधा उसे देखते ही जल्दी से उतरकर उसकी ओर लपकी और कुछ पूछना चाहती थी, मगर निर्मला ने उसे अवसर न दिया, तीर की तरह झपटकर चली। सुधा एक क्षण तक विस्मय की दशा में खड़ी रही। बात क्या है, उसकी समझ में कुछ न आ सका। वह व्यग्र हो उठी। जल्दी से अंदर गई, महरी से पूछने कि क्या बात हुई है। वह अपराधी का पता लगाएगी और अगर उसे मालूम हुआ कि महरी या और किसी नौकर ने उसे कोई अपमान-सूचक बात कह दी है, तो वह उसे खड़े-खड़े निकाल देगी। लपकी हुई वह अपने कमरे में गई। अंदर कदम रखते ही डॉक्टर को मुँह लटकाए चारपाई पर बैठे देखा। पूछा—निर्मला यहाँ आई थी?

डॉक्टर साहब ने सिर खुजलाते हुए कहा—हाँ, आई तो थीं।

सुधा—किसी महरी-अहरी ने उन्हें कुछ कहा तो नहीं? मुझसे बोली तक नहीं, झपटकर निकल गईं।

डॉक्टर साहब की मुख-कांति मलिन हो गई, कहा—यहाँ तो उन्हें किसी ने भी कुछ नहीं कहा।

सुधा—किसी ने कुछ कहा है। देखो, मैं पूछती हूँ न, ईश्वर जानता है, पता पा जाऊँगी तो खड़े-खड़े निकाल दूँगी।

डॉक्टर साहब सिटपिटाते हुए बोले—मैंने तो किसी को कुछ कहते नहीं सुना। तुम्हें उन्होंने देखा न होगा।

सुधा—वाह, देखा ही न होगा! उनके सामने तो मैं ताँगे से उतरी हूँ। उन्होंने मेरी ओर ताका भी, पर बोलीं कुछ नहीं। इस कमरे में आई थी?

डॉक्टर साहब के प्राण सूखे जा रहे थे। हिचकिचाते हुए बोले—आई क्यों नहीं थी।

सुधा—तुम्हें यहाँ बैठे देखकर चली गई होंगी। बस, किसी महरी ने कुछ कह दिया होगा। नीच जात हैं न, किसी को बात करने की तमीज तो है नहीं। अरे, ओ सुंदरिया, जरा यहाँ तो आ!

डॉक्टर—उसे क्यों बुलाती हो, वह यहाँ से सीधे दरवाजे की तरफ गईं। महरियों से बात तक नहीं हुई।

सुधा—तो फिर तुम्हीं ने कुछ कह दिया होगा।

डॉक्टर साहब का कलेजा धक्-धक् करने लगा। बोले—मैं भला क्या कह देता, क्या ऐसा गँवार हूँ?

सुधा—तुमने उन्हें आते देखा, तब भी बैठे रह गए?

डॉक्टर—मैं यहाँ था ही नहीं। बाहर बैठक में अपनी ऐनक ढूँढ़ता रहा, जब वहाँ न मिली तो मैंने सोचा, शायद अंदर हो। यहाँ आया तो उन्हें बैठे देखा। मैं बाहर जाना चाहता था कि उन्होंने खुद पूछा—किसी चीज की जरूरत है? मैंने कहा—जरा देखना, यहाँ मेरी ऐनक तो नहीं है। ऐनक इसी सिरहाने वाले ताक पर थी। उन्होंने उठाकर दे दी। बस इतनी ही बात हुई।

सुधा—बस, तुम्हें ऐनक देते ही वह झल्लाई, बाहर चली गई? क्यों?

डॉक्टर—झल्लाई हुई तो नहीं चली गई। जाने लगीं तो मैंने कहा—बैठिए वह आती होंगी। न बैठीं तो मैं क्या करता?

सुधा ने कुछ सोचकर कहा—बात कुछ समझ में नहीं आती, मैं जरा उसके पास जाती हूँ। देखूँ, क्या बात है।

डॉक्टर—तो चली जाना ऐसी जल्दी क्या है। सारा दिन तो पड़ा हुआ है।

सुधा ने चादर ओढ़ते हुए कहा—मेरे पेट में खलबली मची हुई है, कहते हो जल्दी है?

सुधा तेजी से कदम बढ़ती हुई निर्मला के घर की ओर चली और पाँच मिनट में जा पहुँची? देखा तो निर्मला अपने कमरे में चारपाई पर पड़ी रो रही थी और बच्ची उसके पास खड़ी थी—अम्मा, क्यों लोती हो?

सुधा ने लड़की को गोद में उठा लिया और निर्मला से बोली—बहन, सच बताओ, क्या बात है? मेरे यहाँ किसी ने तुम्हें कुछ कहा है? मैं सबसे पूछ चुकी, कोई नहीं बतलाता।

निर्मला आँसू पोंछती हुई बोली—किसी ने कुछ कहा नहीं बहन, भला वहाँ मुझे कौन कुछ कहता?

सुधा—तो फिर मुझसे बोली क्यों नहीं और आते-ही रोने लगीं?

निर्मला—अपने नसीबों को रो रही हूँ और क्या।

सुधा—तुम यों न बतलाओगी तो मैं कसम दूँगी।

निर्मला—कसम-असम न रखना भाई, मुझे किसी ने कुछ नहीं कहा, झूठ किसे लगा दूँ?

सुधा—खाओ मेरी कसम।

निर्मला—तुम तो नाहक ही जिद करती हो।

सुधा—अगर तुमने न बताया निर्मला, तो मैं समझूँगी, तुम्हें जरा भी प्रेम नहीं है। बस, सब जबानी जमा-खर्च है। मैं तुमसे किसी बात का परदा नहीं रखती और तुम मुझे गैर समझती हो। तुम्हारे ऊपर मुझे बड़ा भरोसा था। अब जान गई कि कोई किसी का नहीं होता।

सुधा की आँखें सजल हो गईं। उसने बच्ची को गोद से उतार लिया और द्वार की ओर चली। निर्मला ने उठकर उसका हाथ पकड़ लिया और रोती हुई बोली—सुधा, मैं तुम्हारे पैर पड़ती हूँ, मत पूछो। सुनकर दुःख होगा और शायद मैं फिर तुम्हें अपना मुँह न दिखा सकूँ। मैं अभागिनी न होती, तो यह दिन ही क्यों देखती? अब तो ईश्वर से यही प्रार्थना है कि संसार से मुझे उठा ले। अभी यह दुर्गति हो रही है, तो आगे न जाने क्या होगा?

इन शब्दों में जो संकेत था, वह बुद्धिमती सुधा से छिपा न रह सका। वह समझ गई कि डॉक्टर साहब ने कुछ छेड़-छाड़ की है। उनका हिचक-हिचककर बातें करना और उसके प्रश्नों को टालना, उनकी वह ग्लानिमय, कांतिहीन मुद्रा उसे याद आ गई। वह सिर से पाँव तक काँप उठी और बिना कुछ कहे-सुने सिंहनी की भाँति क्रोध से भरी हुई द्वार की ओर चली। निर्मला ने उसे रोकना चाहा, पर न पा सकी। देखते-देखते वह सड़क पर आ गई और घर की ओर चली। तब निर्मला वहीं भूमि पर बैठ गई और फूट-फूटकर रोने लगी।

~ 25 ~

निर्मला दिन भर चारपाई पर पड़ी रही। मालूम होता है, उसकी देह में प्राण नहीं है। न स्नान किया, न भोजन करने उठी। संध्या समय उसे ज्वर हो आया। रात भर देह तवे की भाँति तपती रही। दूसरे दिन ज्वर न उतरा। हाँ, कुछ-कुछ कम हो गया था। वह चारपाई पर लेटी हुई निश्चल नेत्रों से द्वार की ओर ताक रही थी। चारों ओर शून्य था, अंदर भी शून्य, बाहर भी शून्य। कोई चिंता न थी, न कोई स्मृति, न कोई दुःख, मस्तिष्क में स्पंदन की शक्ति ही न रही थी।

सहसा रुक्मिणी बच्ची को गोद में लिए हुए आकर खड़ी हो गई। निर्मला ने पूछा—क्या यह बहुत रोती थी?

रुक्मिणी—नहीं, यह तो सिसकी तक नहीं। रात भर चुपचाप पड़ी रही। सुधा ने थोड़ा सा दूध भेज दिया था।

निर्मला—अहीरिन दूध न दे गई थी?

रुक्मिणी—कहती थी, पिछले पैसे दे दो तो दूँ। तुम्हारा जी अब कैसा है?

निर्मला—मुझे कुछ नहीं हुआ है? कल देह गरम हो गई थी।

रुक्मिणी—डॉक्टर साहब का बुरा हाल है?

निर्मला ने घबराकर पूछा—क्या हुआ, क्या? कुशल से हैं न?

रुक्मिणी—कुशल से हैं कि लाश उठाने की तैयारी हो रही है! कोई कहता है, जहर खा लिया था, कोई कहता है, दिल का चलना बंद हो गया था। भगवान् जाने क्या हुआ था!

निर्मला ने एक ठंडी साँस ली और रुँधे हुए कंठ से बोली—हाय भगवान्! सुधा की क्या गति होगी! कैसे जिएगी?

यह कहते-कहते वह रो पड़ी और बड़ी देर तक सिसकती रही। तब बड़ी मुश्किल से उठकर सुधा के पास जाने को तैयार हुई। पाँव थर-थर काँप रहे थे, दीवार थामे खड़ी थी, पर जी न मानता था। न जाने सुधा ने यहाँ से जाकर पति से क्या कहा? मैंने तो उससे कुछ कहा भी नहीं, न जाने मेरी बातों का वह क्या मतलब समझी? हाय! ऐसे रूपवान, दयालु, ऐसे सुशील प्राणी का यह अंत! अगर निर्मला को मालूम होता कि उसके क्रोध का यह भीषण परिणाम होगा तो वह जहर का घूँट पीकर भी उस बात को हँसी में उड़ा देती।

यह सोचकर कि मेरी ही निष्ठुरता के कारण डॉक्टर साहब का यह हाल हुआ। निर्मला के हृदय के टुकड़े होने लगे। ऐसी वेदना होने लगी, मानो हृदय में शूल उठ रहा हो। वह डॉक्टर साहब के घर चली।

लाश उठ चुकी थी। बाहर सन्नाटा छाया हुआ था। घर में स्त्रियाँ जमा थीं। सुधा जमीन पर बैठी रो रही थी। निर्मला को देखते ही वह जोर से चिल्लाकर रो पड़ी और आकर उसकी छाती से लिपट गई। दोनों देर तक रोती रहीं।

जब औरतों की भीड़ कम हुई और एकांत हो गया, निर्मला ने पूछा—यह क्या हो गया बहन, तुमने क्या कह दिया?

सुधा अपने मन को इसी प्रश्न का उत्तर कितनी ही बार दे चुकी थी। उसका मन जिस उत्तर से शांत हो गया था, वही उत्तर उसने निर्मला को दिया। बोली—चुप भी तो न रह सकती थी बहन, क्रोध की बात पर क्रोध आता ही है।

निर्मला—मैंने तो तुमसे कोई ऐसी बात भी न कही थी।

सुधा—तुम कैसे कहतीं, कह ही नहीं सकती थीं, लेकिन उन्होंने जो बात हुई थी, वह कह दी थी। उस पर मैंने जो कुछ मुँह में आया, कहा। जब एक बात दिल में आ गई तो उसे हुआ ही समझना चाहिए। अवसर और घात मिले तो वह अवश्य ही पूरी हो। यह कहकर कोई नहीं निकल सकता कि मैंने तो हँसी की थी। एकांत में ऐसा शब्द जबान पर लाना ही कह देता है कि नीयत बुरी थी। मैंने तुमसे कभी कहा नहीं बहन, लेकिन मैंने उन्हें कई बार तुम्हारी ओर झाँकते देखा। उस वक्त मैंने भी यही समझा कि शायद मुझे धोखा हो रहा हो। अब मालूम हुआ कि उसके ताक-झाँक का क्या मतलब था! अगर मैंने दुनिया ज्यादा देखी होती तो तुम्हें अपने घर न आने देती। कम-से-कम तुम पर उनकी निगाह कभी न पड़ने देती, लेकिन यह क्या जानती थी कि पुरुषों के मुँह में कुछ और मन में कुछ और होता है। ईश्वर को जो मंजूर था, वह हुआ। ऐसे सौभाग्य से मैं वैधव्य को बुरा नहीं समझती। दरिद्र प्राणी उस धनी से कहीं सुखी है, जिसे उसका धन साँप बनकर काटने दौड़े। उपवास कर लेना आसान है, विषैला भोजन करना उससे कहीं मुश्किल।

इसी वक्त डॉक्टर सिन्हा के छोटे भाई और कृष्णा ने घर में प्रवेश किया। घर में कोहराम मच गया।

~ 26 ~

एक महीना और गुजर गया। सुधा अपने देवर के साथ तीसरे ही दिन चली गई। अब निर्मला अकेली थी। पहले हँस-बोलकर जी बहला लिया करती थी। अब रोना ही एक काम रह गया। उसका स्वास्थ्य दिन-दिन बिगड़ता गया। पुराने मकान का किराया अधिक था। दूसरा मकान थोड़े किराए का लिया, यह तंग गली में था। अंदर एक कमरा था और छोटा सा आँगन। न प्रकाश जाता, न वायु। दुर्गंध उड़ा करती थी। भोजन का यह

हाल कि पैसे रहते हुए भी कभी-कभी उपवास करना पड़ता था। बाजार से लाए कौन? फिर अपना कोई मर्द नहीं, कोई लड़का नहीं तो रोज भोजन बनाने का कष्ट कौन उठाए? औरतों के लिए रोज भोजन करने की आवश्यकता ही क्या? अगर एक वक्त खा लिया तो दो दिन के लिए छुट्टी हो गई। बच्ची के लिए ताजा हलुआ या रोटियाँ बन जाती थीं! ऐसी दशा में स्वास्थ्य क्यों न बिगड़ता? चिंता, शोक, दुरावस्था, एक हो तो कोई कहे। यहाँ तो त्रयताप का धावा था। उस पर निर्मला ने दवा खाने की कसम खा ली थी। करती ही क्या? उन थोड़े-से रुपयों में दवा की गुंजाइश कहाँ थी? जहाँ भोजन का ठिकाना न था, वहाँ दवा का जिक्र ही क्या? दिन-दिन सूखती चली जाती थी।

एक दिन रुक्मिणी ने कहा—बहू, इस तरह कब तक घुला करोगी, जी ही से तो जहान है। चलो, किसी वैद्य को दिखा लाऊँ।

निर्मला ने विरक्त भाव से कहा—जिसे रोने के लिए जीना हो, उसका मर जाना ही अच्छा।

रुक्मिणी—बुलाने से तो मौत नहीं आती?

निर्मला—मौत तो बिन बुलाए आती है, बुलाने में क्यों न आएगी? उसके आने में बहुत दिन लगेंगे बहन, जै दिन चलती हूँ, उतने साल समझ लीजिए।

रुक्मिणी—दिल ऐसा छोटा मत करो बहू, अभी संसार का सुख ही क्या देखा है?

निर्मला—अगर संसार का यही सुख है, जो इतने दिनों से देख रही हूँ तो उससे जी भर गया। सच कहती हूँ बहन, इस बच्ची का मोह मुझे बाँधे हुए है, नहीं तो अब तक कभी की चली गई होती। न जाने इस बेचारी के भाग्य में क्या लिखा है?

दोनों महिलाएँ रोने लगीं। इधर जब से निर्मला ने चारपाई पकड़ ली है, रुक्मिणी के हृदय में दया का सोता-सा खुल गया है। द्वेष का लेश भी नहीं रहा। कोई काम करती हों, निर्मला की आवाज सुनते ही दौड़ती हैं। घंटों उसके पास कथा-पुराण सुनाया करती हैं। कोई ऐसी चीज पकाना चाहती हैं, जिसे निर्मला रुचि से खाए। निर्मला को कभी हँसते देख लेती हैं तो निहाल हो जाती हैं और बच्ची को तो अपने गले का हार बनाए रहती हैं। उसी की नींद सोती हैं, उसी की नींद जागती हैं। वही बालिका अब उसके जीवन का आधार है।

रुक्मिणी ने जरा देर बाद कहा—बहू, तुम इतनी निराश क्यों होती हो? भगवान् चाहेंगे, तो तुम दो-चार दिन में अच्छी हो जाओगी। मेरे साथ आज वैद्यजी के पास चलना। बड़े सज्जन हैं।

निर्मला—दीदीजी, अब मुझे किसी वैद्य, हकीम की दवा फायदा न करेगी। आप मेरी चिंता न करें। बच्ची को आपकी गोद में छोड़े जाती हूँ। अगर जीती-जागती रहे तो

किसी अच्छे कुल में विवाह कर दीजिएगा। मैं तो इसके लिए अपने जीवन में कुछ न कर सकी, केवल जन्म देने भर की अपराधिनी हूँ। चाहे कुँआरी रखिएगा, चाहे विष देकर मार डालिएगा, पर कुपात्र के गले न मढ़िएगा, इतनी ही आपसे मेरी विनय है। मैंने आपकी कुछ सेवा न की, इसका बड़ा दुःख हो रहा है। मुझ अभागिनी से किसी को सुख नहीं मिला। जिस पर मेरी छाया भी पड़ गई, उसका सर्वनाश हो गया, अगर स्वामीजी कभी घर आवें तो उनसे कहिएगा कि इस करम-जली के अपराध क्षमा कर दें।

रुक्मिणी रोती हुई बोली—बहू, तुम्हारा कोई अपराध नहीं, ईश्वर से कहती हूँ, तुम्हारी ओर से मेरे मन में जरा भी मैल नहीं है। हाँ, मैंने सदैव तुम्हारे साथ कपट किया, इसका मुझे मरते दम तक दुःख रहेगा।

निर्मला ने कातर नेत्रों से देखते हुए कहा—दीदीजी, कहने की बात नहीं, पर बिना कहे रहा नहीं जाता। स्वामीजी ने हमेशा मुझे अविश्वास की दृष्टि से देखा, लेकिन मैंने कभी मन में भी उनकी उपेक्षा नहीं की। जो होना था, वह तो हो ही चुका था। अधर्म करके अपना परलोक क्यों बिगाड़ती? पूर्व जन्म में न जाने कौन सा पाप किया था, जिसका यह प्रायश्चित्त करना पड़ा। इस जन्म में काँटे बोती तो कौन गति होती?

निर्मला की साँस बड़े वेग से चलने लगी। फिर खाट पर लेट गई और बच्ची की ओर एक ऐसी दृष्टि से देखा, जो उसके जीवन की संपूर्ण विपत्कथा की वृहद् आलोचना थी, वाणी में इतनी सामर्थ्य कहाँ?

तीन दिनों तक निर्मला की आँखों से आँसुओं की धारा बहती रही। वह न किसी से बोलती थी, न किसी की ओर देखती थी और न किसी का कुछ सुनती थी। बस, रोए चली जाती थी। उस वेदना का कौन अनुमान कर सकता है?

चौथे दिन संध्या समय वह विपत्ति कथा समाप्त हो गई। उसी समय जब पशु-पक्षी अपने-अपने बसेरे को लौट रहे थे, निर्मला का प्राण-पक्षी भी दिन भर शिकारियों के निशानों, शिकारी चिड़ियों के पंजों और वायु के प्रचंड झोंकों से आहत और व्यथित अपने बसेरे की ओर उड़ गया।

मुहल्ले के लोग जमा हो गए। लाश बाहर निकाली गई। कौन दाह करेगा, यह प्रश्न उठा। लोग इसी चिंता में थे कि सहसा एक बूढ़ा पथिक एक बकुचा लटकाए आकर खड़ा हो गया। यह मुंशी तोताराम थे।

□□□